HERMES

在古希腊神话中,赫耳墨斯是宙斯和迈亚的儿子,奥林波斯神们的信使,道路与边界之神,睡眠与梦想之神,亡灵的引导者,演说者、商人、小偷、旅者和牧人的保护神……

西方传统 经典与解释 **HERMES**
Classici et Commentarii
德意志古典传统**丛编**
Library of the German Classical Tradition

刘小枫◎主编

论德意志文学及其他

Über die deutsche Literatur und diesbezügliche Schriften

[德] 弗里德里希二世 Friedrich II ｜ 著

温玉伟 ｜ 编译

华夏出版社

古典教育基金·蒲衣子资助项目

"德意志古典传统丛编"出版说明

德意志人与现代中国的命运有着特殊的关系：十年内战时期，国共交战时双方的军事顾问都一度是德国人。百年来，我国成就的第一部汉译名著全集是德国人的……德国启蒙时期的古典哲学亦曾一度是我国西学研究中的翘楚。

尽管如此，我国学界对德意志思想传统的认识不仅相当片面，而且缺乏历史纵深。长期以来，我们以为德语的文学大家除了歌德、席勒、海涅、荷尔德林外没别人，不知道还有莱辛、维兰德、诺瓦利斯、克莱斯特……事实上，相对从事法语、英语、俄语古典文学翻译的前辈来说，我国从事德语古典文学翻译的前辈要少得多——前辈的翻译对我们年青一代学习取向的影响实在不可小视，理解德意志古典思想的复杂性是我们必须重补的一课。

古典文明研究工作坊

西方经典编译部乙组

2003年7月

目 录

编选说明 …………………………………………… 1

一 论文艺
论德意志文学 ……………………………………… 2
论伏尔泰的《亨利亚特》 ………………………… 53
培尔《历史考订词典选辑》前言 ………………… 62
对《试论偏见》的审查 …………………………… 70
对《论自然体系》的批判性检查 ………………… 98
对数学家有关诗艺的观察之观察 ………………… 118
论艺术和科学在国家中的益处 …………………… 133
试论作为道德原则的自爱 ………………………… 143
论教育 ……………………………………………… 159

二 对 话
关于道德的对话 …………………………………… 174
舒瓦瑟尔大公、施特林泽男爵以及苏格拉底之间的
　亡灵对话 ………………………………………… 186

欧根亲王、马尔博罗以及列支敦士登大公之间的
　　　亡灵对话 ································ 194

三 悼　词 ······································ 205
　纪念伏尔泰 ···································· 206
　纪念拉美特利 ·································· 226

附　录 ·· 233
　胡伯　弗里德里希二世时期的邦国爱国主义 ········ 233

编选说明

温玉伟

历史上的思想大家对人世重要主题的看法历来令后人感兴趣。他们的这些看法既是对前人看法的吸收和回应，也为后人就相关主题的思考提供了源泉和接榫。如此，属人的文明在历史中才显得连贯和有意义。

文学或广义的诗，自古以来就是智识超群者用以传达其思想的重要载体。在西方文史中，我们可以看到，后世所谓的"神学"一开始便是用诗讨论的主题（无论在荷马、赫西俄德，还是索福克勒斯那里），因此，所谓前苏格拉底的自然神学家——而非自然哲人——留给后人的毋宁是诗体神学。

而在亚里士多德《诗术》中，我们又可以看到，诗本身在后来的发展中也逐渐成为一个重要的人世主题。因为它不仅涉及什么是诗、诗的本质，其中的模仿问题更涉及如何理解人及其性情（ethos），亦即如何理解伦理（Ethik）、政治。[1]

---

[1] 18世纪中期，年轻的德意志诗人莱辛（1729—1781）在与友人讨论市民悲剧的时候，已经意识到，

> 我无法想象，一个人不读《修辞术》第二编和《尼各马可伦理学》全书

自亚里士多德以降,西方文史对诗、文学本身的讨论就未曾断绝,甚至《诗术》本身也成为西方智识人思考的对象,并融为西方思想史的一部分。而一部《诗术》的阐释史所折射出来的,又无不是西方智识人对人世的理解的嬗变,甚至是智识人对自身形象的理解的嬗变。①

古今中外,既在政治上有作为,又在热爱智慧（philo-sophia）上有追求,且在创作上有成就的人物似乎并不多见,要把十个指头数满,的确得好好翻倒一下脑袋。这样的人物不仅要有文采,而且也要能够把整个江山当作画卷,凭借自己的坚定意志在其中自由擘画、创制诗篇……如此"风流人物",数到今天,能有几位？

不过,素有 roi-philosophe［哲人王］之称的普鲁士国王弗里德里希二世（1712—1786）无疑是其中的一位（尽管同时代的启蒙智识人对他有着不同看法）。他不仅在文治武功上令人肃然起敬,而且终生葆有对文学的痴迷和对智慧的热爱。他与启蒙文人之间的往来众所周知,但鲜为人知的是,他在第一次西里西亚战争前夕,仍然通宵阅读拉辛的悲剧作品,甚至在心脏停止跳动的前几个钟头,还令朗读官为他朗读伏尔泰的史书,即使陷入昏迷的他已经无

就能够理解这位哲人的《诗术》。（莱辛,《关于悲剧的通信》,朱雁冰译,华夏出版社,2010,页 81）

而在《汉堡剧评》（1767—1768）中讨论悲剧的"净化"问题（第 78 篇）时,莱辛更是提到了亚里士多德的《政治学》（见莱辛,《汉堡剧评》,张黎译,华夏出版社,2021,页 363）。

① 刘小枫,《巫阳招魂——亚里士多德〈诗术〉绎读》,生活·读书·新知三联书店,2019。

法再听到。①

　　弗里德里希二世生前对历史、政治、哲学、文学等领域均有涉猎，从不同立场发表过独到的看法，不过，他的许多作品由于其敏感性，生前都未能发表。弗里德里希二世逝世后，官方和学界为其编辑了多本文集，其中比较有影响的有30卷本全集、47卷书信集、10卷德译作品选。在其诞辰300周年之际，德、法两地学者又共同主编策划出版了12卷本"波茨坦版"作品集（德法对照）。②

　　在诸多重大主题中，弗里德里希二世对文学，尤其是德意志文学的看法，两百多年来一直富有争议。③ 不过，根据文学史家在晚近的考证，后世的这一连串批评不一定有道理，因为，弗里德里希二世对本民族文学极其不屑的《论德意志文学》（副标题为"值得批

---

① 可联想同样嗜读书、爱智慧的毛主席。1976年9月8日，他临终前在医生抢救下仍然坚持读书七分钟。参逄先知，《博览群书的革命家》，见龚育之、逄先知、石仲泉，《毛泽东的读书生活》，生活・读书・新知三联书店，2021（2022重印本），页20。

② *Œuvres de Frédéric le Grand.* Hrsg. von Johann David Erdmann Preuss. Bd. 1-30, Berlin 1846—1856; *Politische Correspondenz Friedrichs des Großen.* Hrsg. J. G. Droysen, 46 Bände, Berlin, Köln (u. a.) 1879—1939 / Bd. 47, 2003; *Die Werke Friedrichs des Großen in deutscher Übersetzung.* Hrsg. von Gustav Verthold Volz, Bd. 1-10, Berlin 1913/14; *Friedrich der Große-Potsdamer Ausgabe Frédéric le Grand-Édition de Potsdam.* Hrsg. von Anne Baillot, Günther Lottes und Brunhilde Wehinger, Bd. 1-12, Berlin 2007f. (目前为止仅出卷6和卷7。)

③ 参 *Friedrich II, König von Preußen und die deutsche Literatur des 18. Jahrhunderts. Texte und Dokumente.* Hg. v. Horst Steinmetz, Stuttgart 1985; 大诗人格奥尔格（Stefan George, 1868—1933）的弟子贡道夫（Fr. Gundolf, 1880—1931）生前也曾撰文批评，参 Friedrich Gundolf, *Friedrichs des Großen Schrift über die deutsche Literatur*, Zürich 1947。

评的不足及其原因,以及改善这些不足的手段")发表于1780年,但是,其主要思想其实早在1750年前后就已经形成并且散见于私人的通信中。①

关于本文集的选编需要说明的是,弗里德里希二世不但喜欢与同时代的文人交往,而且在与其交往的过程中自己也搞创作。从他已发表的作品一览可以看到,作为文人、诗人的他,一生写过一部诙谐英雄诗作,一部三幕剧,两部谐剧,两部大部头历史著作,五万余行法语诗歌,大量哲学散文,无数的优美书信,诸多歌剧台本、箴言诗、寓言……而他更大的"诗作"(Dichtung,即诗、创作、创制)无疑是他为普鲁士王国取得的欧陆列强地位和为后世奠立的基业。

根据弗里德里希二世自己的理解(参本编《论德意志文学》),他的"文学"概念包括纯文学(比如语言本身、诗歌、戏剧)、修辞术、历史/史学、哲学、法学、道德学说、医学等,此外还有对大学、高校及其教师的改革建议——从中可以看出他的讨论更多着眼于国家文教制度层面。我们不能忘了他既有文人、诗人的身份,更有政治家、一国之君的身份。

本编分为三部分,第一部分是《论德意志文学》以及与该主题相近和相关的文论,第二部分是他在古典文学(尤其是路吉阿诺斯)影响下创作的亡灵对话,②第三部分是两篇悼词,分别为纪念伏尔泰、拉美特利而作。

---

① Geist und Macht. Friedrich der Große im Kontext der europäischen Kulturgeschichte. Hg. v. B. Wehinger, Berlin 2005,尤见页13-22、23-49。

② 另一部亡灵对话 Dialoque des morts entre Madame de Pompadour et la Vierge Marie 由于篇幅较长,这次未能收入,未来出单行本。

胡伯文章"弗里德里希二世时期的邦国爱国主义"本拟用作拙译《驳马基雅维利》的附录,因考虑到政治和文学的关系极为深厚复杂,用在这里更为合适。胡伯作为法学家和政治思想家的眼光,有助于我们看待文学和政治这对主题。

2022 年 9 月于故渭城
2023 年 4 月改定于北京

一　论文艺

论德意志文学[*]

——值得批评的不足及其原因,以及改善
这些不足的手段(1780)

[说明]这部作品于1780年以法文形式出版。德语译本来自多姆(C. W. von Dohm),是一个官方授权的译本,由国王本人提出要求并在宰相赫尔茨贝格监督下完成,后者在国王那里身居要职。一直以来,人们总是将这部作品的形成史与他和赫尔茨贝格自1779年开始的关于德语语言和文学的谈话联系起来。赫尔茨贝格对于德语(在诗歌上)可能所持的态度比弗里德里希更为积极。学界至今仍在争论,如从该作品所看到的,国王是否真的对同时代德语文学几乎毫无了解。不容争议的是,作品的诸多细节和总的立场多与1750年前书信中的表达相一致。由此可以得出,弗里德里希二世一生中对于德语文学的看法几乎没有改变。该作品的初稿完成时间常常被标记为18世纪50年代初期。

---

* [译按]译文根据 Friedrich II. , Über die deutsche Literatur;die Mängel, die man ihr vorwerfen kann; die Ursachen derselben und die Mittel, sie zu verbessern 译出,见 Horst Steinmetz 编, Friedrich II, König von Preußen und die deutsche Literatur des 18. Jahrhunderts. Texte und Dokumente, Stuttgart 1985。

如无特别说明,本书各篇前的"说明"部分均摘自德文编者的说明文字。

多姆(1751—1820)是一位成功的普鲁士外交官、使臣。他于1781年发表了一部为犹太人辩护的作品,去世前出版了五卷本《回忆录》(1814—1819),主要谈的是弗里德里希二世治下的最后岁月。

先生①,对于我与您的看法不一致,不愿意赞成在您看来德意志文学几乎日日都有的进步,您感到惊奇。诚然,我与您一样,深爱着我们共同的祖国。但是,这对我来说恰恰是不愿给它赞许的动机之一,除非它配得上这样的赞许。人们不会把一位还处在跑道中途的人说成胜利者。我会等他到达终点,那时,我的称赞才既真诚,又合理。

在学者共和国中盛行的是一种完全的意见自由,您是知道的。您从一个视角,我从另外一个视角观察着种种对象。因此,请您允许我进行说明,并且更为详细地阐明我思考的方式以及我对古今文学的看法。我会从语言、科学以及品味方面来观察,并从古希腊这个文艺的摇篮开始。希腊民族的语言是人类语言中最为和谐的,它最早的神学家和史家都是诗人,他们将出色的措辞引入他们的语言,成为大量如画作一般的表达的创造者,对于他们的后继者来说,他们成为优雅、细致、庄严表达的艺术的教师。

从雅典转向罗马,我在这里发现这样一个共和国,它最开始与邻国争战了很久,后来则为了帝国的荣誉和扩张而战。这个国家中的一切皆为神经和力量,直至它的竞争者迦太基覆亡之后,

---

① 这里的对话者可能是赫尔茨贝格,不过也可能是《德意志人在科学、文学,以及艺术方面的进步》(Progrès des Allemands, dans les sciences, les belles-lettres et les arts, 1752)一书的作者比勒菲尔德男爵(J. F. von Bielfeld),他是弗里德里希二世在莱茵斯堡时期的青年友人。

科学才被引进。莱利乌斯和珀律比乌斯的友人,伟大的斯基皮奥(Scipio)①,是第一位为科学提供庇护的罗马人。随后有了格拉古兄弟②,继而又有当时两位著名的演说家安东尼乌斯和克拉苏斯③。不过,罗马演说术的语言和风格直至西塞罗、霍滕修斯④以及为奥古斯都统治增光添彩的卓越天才人物的时代,方才臻于成熟。

这个简短的概貌向我描述了文学的自然进程。我坚信,没有哪位作家能够写得美,倘若那门语言还不够成熟和文雅。我还认识到,在所有国家,人们总是从必要事物入手,继而才补充令人愉悦的事物。罗马共和国先开始教化,然后为了获取土地而战斗,接着力图垦殖这些土地,直至布匿战争⑤结束,他们获得了稳定且持续的状态之后,艺术品味才得以形成,拉丁语及其演说术才得到一

---

① 莱利乌斯(Gaius Laelius,约前190—前129),罗马执政官,因热爱哲学而被称为"智慧者"。
珀律比乌斯(Polybius,约前210—前127),希腊史家,罗马人的俘虏,获得自由后留在罗马,著有四十卷本的《普遍历史》,现只有残篇留存。
② 格拉古兄弟(Tiberius Sempronius Gracchus 和 Gaius Sempronius Gracchus,公元前2世纪),罗马护民官和演说家。
③ 安东尼乌斯(Marcus Antonius,前143—前87),公元前99年的罗马执政官。
克拉苏斯(Lucius Lucinius Crassus,前140—前91),监察官、执政官,著名演说家。
④ 西塞罗(Marcus Tullius Cicero,前106—前43),于公元前60年成为罗马执政官,任职期间镇压了喀提林的谋反。
霍滕修斯(Quintus Hortensius Hortalus,卒于公元前50年),他的演说辞和有关雄辩术的作品无一存世。
⑤ 布匿战争,罗马人针对迦太基(布匿人)的战争,分别发生于公元前264—前241年、前218—前201年、前149—前146年。

些完善。不过,我注意到,大斯基皮奥与西塞罗之间竟相隔一百六十年。由此可以得出一个结论,万物中间完善的进步是缓慢的,人们为大地播下的种子在能够开花结果之前,必先得扎根、发芽、抽枝、获取力量并长得健壮。随后,我会用这些规律来评判德意志,以便公允地确定我们目前真实所在的位置,我会抛弃一切偏见,只让真理做我的引路人。如今,我所发现的还是一门半野蛮的语言,德意志有多少地区,便有多少迥异的方言。每个区域都坚信,自己的语言才是真正正统的德意志语言。我们还没有一部被整个民族所认可的汇编集子,人们可以在其中找到能够有把握地据以判断语言纯洁性的词汇和成语。施瓦本人所写的东西,到了汉堡便几乎难以理解,而奥地利人的风格对于萨克森人而言则晦涩难解。因此,即便一位具有最伟大精神的作家想要卓越地使用这门还未成型的语言,在自然上也是不可能的。倘若人们要让菲迪亚斯①为科尼多斯塑造一座维纳斯,也必须先给予他一块无瑕的大理石、精细的凿子和好用的刻刀。只有这样,人们才能够对他的工作有所期待,毕竟巧妇难为无米之炊。

人们也许可以责难说,与我们一样,古希腊城邦当时也有许多不同的方言,而且今天人们也可以从一个意大利人的风格和发音上得知他是哪国人,那里的风格和发音因国家而异。这些说法毋庸置疑,不过,它们并不应该妨碍我们去进一步追索古希腊和现代意大利的文学进步。这些国家著名的诗人、演说家、史家通过自己的作品确立了该国的语言。读者以约定俗成的默许将措辞、短语、

---

① 菲迪亚斯(Phidias,生于公元前5世纪初),古希腊雕刻家,他流传下来的作品没有一部是原件。科尼多斯的维纳斯是古希腊雕刻家普拉克西忒勒斯(Praxiteles,公元前4世纪中叶)最著名的作品。

譬喻当作那些伟大艺术家作品中的最佳者和最正确者。他们的表达逐渐广为流传,语言也因此而变得优美、高贵、丰富。

现在让我们再看看我们的祖国,就会发现一种毫无优美可言的杂乱语言,每个人都在任意而为。在这里,人们找不到讲究的表达,忽视最本真、最具表达力的语句,经常在海量的插入语中塞入各种意义和思想。我竭尽全力去搜寻我们的荷马、维吉尔、阿那克里翁、贺拉斯、德摩斯梯尼、西塞罗、修昔底德、李维,但是他们的踪迹无处可寻,我所有的努力都付诸东流。因此,我在想,我们如果是正直的,便只能真诚地承认,直至如今,我们土地上的文艺还不愿繁荣发展。在哲学方面,德意志有过自己的哲人,他们可堪与古代哲人一较高下,甚至在不止一个门类上胜过后者。对此,我在后面还会谈及。不过,在文艺方面,我们不得不承认我们的贫乏。我能够向您承认,但不至于令我矮化为同胞的奉承者的是,我们在寓言这个微小文类上只有过盖勒特(Gellert)一人可以比肩伊索和斐德鲁斯。① 卡尼茨②的诗歌尚为可读,不过不是就语言而言,而是因为他模仿了贺拉斯,然而才气不足。我也不愿全然忽略盖斯纳③

---

① 伊索(Aesop,公元前6世纪),古希腊传奇寓言诗人,有以他命名的寓言集存世,该作品直至18世纪仍在不断被改写、模仿。

斐德鲁斯(Phaedrus,公元前1世纪),罗马寓言诗人,以荷马为榜样,对18世纪的寓言创作产生了巨大影响。

② 卡尼茨(F. R. L. Frh. von Canitz, 1654—1699),普鲁士外交官、诗人,为启蒙运动带来新的理念,身后发表的诗集有《闲时杂诗》(*Nebenstunden unterschiedener Gedichte*, 1700)、《罗马帝王传略》(*Kurze Beschreibung Roemischer Kayser*, 1744; 1760)等。

③ 盖斯纳(Salomon Gessner, 1730—1788),瑞士画家、抒情诗人,与拉姆勒(Ramler)和格莱姆(Gleim)交好。尤以《田园诗集》(*Idyllen*, 1756)闻名。

的田园诗,他的诗歌有一些拥趸,不过我希望他们不要介怀我更钟意提布卢斯(Tibull)、卡图卢斯(Catull)以及普罗佩提乌斯。① 我检阅史家时,则只能挑出马斯科夫(Mascov)的德意志史,至少它没那么多疏漏。您也一定在认真地期待我会如何评价我们的演说家的功劳吧?除了柯尼斯堡著名的库安特(Quandt)之外,我至少不知道还有其他人值得一谈,库安特具有罕见的令自己语言协调的独特禀赋,不过殊为遗憾的是,这项功劳并未被认识到,而且他也不为人所知,这令我们感到丢脸。倘若他们得不到荣誉的奖赏,人们又怎么能要求那些人竭力以自己的方式变得完善?除了上述提及的几位先生之外,我还想提一位不具名的先生,我读过他的无韵诗②。这些诗歌的韵脚与和声由扬抑抑格和扬扬格交替组成,诗歌充满着理智,悦耳的声响令我的耳朵非常享受,我几乎不相信我们的语言有能力做到这一点。我想说,这种押韵法最适合我们的耳朵,其优势远大于押韵。如果有人努力使之更为完善,也许它还会取得进一步的发展。

关于德意志的戏剧我情愿只字不提。在我们这里,墨尔波墨涅女神(Melpomene)受到一众十分古怪的人的追捧,有的人踩着高跷小跑,有的人在灰尘中徐行,所有人都违反了艺术规则,因而无法引起人们的兴趣并使之感动,不得不被赶下悲剧缪斯的祭坛。塔利亚女神(Thalia)③的喜爱者更为幸运些,他们至少为我们提供

---

① 普罗佩提乌斯(Sextus Propertius,约前 50—前 15),最为著名的罗马挽歌诗人,发表过四部诗集。

② 很久以来,这都被认为是葛茨(J. N. Goetz,1721—1781)的《少女岛》(*Die Mädchen-Insel. Eine Elegie*),不过,这句话也可能指的是克莱斯特(E. von Kleist)的《春》(*Frühling*)。

③ 即谐剧的缪斯。

了一部真正具有独创性的谐剧,我指的是《邮车》(*Postzug*)①。这部剧的诗人将我们的风尚和真正的幽默搬到了戏剧中,这部剧制作得很好,即使莫里哀本人也无法将其对象处理得更成功。很抱歉,我无法向您列举更多这样的优秀作品。不过我并不因此而责备这个民族,它并不缺乏天才和精神。不过某些原因将它们遏制了,阻碍它们与邻人出现在同一时期。让我们一起返回到科学复苏的时期,并对比意大利、法兰西、德意志在这段人类精神革命时期的不同状况。

诸科学最先在意大利获得复兴,埃斯特家族、美第奇家族以及教皇利奥十世为它们提供了庇护并促进了它们的进步,②这一点您是清楚的。就在意大利不断变得文雅的这个时代,德意志则被神学家的争吵撕裂为两派,两派都因对另一派怒不可遏的仇恨以及狂热的激情而出类拔萃。相反,在法兰西,弗朗索瓦一世③则在努力分取意大利在复兴科学上的荣誉。不过,他的这一努力是徒劳的。法国君主制当时还很疲弱,为了从皇帝查理五世手中赎回国王而元气大伤。④ 弗朗索瓦一世去世后,同盟

---

① 埃伦霍夫(C. H. von Ayrenhoff,1733—1819)的一部谐剧。

② 埃斯特(Este)家族是意大利贵族世家,15、16 世纪赞助了诗人阿里奥斯特和塔索。

美第奇(Medicis)家族为意大利贵族世家,15 世纪在佛罗伦萨决定性地赞助了科学与文艺。

利奥十世(Leo X,1475—1521),出身于美第奇家族,热衷于文艺和科学。

③ 弗朗索瓦一世(1494—1547),法兰西国王,坚定支持文艺复兴运动。

④ 神圣罗马帝国皇帝查理五世于 1525 年在一次战役中俘虏了弗朗索瓦一世,1526 年,在马德里条约极其苛刻的条件下将弗朗索瓦一世释放。

(Die Ligue)①战争妨碍法国人去关注文艺。路易十三世统治末期,内战的伤痕得到治愈,黎塞留②主教时期提供了更为有利的环境,人们才重新回到弗朗索瓦一世的计划上来。宫廷鼓励学者和艺术家,仿效是普遍的,不过这种情形持续的时间并不长,在路易十四治下,巴黎丝毫不逊色于罗马或者佛罗伦萨。那么,这个时期的德意志情形如何?正当黎塞留为自己获取教化民族的崇高荣誉之时,三十年战争正以其最大的怒火在德意志肆虐。二十支不同的军队蹂躏并洗劫着德意志,这些军队,无论胜者还是败者,每次留下的都是破坏。土地遭到蹂躏,不再被种植,城市几乎空无人烟。即便签订威斯特伐利亚和约之后,③德意志也没有恢复元气的时间。它一会儿得抵抗奥斯曼帝国极其骇人的力量,一会儿得与法兰西军队抗争,因为后者试图将自己王国的统治扩张到德意志。

就在土耳其人包围维也纳、梅拉克将军摧毁普法尔茨之时——在普法尔茨,城市和乡村都陷入火海,死者的神圣避难所也被兵痞的肆无忌惮毁坏,他们为了将可怜的陪葬品据为己有,将选帝侯的尸体从墓中掘出,怀抱羸弱孩童的寡母逃离了祖国的废墟④——人们岂能想象,有人正在维也纳和曼海姆制作十四行诗和

---

① 同盟(die Ligue)是1576年法兰西天主教结成的反新教胡格诺教派同盟,随着胡格诺教派最后一位领袖马耶纳公爵(Mayenne)臣服于亨利四世,同盟于1596年解散。
② 黎塞留(Armand Jean du Plessis, duc de Richelieu, 1585—1642),1622年成为红衣主教,1624年起任首相,特别是成立了法兰西学院。
③ 威斯特伐利亚和约(签订于明斯特和奥斯纳布吕克)结束了三十年战争(1618—1648)。
④ 梅拉克(Ezechiel conte de Melac,卒于1709年),法兰西将军,1689年普法尔茨王位继承战期间对普法尔茨进行了劫掠。

富于机智的箴言诗?缪斯女神需要安宁的避难所,她们逃离了充满混乱和残垣断壁的地方。直至西班牙王位继承战之后,①人们才开始逐渐重建一系列的灾难所毁掉的一切。因此,我们迄今取得的进步之所以如此微弱,并不能归咎于民族的精神和天才,相反,我们必须在一系列悲惨的环境、几乎未曾休止的战事中寻找这种微弱的原因,是它们毁掉了我们的祖国,使之既缺人力又缺财力。

让我们不要偏离了事件的主线,现在来看看我们父辈的进程。您会和我一道赞颂引导他们行为举止的智慧。他们的行为方式恰恰与他们当时所处的情形相宜。他们开始耕作,并从之前无人理会的田地中获得新的价值。他们重建了被毁的房屋,促进了人类的繁衍。无论哪个地方,人们都在努力开垦荒芜和没有人烟的土地,人口的增长带来了工业,奢侈也在我们这里落脚,对于小国而言,它是一种败坏,而对于大国则是有利的,它会促进财物的流通。倘若从德意志如今的一处边界去到另一处边界,您到处都可以发现曾经的小地方变成了繁荣的城市。这里有明斯特,不远处是卡塞尔,那里是德累斯顿,还有莱比锡。在法兰克地区,您可以看到维尔茨堡和纽伦堡。沿着莱茵河畔,您可以经过富尔达和美茵河畔的法兰克福到达曼海姆,从曼海姆折返经过美茵茨前往波恩。每一座城市都会向旅行者展示他在曾是厄尔辛尼亚(Herzynisch)森林的土地上无法预料到的建筑。② 我们同胞的阳刚实干行为并

---

① 法兰西与奥地利、英格兰、荷兰同盟之间的西班牙王位继承战(1701—1714)以安排安茹的腓力为西班牙国王结束。

② 厄尔辛尼亚森林(Herzynischer Wald)为古代对整个德意志中部山区的称谓。[译按]参凯撒,《高卢战记》,任炳湘译,商务印书馆,1982,页145(卷6,25)。

不满足于仅仅弥补明显的不幸导致的损失,而是更进一步,使我们祖先最早的构想得到完善。自从这个带来有利变化的时代以来,我们可以看到财富的不断普及。农民和市民这个较低的等级不再在有失尊严的压迫下忍饥挨饿,父亲如今无需举债就可以让自己的孩子投身学术。这些是我们仍可期待的有利革命的最初果实,如今,曾经束缚先辈天才的锁链被打破了,人们注意到,一种高贵竞争的种子已经开始在我们中间萌芽。我们羞赧于在某些门类上无法与邻国一较高下,希望通过不倦的工作来再次获得因为运气不佳而失去的时间。

总体来说,民族品味如今极为辛勤地致力于令祖国闻名于世,在这样的态度下,人们完全不用怀疑,缪斯女神是否会把我们领入荣誉的圣殿。因此,我们想要探究,如何彻底地根除我们土地上仍然存在的野蛮杂草,为了加速实现同胞们希望达到的完满,还需要做哪些工作。我重复一下对您已经表述过的内容:人们必须先着手改善语言。它必须得到修饰、打磨,以及熟练之手的加工。清晰性是首要的规则,这是所有会说会写的人必须重视的,因为他们的意图在于描述思想和概念,并通过语句来表述。倘若人们无法表达得易于理解,那么,思考最为准确、有力、出色的理念有什么用处?我们的许多作家都喜爱杂乱的风格,他们将一个插入语插入另一个插入语,以至于人们常常直到某一页的结尾才找到决定一长串句子的意思的那个词。没有什么可以更令结构混乱了。这不是丰富,而是不严谨,解开斯芬克斯的谜语也比理解他们的思想要容易得多。[①]

---

① 斯芬克斯在东方神话中是一个狮身人面的混合体。在古希腊传说中,食人的斯芬克斯讲述难解的谜语,后被俄狄浦斯战胜。

对于科学进步同样有害的,除了我批评的语言和风格的错误之外,还有一种深度钻研能力的欠缺。人们之所以曾经指责我们民族的学究气,是因为我们的学者中间有大量注疏家和过于细致的对细枝末节的探究者。为了摆脱这样的批评,学者们如今开始完全忽视对学术语言的研习;为了不致被称为学究,他们在所有科学领域的研究都只是浮于表面。今天几乎没有学者能够毫无困难地阅读古希腊、古罗马的经典作家。不过,倘若想要用荷马诗行的和谐训练自己的耳朵,人们就必须不借助词典,熟练地阅读这位诗人。这一点同样适用于阅读德摩斯梯尼、亚里士多德、修昔底德以及柏拉图。同样,倘若人们想要详细地学习拉丁古典作家,完全熟悉这门语言也是必要的。

然而,我们今天的年轻人对古希腊语几乎完全不再用功,几乎没有人学习过足够多的拉丁语,以达到能够翻译奥古斯都时代伟大人物作品的平庸水平。这些古代作家正是我们的先辈以及意大利人、法兰西人、英格兰人获得知识的丰富源泉。后者尽其所能地根据这些伟大榜样来塑造自己,他们学到榜样们思考的方式,在赞赏古人作品中富含的伟大优美性之余,并没有对其中的错误视而不见。因为,人们必须以洞察力和辨别力公允地进行评价,并且永远不沉溺于一种盲目奉承之中。意大利人、法兰西人以及英格兰人在我们之前享受过的那些幸福时光,如今开始悄无声息地消逝。这些民族的读者似乎对他们得到的作品感到了满足,知识自从被广泛地传播之后,就变得不那么受尊重。这些民族认为自己已经拥有了他们先辈获得的荣誉,可以在他们的橄榄枝上安然入睡。不过,我察觉到,这个离题话使我偏离了我谈论的对象,现在再回到它上面来,立即探究我们研究的方式中还有哪些错误。

我注意到,小学还没有它们所需要的足够优秀且熟练的教师。

这是因为我们的小学很多,它们都想要受到照顾。如果教师都是学究,如果他们偏狭的精神沉溺于细枝末节,遗忘掉重要的事物,如果他们的课堂一片混乱、无聊、讲不出东西,那么,他们就会折磨那些学生,这常常会导致后者对科学产生永久的厌恶。另外一些小学教师就像纯粹的雇工那样对待自己的职业。学生对他们的课堂究竟有没有所得,他们几乎不关心。他们只要如数拿到薪水,就心满意足了。更令人恼火的是,倘若教师自己就没有知识,倘若他们自己都一无所知,又如何能够教导别人?当然,我很清楚,幸运的是,这些常规之外还有例外,人们在德意志还可以找到不少非常能干的小学教师。我越是无法否认这一点,就越是希望,但愿这样的老师更多些。

关于大多数教师给学生教授语法、修辞术以及辩证法①时所用的错误方法,我还有许多要说。倘若他们将杂乱无章当作富含思想,将粗鄙低俗当作质朴,将散文错误的疏忽当作高贵的单纯,将夸夸其谈当作崇高,倘若他们修改学生的文章并不仔细,不去消除他们的错误并对他们进行告诫,倘若他们在让学生牢记在书写中始终必须注意的规则时并不谨慎,我们对这些老师又怎能有所期待?老师们也同样常常犯违反比喻的严格准确性规则的错误。我还记得小时候在海纳奇乌斯教授给某女王的一篇献辞中读到过如下美妙的措辞:"女王陛下就像当下时代手指上的红宝石一般璀璨夺目。"②还可以表达得更糟吗?女王为什么是一块红宝石?是谁

---

① 辩证法是思考和教学的特殊形式,尤其见于私人性的教诲、对话。苏格拉底将其发扬光大。

② 弗里德里希将这句引用错误地安到耶稣会士海纳奇乌斯(J. G. Heineccius,1681—1742)身上。这句话实际来自法兰克福教授艾伯特(A. Ebert)1723年以阿普罗尼乌斯(Aulus Apronius)为笔名发表的游记。

赋予了时代一根手指？如果艺术家想象时间,他们会赋予它翅膀,因为它毫不停歇地向前飞驰,或者会赋予它滴漏,因为时刻划分了时间,或者会给时间的臂膀武装一把镰刀,来暗示时间会收割和摧毁一切存在的事物。倘若老师用这样一种低俗、可笑的方式来表达,大家还会对他的学生有什么期待？

不过,还是让我们从低等的小学来到大学,同样不偏不倚地对它们进行探究。我经常看到的一个错误就是,教授们完全没有一种教授科学的通用方法。每位教授都有一套自己的方法。不过在我看来,他们应该遵守的好方法只有一种。但是如今他们是怎么做的呢？比如某位法学教授在著名的法学学者中间有几位特别喜爱的,于是只阐释他们的观点,仅仅以他们的作品为圭臬,而不关心其他作家写的关于法的东西。他提高自己专业的威望,以展示自己的学识。他勤奋地致力于让讲座晦涩难解,以使之被视作一种神谕。谈到奥斯纳布吕克福利院的来历时,他就讲孟菲斯法,要教育一位圣加仑法院未来的执掌人时,他就会对米诺斯的法律①详加论述。

讲授世俗智慧的教师通常也有自己中意的体系,这是他唯一遵循的。他们的学生离开讲堂时脑子里的偏见会比他们到来时更多。他们仅仅草草认识了一小部分属人的观点,还远远不熟悉这些观点的错误和乏味之处。

关于医学究竟是不是一门技艺这个问题,我自己还无法确定。不过我坚信,世上没有任何一个人能够再造一个胃、肺或者肾,倘若这些作为生命本质性的部分遭到损伤的话。我强烈建议朋友们,当他们生病了,就快去看其患者已填满不止一座教堂墓地的医

---

① 据说克里特岛的米诺斯国王颁布了一部宙斯教导给他的法律。

生，而不是去找霍夫曼或者布尔哈夫的某个年轻学徒，①后者只是还没有机会杀死任何一个人。

对于几何学的教师没有任何可以指摘的。只有这门科学从来没过小门派，它是基于分析、综合以及计算的，只关心丝毫没有矛盾的真理，教授它的方法在所有国家都是相同的。

在神学方面，我也会遵守一种充满敬意的缄默。人们说，它是一门神圣的科学，门外汉不得进入它的圣地。

不过，针对史学教授，我可以不那么小心翼翼，请允许我对他们的测验提出一些小怀疑。我要自由地向他们发问，对年代学的研习是不是历史最为有用的部分？搞错了贝鲁斯的卒年或者大流士的马匹嘶叫着将主人送上波斯王位的日期，②是不是不可饶恕？搞清楚金玺诏书是早晨六时还是下午四时颁布的，③是不是极其关键？就我而言，我会满足于知道金玺诏书的内容以及它颁布于1356年。在这方面我丝毫不会原谅那些在史实上犯了年代错误的

---

① 霍夫曼（F. Hoffmann，1660—1742），18世纪的著名医生，哈勒大学第一位医学教授，在实践医学领域获得巨大的知名度，霍夫曼滴剂就是以其名字命名。

布尔哈夫（H. Boerhaave，1668—1738），18世纪著名的医学家，以多门学科的教授身份任职于莱顿大学。

② 贝鲁斯（Belus），古埃及国王。

大流士一世（Darius I，前550—前485），波斯国王，根据希罗多德的说法，他之所以当上了国王，是因为一次阴谋之后，他的马在清晨第一个嘶鸣。［译按］事见希罗多德，《历史》（上），王以铸译，商务印书馆，1997，页234及以下（卷3，83-87）。

③ 金玺诏书（goldne Bulle）是德意志罗马皇帝查理四世的文书，该诏书于1356年确立了一部伟大的帝国宪法法律，该法律基础的有效性延续至1806年。

史家。不过,我会更宽容地评价这类小的疏忽,而不是那些更为重要的错误,比如一位史家讲述事件时逻辑混乱,说明起因时不够清晰,对好的方法不够重视,长时间地停留在细枝末节却对最为重要的对象一笔带过。对于谱系学,我的想法大致相同,即我并不认为,某位学者因为不懂得如何详细阐明君士坦丁大帝之母圣海伦娜或者查理大帝的妻子或情妇希尔德嘉德的谱系之类的事情,就必须被处以极刑。① 史学教师只用教授学生有必要知道的,而应该略过其余内容。或许您认为我的批评太过严厉?您会说,在我们的尘世上没有什么是完美的,因而我们的语言、小学、大学,也都有权不完美。您会补充说,批评是一件容易的事,但是艺术却是件难事,不应只满足于单单指出错误,还应该给出应该遵守的规则,以便对它们进行改善。先生,我承认您的要求是对的,并且十分乐意满足您的要求。不过我在想,我们也拥有其他民族达到完善的手段,关键是如何运用它们。很久以来,我已经在闲暇中深思熟虑过这些对象,它们对我而言足够鲜活,以使我能够在这里阐明,让您恍然大悟,对它们作出评判。当然,我绝不敢妄想自己的原则从不犯错。

让我们再次从德语开始,我指责它混乱,难于加工,听起来不美,比喻不够丰富,但是要将新的措辞和优雅赋予该语言以使之文雅,这些比喻是必要的。倘若我们追踪邻国已经达到的,而我们正试图去达到的完善程度所走的道路,就可以找到我们能够改善这些错误的最佳途径。查理大帝时代,人们在意大利说的还是一门

---

① 高龄的圣海伦娜(Helena,卒于326年)徒步朝圣至巴勒斯坦,并在那里建立了教堂。

查理大帝的第二任妻子希尔德嘉德(Hildegard)生活于758年至783年。

野蛮的大杂烩式的语言,它由吸收自哥特语和伦巴第语的词汇所组成,还混杂了拉丁语短语,不过对于西塞罗和维吉尔的耳朵来说,它们完全无法理解。在接下来的野蛮世纪里,这门语言在不完美中得以保留。此后很久才出现了但丁,他的诗歌令读者陶醉,意大利人于是开始相信,他们的语言也许配为世界征服者①语言的后继者。终于,诸科学复兴之前和期间,涌现出了彼特拉克(Petrarca)、阿里奥斯特(Ariost)、桑纳扎罗以及本波主教。② 这些名人的天才尤其赋予了意大利语持久的形象。同一时期,秕糠学会得以成立,③它专注于保持意大利语的风格和纯洁。

我现在转向法国,在弗朗索瓦一世的宫廷可以发现一门和我们如今的德语一样难听且不确切的语言。但愿马洛、拉伯雷、蒙田的崇拜者可以原谅我,④如果我承认,在这些作家粗野和毫无美感的作品中只能感到乏味和厌恶。在他们之后的亨利四世统治时期,出

---

① 世界征服者在这里指的是罗马人。
② 桑纳扎罗(Jacopo Sannazaro,亦称 Azzio Sincero,1458—1530),意大利诗人,有作品《阿卡迪亚》(*Arcadia*,1502)。
本波(Pietro Bembo,1470—1547),意大利诗人、人文主义者。
③ 秕糠学会(Accademia della Crusca),1582 年成立于佛罗伦萨,主要任务是出版一部意大利语词典。秕糠即从面粉中筛出 crusca[糠、麸皮]。
④ 马洛(Jean Marot,1463—1523),法国诗人,著名诗人克莱芒·马洛(Clement Marot,1495—1544)的父亲。
拉伯雷(Francois Rabelais,约 1494—1553),法国诗人,讽刺小说《庞大固埃》(*Pantagruel*,1532)、《高康大》(*Gargantua*,1535)的作者。[译按]两部作品在国内合译为《巨人传》。
蒙田(Michel de Montaigne,1533—1592),法国哲学作家,有作品《散文集》(*Essays*,1580)。

现了马莱伯①。他是法兰西的第一位诗人,或者更确切地说,他作为合辙押韵的人犯的错误比前辈更少些。为了证明他在自己的技艺中取得的完善程度有多低,请您回忆一下他颂歌中的一句:

> Prends ta foudre, Louis, et va comme un Lion,
> Donner le dernier coup à la dernière tête de la rébellion.
> [抓住你的天雷啊,路易,像一头雄狮,向反叛者最后的头领施以最后的一击。]

人们何曾见到过一头武装着天雷的雄狮?寓言将天雷赋予诸神中的至高者,也武装了陪伴他的鹰鹫,但是,狮子从未有这样的修饰语。不过,我们还是别理会马莱伯蹩脚的对比,去看看高乃依(Corneille)、拉辛(Racine)、布瓦洛、波舒哀(Bossuet)、弗莱谢(Fléchier)、帕斯卡、费奈隆、布尔索、沃热拉等人的对比。② 他们都

---

① 马莱伯(Francois de Malherbe, 1555—1628),法国诗人,官方的宫廷诗人。发表过讽刺性的论战文,致力于理性主义那样严格的诗。

② 布瓦洛(Nicolas Boileau-Despreaux, 1636—1711),法国作家。《诗的艺术》(*Art poetique*, 1674)的作者,在贺拉斯之后总结了古典主义的创作规则,对18世纪的德语文学有巨大影响。

帕斯卡(Blaise Pascal, 1623—1662),法国哲人、作家,代表作为《关于宗教的思考》(*Pensees sur la religion*, 1660)。

费奈隆(Francois de Salignac de la Mothe Fénelon, 1651—1715),法国作家,担任太子太保期间撰写了著名的《特勒马科斯纪》(*Telemaque*, 1699),在其中批评了路易十四的统治。[译按]中译参费奈隆,《特勒马科斯纪》,吴雅凌译,商务印书馆,2022。

布尔索(Edme Boursault, 1638—1701),法国戏剧家,尤以谐剧闻名。

沃热拉(Claude Favre de Vaugelas, 1585—1650),法国文法学家,《法兰西学院大辞典》(*Dictionnaire de l'Académie française*)编纂者之一。

是真正的法语之父。他们塑造了语言的风格，明确了词语的用法，使组合句变得和谐，为他们祖先野蛮、难听的方言赋予了力量和能量。人们以最大的热情和赞许接受了这些文人的作品。人们喜闻乐见的，就容易被记住。对科学有天赋的人，就会去模仿这些伟人。此后，这些伟人把自己的风格和品味分享给了整个民族。请您允许我顺带提及，诗人在古希腊、意大利以及法国都是最先使语言变得灵活、和谐的人，并由此使在他们之后用散文写作的作家有对其进行加工的更大空间。

当我转向英格兰，就会在那里发现一幅类似法兰西和意大利的图景。这片土地先后被罗马人、盎格鲁-撒克逊人、丹麦人、征服者威廉、诺曼底大公征服。今天的英语产生于所有这些不同征服者语言的混合，还需要加上被战胜者的语言，这是一门如今还在威尔士公国通行的语言。在那野蛮的世纪，英语至少像我刚刚给您提及的那几门语言一样粗野和不文雅，这一点不用我告诉您。科学的复兴在所有民族中都产生了相同的效果。对几个世纪以来笼罩的沉重无知感到厌烦的欧洲，如今也意欲启蒙。始终对法兰西充满嫉妒的英格兰，如今也想要产生出优秀的作家。由于要写作就必须有一门可以让人书写的语言，于是，英格兰人开始着手改善语言。为了提高速度，他们就从拉丁语、法语、意大利语中吸收了所有他们认为有必要的词汇。英格兰民族的确有过著名的作家，不过他们不能够令他们语言中刺耳的重音变得柔和，这些重音总是强烈地伤害外国人的双耳。其他所有语言在被翻译的时候都会有所失，唯独英语有所得。我在这里想起来曾经某位学者对我所提问题的回答。我问：蛇诱惑人类的初母时使用的是什么语言？他答道："英语，因为蛇发的是嘶嘶声。"您可以根据这个古怪想法的价值来判断它。

在我给您指出其他民族塑造并完善语言的做法之后,您可以自己得出结论,即倘若我们运用同样的手段,也会像他们一样成功。我们必须有伟大的演说家和伟大的诗人,他们会为我们作出曾给邻国作出的贡献,而这是我们无法从我们的哲人那里所指望的,他们的事业只在于根除谬误并发现新的真理。不过,诗人和演说家必须通过他们的和谐来使我们陶醉、感动并信服。由于我们并不能命令天才诞生于特定的时刻,我们想看看,在这些天才出现在我们中间之前,是否能够使用一些加速我们进步的手段。为了令我们的语言风格更为紧凑,就应该舍弃无用的插入语;为了凸显语言的活力,就应该翻译那些表达得最为有力和优雅的古代作品。希腊人中的修昔底德、色诺芬、亚里士多德的诗学,爱比克泰特的《道德手册》,①[以及罗马人]马可·奥勒琉的沉思录尤为典范。人们也尤其应该努力将德摩斯梯尼的力量尽可能地转渡到我们的语言中来。对于拉丁语作品,我主要推荐凯撒的《高卢战记》,撒路斯特、塔西佗的作品,以及贺拉斯的《诗艺》,法语作品则推荐拉罗什福柯的《道德箴言录》,以及《波斯人信札》《论法的精神》。② 我在此推荐的这些作品都以精短、扼要的风格写成,因此会迫使它们的译者避免使用多余的插入语和无用的语句。我们的作家就不得

---

① 古希腊哲人爱比克泰特(Epiktet,60—140)的《道德手册》由一位学生根据其授课笔记整理出版。

② 拉罗什福柯(Francois VI, duc de La Rouchefoucauld, 1613—1680),法国作家,1665年发表《道德箴言与反思录》(Maximes et Reflexions morales),该作品被视为古典法语散文的典范。

《波斯人信札》(1721)和《论法的精神》(1748)都是法国哲人孟德斯鸠(Charles de Montesquieu,1689—1755)的作品,前一部作品讽刺性地揭露了偏见,后一部作品阐明了分权原则的绝对君主制。

不万分敏锐,以便将自己的思想紧凑、简短地凝聚起来,由此就把人们在原作中赞赏的力量赋予译文。不过,他们在努力以活力去写作时,也必须避免使自己的表达变得晦涩。他们始终都得记住,清晰是每一位作家的第一要务,因此作家永远都不应远离语法规则,而应该调整支配插入语的语句,使之不至于产生歧义。这类翻译就会成为我们的作家能够据以塑造自身写作的模范。随后,我们就可以满足于遵循了贺拉斯在其《诗艺》中给作家确立的规则:Tot verba, tot pondera[字字千钧]。①

使我们语言中通常很生硬的重音变得更为柔和,将会是另外一个更为困难的努力。元音会令耳朵舒服,太多纷至沓来的辅音则会伤害到耳朵,因为它们的音很难发,听起来丝毫不美。我们的助动词和动词里有许多尾音几乎听不到的词,因此十分令人讨厌,比如 sagen[说]、geben[给]、nehmen[拿]。我们可以只给这些词在结尾添加一个字母 a,将它们变成 sagena、gebena、nehmena,这样,我们的耳朵才会喜欢。当然,我十分清楚,即便皇帝自己和他的八位选帝侯在隆重的帝国议会上通过一部法律,命令人们如此发音,真正古老的德语的狂热崇拜者们也完全不会遵守这样的法律,而是会到处用优美的拉丁语喊出,Caesar non est super Grammaticos[皇帝不高于文法学家],而且在所有国家,决定着语言的民众也会一如既往地继续说 sagen、geben。法国人使许多词语的发音变得更加柔和,否则这些词会令耳朵难受,它们曾促使尤利安皇帝说,②高卢人像乌鸦一样呱呱叫。人们曾说的这类词有 cro-jo-yent[他们信]、

---

① 这句引言并非来自贺拉斯,而是其他某位罗马作家。
② 尤利安(Flavius Claudius Iulianus, 331—363),罗马皇帝,试图通过再次引入异教以对抗尤以基督教为首的主流教派,也以作家身份出名。

voi-yai-yent[他们看到]。如今,人们则会说 croyent、voyent。这些词即便无法赢得耳朵的好感,但至少已经不再那么令人生厌。我想,我们也可以用同样的方法来对待我们语言中的一些词。

还有一个错误不容忽视,我指的是,我们的作家常常从下等人的语言中借用低俗、粗俗的比喻。比如,某位诗人在给赞助者的献辞里用了如下的表达:"射吧,伟大的守护者,将你胳膊一般粗的光芒射向你的仆人。"①您怎么看这些胳膊一样粗的光芒? 难道不应该告诉这位诗人"朋友啊,在你潜心写作之前,先学会思考吧"? 因此,面对我们文学中的这些不足,我在想,请不要模仿喜欢被视为富人的穷人,让我们最好十分真诚地坦承我们的贫乏。一想到这种贫乏,我们就会鼓起勇气,通过不知疲倦地工作,为自己争取到文学的财富。对它的占有还不足以完全使我们民族的荣誉变得完满。

在给您指出可以如何塑造我们的语言之后,我现在还想请您注意必须采取的规章,以扩展我们的认识范围,使得这些认识变得更容易获得、更有用,同时,还可以塑造青年人的品味。我首先建议,应该深思熟虑地为小学选择值得托付的校长,给他们规定一种易懂、好用的方法,他们必须在语法、辩证法、修辞术课堂上重视该方法。要对脱颖而出的学生给予有辨识性的小奖励,对马虎大意的学生则要进行轻微的惩戒。在我看来,沃尔夫的《逻辑学》是所有逻辑学中最优秀、最清晰的。② 因此,所有校长都应该在课堂上

---

① 该引用出处不详。

② 沃尔夫(Christian Wolff,1679—1754),莱布尼茨之后最有影响的德意志早期启蒙运动学院哲人,1707 年成为哈勒大学教授。他的授课和作品激起哈勒虔敬派的强烈反对,导致弗里德里希·威廉一世将其驱逐出境。弗里德里希二世继位后,沃尔夫于 1740 年重返哈勒。沃尔夫在大量作品中系统地阐发了启蒙运动理性唯理主义的世界观,也对文学创作产生极大影响。这里说的

使用它,因为巴托①的逻辑学还没有翻译过来,而且也并不足以超过前者。在修辞学方面,人们只应该以昆体良为鹄的。谁如果说研习了他而不具有雄辩力,那么这个人肯定从没有真正学习过。他的《雄辩术原理》风格鲜明、清晰,包含有这门技艺的所有规范和规则。不过,在这门课上,教师应仔细检查学生的尝试,决不能疏忽,决不能满足于纠正他们的错误,而应该对他们说明理由,即纠正为什么是必要的。教师还应该称赞学生做得好的地方。

倘若教师遵照我在这里建议的方法,那么,他们就会令自然播撒的天赋种子发芽,让这些学生习惯于对事物没有认识就绝不做决断,并且总是从前提中得出正确的结论,他们将会塑造学生们的判断力。如此,修辞术将会使他们的精神有条理,他们会学会组织思想、将思想联系起来、将一种思想与另外的思想建立关联、找出一种思想向另一种思想有利、不被察觉、自然而然地过渡等技艺。他们肯定会根据谈论对象来安排语言风格,只在得体的地方运用形象比喻,这既是为了打破风格的单调,也是为了在一些能够长出鲜花的地方播撒鲜花。他们尤其会避免犯混淆两种比喻的错误,这种错误必然会使意思变得晦涩和充满歧义。修辞术还会教他们在措辞上有所讲究,以适合他们所针对的听众。他们会学到如何激发情绪、博得好感、令人感动、激起不满或同情、说服,以及赢得

《逻辑学》应该指的是《关于人类理智力量的理性思考》(*Vernünftige Gedanken von den Kräften des menschlichen Verstandes*, 1720)。

① 巴托(Charles Batteux, 1713—1780),法国美学家,模仿论的代表人物。对德意志启蒙运动产生巨大影响的是他于1746年发表的《归结为同一原理的美的艺术》(*Les beaux-arts réduits à un même principe*)。

所有人的赞同。他们将会感知到,这门技艺何其神圣,只需通过娴熟地遣词造句,不借助武力和强迫,就能够征服人们的灵魂和心灵,并且在人数众多的大会上激起他们想要唤起的激情。

倘若古代以及邻国的优秀作品有朝一日被翻译过来,我将会推荐阅读这些作品,这是一件必要且最为重要的事。在逻辑训练方面,没有哪本书比培尔的《关于彗星的思考》一书更好,还有他对"请他们进来"这句话的注解。① 在我看来,培尔是欧洲迄今为止所拥有的第一位辩证学家。他不仅思辨有力且精确,而且他的主要优势尤其在于,他始终可以一眼便俯瞰一切,而别人无论如何只能从一个个对象去看。没有什么可以逃过他的注意,无论是弱的还是强的一面。他立刻就知道如何捍卫一则定理,如何反驳那些意图攻击它的人的异议。在他伟大的《词典》中,他指责奥维德对混沌的解释。这部《词典》中关于摩尼教徒、苏鲁支、伊壁鸠鲁以及其他诸多人物的词条都十分出色。② 所有词条都值得一读,值得去研习。对于年轻人来说,如果他们学会这位伟大人物思辨的力量和卓越的敏锐性,那将会有无法估量的益处。

您自己已经猜出来,对于那些尤其看重雄辩的人,我会推荐哪些作家。为了让他们学会供奉美慧女神,我会建议他们阅读荷马、维吉尔等伟大诗人的作品,此外还有贺拉斯的几首一流颂歌,以及

---

① 培尔(Pierre Bayle,1647—1706),法国哲人,以批判方式与偏见和不宽容作斗争的代表人物,尤以《历史考订词典》(*Dictionnaire historique et critique*,1697)闻名。《关于彗星的思考》(*Pensees sur la comete*)发表于1682年。

② 摩尼教徒即波斯宗教创立者摩尼(Mani,215—270)的追随者,他将古波斯的光明教与基督教融合了起来。

苏鲁支(Zoroaster)或扎拉图斯特拉(Zarathustra)是古伊朗的宗教创立者,大约生活在公元前7世纪。

阿那克里翁的一些诗歌。为了培养他们对雄辩的品味，我会把德摩斯梯尼和西塞罗的作品塞到他们手中。要让他们注意这两位伟大演说家所作贡献的不同之处。在前者那里，人们无法添加什么；在后者那里，人们无法舍去什么。之后紧接着要阅读波舒哀和弗莱谢——法兰西的德摩斯梯尼和西塞罗——最优秀的悼词，以及马西永①的四旬节布道词，这些布道词充满最为崇高的雄辩特征。

在历史写作方面，我会推荐李维、撒路斯特以及塔西佗。必须对年轻读者正确地说明这些伟大作家崇高的写作方式和叙述的美妙之处，此外也要批评李维的轻信态度，他总是在每一年的末尾列出一个奇迹的目录，而这些奇迹一个比一个好笑。在这些作家之后，可以让年轻人通读波舒哀的《论普遍历史》和韦尔托的《罗马革命》，罗伯特森《查理五世》的导言也值得一读。② 这些作品可以培养他们的品味，教会他们如何写作。倘若某位校长自己不具备某些认识，那么，他就只需说："德摩斯梯尼在这里使用了一个非常强烈的演说论据，在那里，他演说的绝大部分使用了省略三段论。这是顿呼，那是拟声法。这是比喻，那是夸张。"这样就很好，不过，如果教师不懂得阐明某位作者的美妙之处，也看不出（即便最为伟大的演说家也会犯的）错误，那么，他就没有完全尽职。我之所以对此如此坚持，是因为希望我们的少年离开学校时脑子里是清晰和确定的观念，并且教师不只满足于填满学生们的脑袋，而是首先试

---

① 马西永(Jean-Baptiste Massillon，1662—1742)，法国讲道者，他的四旬节布道词《小四旬斋》(*Le petit careme*)发表于1718年。

② 韦尔托(Rene Aubert，abbe de Vertot，1655—1735)，法国史家。

罗伯特森(William Robertson，1721—1793)，英格兰史家，其作品《查理五世帝国史》(*History of the Reign of the Emperor Charles V*)发表于1769年。

图塑造他们的判断力,以便使其学会区分优劣,他们不会只说"我不喜欢这个",还能够给出自己赞同或拒绝某事的理由。

如果您想要确信,直至如今,德意志的品味如何之低,只需要去我们的公众剧院看一看。在那里,您可以看到莎士比亚的令人厌恶的德译戏剧在上演。整个人群津津有味地看着这些可笑的插科打诨,而它们只配在加拿大的野人面前演出。我之所以如此严厉地评判这些作品,是因为它们亵渎了所有的戏剧规则。这些规则并非任意而为的。您可以在亚里士多德的《诗术》中找到它们,在那里,时间、地点、情节的三一性被规定为唯一且真正能令肃剧有趣的手段。但是在那位英格兰作家的戏剧里,情节整年整年地发展着。这里还有或然性可言吗?一会儿出现脚夫或者掘墓人,他们以符合自己身份的方式说着,随后上场的是女王和王子。这样一种伟大与卑劣、不幸与小丑般的滑稽的奇特混合,怎么可能令人高兴、感动?诚然,人们也许可以原谅莎士比亚古怪的逾越常规,因为在他生活的时代,科学才刚刚在英格兰诞生,还无法指望它们成熟。不过,几年前我们的剧院上演了一部名为《铁手葛茨》的戏剧,①它是对那些糟糕的英语剧的恶劣模仿,而我们的观众却对这部令人作呕的废话戏剧报以热烈的掌声,强烈要求经常上演。我清楚,不应该争论品味,不过,请您允许我告诉您,那些从观看走钢丝、傀儡剧或者拉辛肃剧中获得相同乐趣的人,只不过是打算消磨时间。他们更情愿人们对着他们的眼睛而不是理智说话,他们更中意一部寡淡的戏剧,而不是打动人心的戏剧。

---

① [译按]《铁手葛茨》(*Götz von Berlichingen mit der eisernen Hand*)是青年歌德(1749—1832)作于 1773 年的一部五幕历史剧,1774 年首演于柏林。该剧被认为是"狂飙突进"运动的代表性作品。

不过,我们还是再次回到所谈的对象。此前我对您谈到低等的小学,现在,我会以同样自由的方式评价大学,并给出改善的建议,这些改善对于那些愿意努力深入思考这件事的人来说会是最有用和最有利的。不要以为,教授们据以教授科学的方法是无所谓的,倘若在方法上没有清晰性和确定性,其他一切努力都是白费的。不过,大多数教授一经构思好自己讲课的计划,就仅仅只是固守在上面。计划究竟好还是坏,没有人关心。人们也可以看到,这种研究方式的益处何其少,几乎没有青年人从这类讲课中获得本应获得的许多知识。在我看来,必须规定一些所有教授都必须在讲课时遵循的确定规则。我愿意尝试简短地构思一下这些规则。我会完全略过几何学家和神学家,原因是前者的自明性无法接受任何补充,而后者一旦接受了某种观点,则不容侵犯。因此,我这就来谈谈哲学家。我要求他以精确的哲学定义开始他的讲课,然后追溯到最遥远的时代,根据时间顺序详细地说明和评价人们曾有过和教授过的所有不同观点。比如,他不可只满足于说,根据廊下派的体系,属人灵魂是神性的一部分,无论这个理念乍看上去多么美妙和崇高。我们的教授必须表明,它包含着一个真正的矛盾,这是因为:倘若人是神性的一部分,那么就一定拥有无限的知识,不过,他并不拥有;倘若神寓居在人身上,那么英格兰的神如今正在跟法兰西和西班牙的神打仗,也就是说,神性的不同部分打算相互消灭;最后,根据这个学说,人做出的最无耻的行为和犯下的罪行都是属神的作品。接受这样令人发指的观点,难道不是很荒唐吗?由于它们太过荒诞,因此,它们恰恰不为真。

教师转向伊壁鸠鲁的体系时,就尤其要在如下地方稍作停留,即这位哲人否认了诸神的所有感知,这一点恰恰与有关神性本质的概念相矛盾。他也必须要记得指出原子运动定律的荒谬性,总体上要注意到这位哲人思辨中所缺乏的精确性和正确关联性。毫无疑问,他还要提及不可知论或者怀疑论的派别,并且坦率地承认,当类比和经验无法提供带领人们走出迷宫的主导思想时,他们便不得不经常将自己的判断悬置起来。我们的教师讲过其他许多哲学体系之后,就会讲到伽利略,他要十分明确地阐明此人的体系,并且必须指出罗马僧侣荒谬的行为——他们不允许地球围绕着自己的轴心运转,不允许居住在我们对极的人的存在,即便自以为不出差错的他们,这次在健康理智的审判席前也输掉了诉讼。紧接着就是哥白尼(N. Kopernikus)、第谷,以及笛卡尔(R. Descartes)的漩涡理论。① 教授必须向学生指出,一个充盈的空间要抗拒一切运动是无论如何都不可能的,他必须明确无疑地证明,不管笛卡尔会说什么,动物都绝不是机器。接下来讲到的一定是牛顿体系的简单概况,根据他的体系,人们必须接受空洞的空间,但是目前还无法确定,究竟这个空间是对一切存在的否定,抑或它是一个实质,只是人们对于该实质的本质全然没有确定的概念。这一点不应该妨碍老师教导其学生:牛顿在书房通过计算得出的体系与自然展现给我们的现象是如此完美地一致,因此,近代的盖世大智被迫接受重力、向心力、离心力。对于这些隐秘和无法理解的自然特征,时至今日,人们仍然无法完全领会。

现在来谈谈莱布尼茨(G. W. Leibniz),以及他的单子、前定和谐体系。毫无疑问,我们的老师会说明,没有单位的数字是无法想象,他会从中得出结论,即物质最终由不可分的物体所组成。此

---

① 第谷(Tycho Brahe, 1546—1601),著名的丹麦天文学家。

漩涡理论在这里指的是笛卡尔的宇宙理论,他在其中通过漩涡解释了天体的运动,这些漩涡来自充盈了宇宙的以太的流动。

外,他还会向学生说明,尽管可以设想物质无限的可分性,但是自然本身原初的组成部分太过细腻,以至于它们逃过了我们的感官,因此人们不得不认为,元素的最初基本材料是不可分的。因为无中不能生有,无也无法被消灭。我们的盖世大智会将前定和谐体系想象成一部极具思想的人所写的小说,并且会表明,为了达到目的,自然总是选择最短的路线,人永远无法轻易地使实质增多。之后,他将会谈到斯宾诺莎,反驳斯宾诺莎并不会耗费他太多气力,因为他在这里恰恰可以用人们用来反驳廊下派的理由。对于我们的教师来说,没有什么比从侧面摧毁这个体系更容易的,因为它否认上帝的存在。我们的老师只用表明,世上的所有事物都是被规定了某种目的,并且准备好实现这一目的最为完美的事物。一切事物,即便最为卑微的草根的生长,都证明了神性的存在。人具备某种程度的理智,这并不是他赋予自己的。由此可以毫无矛盾地得出,他从中获得一切的实质必定拥有一个更深刻、更深不可测的理智。

此外,不能完全不提及马勒伯朗士(Malebranche)。在这位博学僧侣的原则得以阐明后,人们很快就会发现,他理所当然的结论会将我们带回到廊下派的体系上来,即普遍的世界灵魂,一切实质都因它而有生机,并且是它的一部分。如果我们在上帝身上看到万有,如果我们所有的感觉、思想、意图、欲望,都直接来自祂对我们器官的智性影响,那么,我们就只是通过上帝之手而运动的机器。于是,就只剩下了神性,人性则完全消失。

我想我们的教授先生还不至于因思考太多而遗忘掉智慧的洛克①。他是唯一一位将想象力完全奉献给健康理性的形而上学家,

---

① 洛克(John Locke,1632—1704),英格兰哲人、教育家,感觉论的建立者,代表作有《人类理解论》(*An Essay Concerning Human Understanding*,1690)。

他只遵循经验,一旦这位可靠的向导离他而去,他就谨慎地静默不动。在道德方面,我们的教师将会谈及苏格拉底,并承认马可·奥勒琉的正义,他尤其会在谈及西塞罗的《论义务》一书时逗留,这是论及道德的作品乃至历史上所有相关作品中的最佳者。

对医生,我只有三言两语要讲。他们尤其得让学生们习惯于细致地探究疾病的症状,以便确切认识它们的种类。这些症状有快的或弱的、强的或剧烈的抑或间断性的脉搏,口干舌燥,眼睛的状态,脱水的体质,各种类型的分泌,无论小便还是大便。医生可以由此得出一些结论,从而据此有所把握地确定引发消瘦的疾病类型,根据这些认识,他就可以对症下药。药物学的教师也必须特别努力地给学生指出脾性的极具差异性以及对它们应给的关注。他必须让他们清楚看到,同一种疾病在不同的脾性上表现完全不同,因此,即使针对同一种病情,也要最为细致地根据病人的状况来用药,这是非常必要的。即便在这些教诲结束之后,我也不敢期望,我们年轻的埃斯库拉皮乌斯们可以行奇迹。① 然而,公众却可以因此得到好处,即医生的无知或懒散在未来杀死的人会少些。

简洁起见,这里略过园艺学、化学和实验物理学,因此可以更早地来到法学教授这里,在我看来,他非常不面善。我想对他说:先生,我们生活在其中的不再是一个言辞的世纪,而是一个实事的世纪。我希望,为了公众的至善,倘若您乐意,请过于博学的您在课堂上少些学究气,多些健康理性。倘若您教授一部在公众中完全无效、不被当权者重视、无法给弱者提供庇护的国家法,那只会

---

① 埃斯库拉皮乌斯(Aesculapius)是古希腊和罗马神话中的医神,在这里指的是医生。

浪费您的时间——或者您一味地给学生讲授米诺斯、梭伦、吕库古的法律、十二铜表法、查士丁尼法典,①但是几乎只字不提我们州省的法律和风俗。为了令您感到安慰,我们愿意承认,您的头脑集合了巴托卢斯和库雅修斯头脑的精华,②不过,请您反过来也想想,没有什么比时间更宝贵,以无用的套话打发它的那种人,必须被视作挥霍的人,倘若在您的审判席前审判他,您会对他处以强行管制(Sequestration)的刑罚。因此,尽管您十分博学,但请允许我作为一个彻底的门外汉——倘若您给我一些勇气的话——斗胆向您提出上好一门法学课的建议。

我认为,您应该先着手证明法律是必要的,因为没有法律,任何社会都不可以持存。接着,您要让学生看到,民法、刑法以及公约何以存在。民法的作用在于保障所有类型的财产,比如遗产、婚姻税、仆役、买卖合同等。民法包含了一些基本原则,人们必须根据它们来规定界限以及解释和确定有争议的权利。刑法的目的更在于震慑犯罪而非惩罚。惩罚必须始终与罪行相宜,要尽可能选择最温和的,而不是最严苛的。公约在各个政府间达成,以发展国

---

① 梭伦(Solon,约公元前640—前560),古希腊政治家、诗人,创立了雅典第一部真正的宪法。
吕库古(Lykurg),雅典政治家,以参政管理(公元前338—前327)而著名。
十二铜表法,法律条文,包含了公元前5世纪罗马的国家法、土地法、刑法、民法。
查士丁尼法典,拜占庭皇帝查士丁尼一世(Iustinianus I.,482—565)创立的法典。
② 巴托卢斯(Bartolus,1314—1357),意大利法学家,罗马法教师。
库雅修斯(Jacques Cujacius,1522—1590),法国法学学者,所谓的高雅法学的主要代表人物。

家间的贸易和手工业。前两种类型的法律是持久和永续的,后一种会不断改变,因为无论内部还是外部原因都会促使政府废除一些旧的并引入一些新的。如果教授先生以必要的清晰性说明了这些暂时性的原则,那么,我希望他不要听取格劳秀斯和普芬道夫的意见,①而要细致地审阅并阐明他生活于其中的国家的法律。不过在这里他得避免教给学生好争辩的趣味,避免把他们教成将事业搅得更混乱,而非对其进行改进的人。他要特别致力于使讲课准确、清晰、精确。为了令学生们从年轻时就习惯于这种方法,我们的教师要利用一切手段教他们蔑视好争辩的习气,这种习气会对一切事物作诡辩的解释,看起来就像一部用之不尽的诡秘和刁难的剧作。

现在我转向史学教授,推荐著名和博学的托马修斯②为榜样。仅仅是靠近这位伟大人物,就会为我们的教授先生赢得好名声;与之相似,则会为他赢得崇高的荣誉。他必须以古代史开启他的讲课,并以近代史结束。不过不能忽略时代承续中脱颖而出的民族,波舒哀在其重要的史书中便忽略了中国人、俄罗斯人、波兰人以及整个北方大陆的人。我们的教师尤其要关注德意志,因为对于德意志人来说,它的历史是最为引人注目的地方。

不过在德意志民族晦暗不明和不确定的起源上,我们的教师

---

① 格劳秀斯(Hugo Grotius,1583—1645),荷兰人文主义者和法学教授。在其《论战争与和平法》(*De iure belli ac pacis*,1625)中创建了万民法的基础。

普芬道夫(Samuel Frh. von Pufendorf,1632—1794),德意志史家和国家法学家,自然法的创建者。

② 托马修斯(Christian Thomasius,1655—1728),德意志法学学者;德意志早期启蒙的领袖人物;以德语授课的大学教师第一人;在作品中反对偏见和不宽容。

无需做太久的停留,因为我们的文物太少,而且这方面可以获取的认识几乎没有什么用处。对于9世纪至12世纪的历史,他也只需要一览而过,不用流连太久。从13世纪开始,他就要更为深入地探究,因为历史从这里开始变得愈发引人注目。他越是接近近代,就必须越发致力于事件的细节,因为它们越来越与我们时代的历史发生关联。他在这里也必须重视比例的正确,要花费更多时间在产生了后果的事件上,而不是对于后代而言——倘若可以这么说的话——跟死掉差不多的事件。教授也要特别注意法权、习惯、法律的来源,并且指出,它们被引入德意志帝国的契机。他也应指出皇帝的帝国直辖城市获得其直辖关系的时间,其特权之所在,汉萨同盟如何兴起,主教和修道院长如何具有了自治权——他必须指出这些转折点(Epoken)。① 最后,他要尽可能好地说明选帝侯如何获得选举皇帝的权能。同样不可忽视的是这些世纪之后法权管理的差异。

不过,我们的教授要特别指出自查理五世开始,皇帝具有了判断力和娴熟的手腕。从这个时期开始,一切都变得引人注目和值得纪念。因此,教师必须用尽一切努力,阐明大事件的原因。无论针对哪个人,他都必须在看到善恶的地方遏恶扬善,正如每个人应得的那样。接下来是宗教动荡时期,史学教师必须像一位哲人那样去评价。紧接着便是那些动荡引发的战争和事件,必须有尊严地处理这些事关重大的事件,比如,瑞典在三十年战争期间加入反对皇帝的一派。教师必须在这里指出,是什么推动阿道夫(Gustav Adolf)前往德意志,为什么法国支持瑞典和新教。不过,他必须注意避免重复那些过于轻信的史家散播的老旧谎言。也就是说,他不要学舌说,阿道夫是被某位在他军中服务的德意志侯爵所杀害,

---

① 即 Epochen[时代、时期]。古希腊文 Epoche 本来指的是转折点。

因为这样的假托并未得到证实,完全不可信。威斯特伐利亚和约值得更详细的解释,因为,它已经成为德意志自由的主要支撑和基本法,我们今天的状态即建基于此,此外,皇帝的野心也因此得到了应有的限制。

在这之后,我们的史学教师必须讲利奥波德、约瑟夫一世、查理六世等皇帝治下发生的事件。只要他不忽略本质的事物,这段范围如此宽泛的时期会给他足够的机会展示自己的天才和博学。如果我们的教授以这种方法分析了每个世纪的事件,他就不能忘记对各世纪主流的意见和有为之士做一汇报,那些人凭借自己的才能、发现以及作品而闻名。他也不应忽视与那些德意志人同时代的外国人。如果他以这种方式处理了历史,即一个民族接一个民族地贯穿下去,再将所有材料根据事件顺序整理起来,在一幅宏大的画面里呈现它们,对于学生来讲就会十分有用。在这里特别必要的是要按编年顺序讲解这些事件,这样不至于搞混了时间,也可以教学生将每个重要事件归到它所属的位置,以及将同时代人与同时代人并列起来。为了不至于让记忆力负担过多的年份,最好将最为重要的突发事件作为转折点。它们是记忆的立足点,人们可以轻松记住,这样也可以防止历史难以估量的混乱在年轻人的头脑中变成一团乱麻。如我所建议的这样一门历史课,必须经过深思熟虑并对其作良好的安排,不过绝不应包含细枝末节的东西。历史教师不应在《欧洲剧院》①、比瑙的《德意志史》(*Deutsche Geschichte*)中寻求意见。我宁愿让他去参阅托马修斯的期刊,倘若手头有的话。

---

① 《欧洲剧院》(*Theatro Europaeo*)是一部二十一卷本的 1618—1718 年编年史,1633—1738 年以德语出版于法兰克福(其中附有老梅里安的铜版画)。

如果以这种方式教历史，对步入社会的年轻人而言，通观一系列如此频繁地改变了世界形象的变化，无疑是最有趣、最有教益、最有用的戏剧。只有在如此多的帝国和强大国家的废墟中漫步，人们才能更好地认识到一切属人事物的虚妄。当高贵青年看到无法忽视的大量罪行，又偶尔发现伟大且神圣的灵魂会给他带来分外的愉快——他们似乎是在为其他被败坏的人类乞求原谅——时，他会在这里找到必须模仿的典范，在那里看到被奉承者簇拥的成功人士，而一旦死神触碰到他们的偶像，他们便作鸟兽散，于是真理就显现出来，大众响亮的憎恶声会令被收买的唱高调者沉默。如果我们的教授足够理智，能够让学生们清楚看到，一种高贵的竞争与可憎的野心是多么不同，如果他可以引领他们反思给最强大的国家招致了最大不幸的如此多可怕的激情，那么，我将会很欣慰。他可以用成百上千的例子来证明，良好的风尚是维护国家的最可靠手段，而风尚的败坏、奢侈成风、对财富无度的热爱，在所有时代都是国家衰败的先兆。

倘若教授遵循了我所建议的计划，那么他就不会只满足于往学生的头脑里填塞种种事件，相反，他会努力塑造他们的判断力，并纠正他们思考的方式，尤其是激发他们对德性的热爱，在我看来，这远比传授无法消化的知识更为可取，人们常常用这类知识去填充年轻人的头脑。

以上所说明的所有内容的结论是，我们必须以最大的热情致力于翻译古代和现代的所有经典作品。我们将会从中获得双倍好处，即我们的语言会变得文雅，知识也会传播得更广泛。当我们让优秀作家成为我们的一分子，他们将会带来新的理念，他们的文风和优雅的风格将会充实我们，读者难道不也会因此而获得许多重要的知识？我并不认为，在德意志的两千六百万人中可以找出一万个拉丁文水平高的人,尤其是刨除大量的牧师和僧侣——他们的水平几乎不足以理解句法规则。因此,两千五百九十万人就完全被排除在最为重要的知识之外,因为他们无法从母语中获得这些知识。倘若这些知识能够在如此之众的人中间变得更广泛,那将会是怎样一种幸福的改变!在自己土地上度过一生的贵族将会选择适合他的书籍,通过阅读这些书,他既可以得到教育,也可以获得消遣。市民会变得不那么粗野,闲散的人也会在阅读中找到一种对抗无聊的可靠慰藉。科学品味会普遍化,会在人类社会散播优雅和娱乐,并且成为对话不竭的源泉。从思想的这种持续的相互砥砺中将会产生好的品味和细腻的情感,这种情感可以以既准确又快速的判断感知到美的事物,抵制平庸的事物,蔑视坏的事物。于是,读者将会以更多的悟性评判品味的新作品,并迫使作家更勤勉和细致地去完善自己的作品,直至把它们变得更为细致、对其多次检验和润色之后,才会将它们出版。

我为改善文学所建议的路径并不是出于想象,它是所有得到启蒙的民族已经选择过的。科学品味越是广泛,那些以特别的努力施以教化的人就可以期待越多的优点和其他好处,一些人的榜样也越能给更多人以启发。德意志已经有足够多完全投身于最艰辛的研究的人,德意志有哲人,有天才,有人们可以期待令这些人获得发展的一切,只是还缺少一位从天上盗取神火并赋予他们生机的普罗米修斯。这片土地上产生过著名的维涅①,即不幸的弗里

---

① 维涅(Pietro delle Vigne/Petrus de Vinea,约1190—1249),神圣罗马皇帝弗里德里希二世的首相,为其撰写声明和起草法律;亦被视为作家。

德里希二世皇帝的宰相,还产生过著名的《蒙昧者通信录》①的作者们(他们远远超前于自己的时代)。这片土地也是伊拉斯谟出生的地方,他的《愚人颂》充满睿智,②倘若去除一些低俗的段落,它也许会更好,人们可以从这些段落中辨识到寺院和时代的品味。这块还产生过既智慧又博学的梅兰希顿③以及其他诸多伟大人物的土壤如今还没有耗尽,还可以不断产生与上述人物相比肩的天才。我还可以给上述名单增添许多大人物,因为我也把哥白尼看作我们的一员,他的演算修正了行星体系和托勒密千余年前所宣称的内容。④ 在德意志的其他地方,一位僧侣⑤通过化学实验发现了火药爆炸的惊人效果。发明了印刷术这门伟大技艺的人,⑥也是德意志人,他的技艺使得书籍可以长久保存,也使读者有能力以极小的花费就受到教育。我们需要将气泵的发明归功于名叫格里克⑦的物理学家的发明精神。伟大的莱布尼茨的名声在整个欧洲

---

① 《蒙昧者通信录》(*Epistolae obscurorum virorum*)是一众人文主义者(胡滕、卢比安等人)为了反对后经院神学家普费福柯恩(Johannes Pfefferkorn)而撰写的讽刺书信集,以匿名形式发表于1515年。

② 伊拉斯谟(Erasmus von Rotterdam)的《愚人颂》发表于1509年。

③ 梅兰希顿(Philipp Melanchthon,1496—1560),人文主义者、路德的战友,对路德学说进行了体系化的整理;写作文法学和哲学作品;新教文教体系的组织者。

④ 这里不可能是托勒密,可能是萨摩斯的阿里斯塔科斯(Aristarchos von Samos,公元前3世纪),他的理论是,地球绕着居于宇宙中心的太阳旋转。

⑤ 指的是施瓦茨(Berthold Schwarz),他于1380年发明了火药。

⑥ 即古滕堡(Johannes Gutenberg,约1400—1468),他发明了浇铸的活字印刷。

⑦ 格里克(Otto von Guericke,1602—1686),物理学家、马格德堡市长。1654年,他将自己发明的气泵在雷根斯堡帝国议会上进行了演示。

如此出名,我怎么可能忽略他。如果活跃的想象力有时误导他去做有体系的梦,人们也必须承认,即便他的错误也能证明他的伟大精神。倘若谈及晚近和当下时代会锦上添花,我还可以用托马修斯(C. Thomasius)、比尔芬格、哈勒以及其他许多人的名字扩充这个清单。① 不过,对上述名人的赞扬会伤害到被忽视的人的自尊心。

我可以预料,也许有人会对我的思索有异议,我必须对此作出答复。有人会说,内战期间,意大利还有皮科②一枝独秀。我承认这一点,但是,他只是单纯的学者。人们可能继续反驳我说,在克伦威尔颠覆祖国的宪法,将国王送上断头台期间,廷达尔的《利维坦》仍然得以发表,③之后不久米尔顿也发表了《失乐园》;伊丽莎白女王和詹姆士一世的时代,首相培根④照亮了整个欧洲,成为哲学的神谕,因为他展示了仍有可能的发现和人们可以企及它们的道路;而且在法国,最为卓越的作家都是路易十四治下血腥战争的

---

① 比尔芬格(Georg Bernhard Bilfinger,1693—1750),哲人、数学家。

哈勒(Albrecht von Haller,1708—1777),瑞士医生、自然研究者、诗人;哥廷根大学解剖学、园艺学、内科学教授,《哥廷根学报》(*Goettinger Gelehrten Anzeigen*)主编;拒绝过弗里德里希提供的普鲁士科学院院士头衔;以抒情诗集《瑞士诗歌尝试集》(*Versuch schweizerischer Gedichte*,1732)在文学界驰名;在诗歌中持一种理性主义世界观,自然在其中也获得一块忠于体系的位置;老年时期创作政治小说《乌松》(*Usong*,1771)、《阿尔弗雷德》(*Alfred*,1773)、《法比乌斯与卡托》(*Fabius und Cato*,1774)。

② 皮科(Giovanni Pico della Mirandola,1463—1494),意大利人文主义者。

③ 廷达尔(Tindal)即托兰德(John Toland),不过他并没有撰写过《利维坦》。此处指的应该是该书作者霍布斯。利维坦是全能的国家之象征。

④ 培根(Francis Bacon,1561—1626),英格兰哲人、作家,詹姆士一世统治期间的首相,经验主义的创建者,构想过(乌托邦式的)未来图景。

同时代人。人们可能会问,为什么比起别的民族,我们德意志的战争对于科学而言更为可怕?在我看来,这些都不难回答。诸科学在意大利的繁荣只是在罗伦茨·美第奇、教皇利奥十世、埃斯特家族为它们提供庇护期间。在此期间只发生了一些暂时而非毁灭性的战争。对复兴科学的荣耀如此渴望的意大利,只要力量允许,便对它们给予支持。在英格兰,克伦威尔那由狂热所支持的政治关心的仅仅是王位,对国王残暴的他以智慧统治着这个民族。因此,英格兰的贸易从未像他担任护国主时那么繁荣。《比希莫特》①也只是一篇带着立场的作品。米尔顿的《失乐园》毫无争议具有更高的价值,诗人具有一种十分强大的想象力,他的这首诗取材于诸多宗教滑稽剧中的一部,这些滑稽剧在他那个时代仍在意大利上演。不过,人们要特别注意的是,英格兰当时已经重返平静,处于繁荣的富足当中。首相培根生活在伊丽莎白女王文雅且开明的宫廷,他具有朱庇特神鹰洞穿性的双眼,借此双眼洞察种种科学,还具有米涅瓦的智慧,从而可以对这些科学分门别类。像培根之类的天才的出现属于极其罕见的现象,他们只是极个别且在时间上相隔较远地出现,既给他们的时代也给人类整体带来光荣。

在法国,黎塞留的统治已经在远处为路易十四的美好世纪做了准备。随着他统治的开始,科学就逐渐广为传播,儿戏般的投石党战争并未能将其中断。②渴望各种各样荣誉的路易十四想让自

---

① 希伯来语比希莫特即巨兽。这里可能还指霍布斯的《利维坦》。[译按]也有可能指的是霍布斯政治哲学著作《比希莫特》(中译见霍布斯,《比希莫特——英国内战起因及阴谋和奸计史》,王军伟译,商务印书馆,2022)。

② 投石党(Fronde,亦译"福隆德")是一个法国贵族派系,于1648至1653年间反对独立王权国家。

己的民族成为在品味和文学方面的魁首,就如它通过权力、征服、政治以及贸易业已成为的那样。他那战无不胜的武器侵入了各个敌人的国土。法国此时正对君主的成功感到骄傲,未能察觉到战争带来的巨大破坏。钟情于在安宁和富足之地栖居的缪斯女神理所当然地在他们的王国安身。

不过,您必须注意我们与领先于我们的邻国之间存在的另一个区别。在意大利、法国以及英格兰,一流的学者和他们的后继者总是用自己的民族语言写作,读者以最大的求知欲接受他们的作品,知识得以在整个民族传播。我们在这方面的情形则不同。宗教争论给我们带来一些好与人发生口角的人,他们以一种十分不清晰的方式研究完全无法理解的对象,时而捍卫、时而否定这些定理,只是用辱骂性的字眼令其更为诡辩。当时各处的情形都是,一流的学者是一些只在脑子里填塞种种事件的人,是没有判断力的学究,比如利普修斯、弗莱因斯海米乌斯、格罗诺维乌斯、格莱维乌斯,①他们以一种极其笨拙的方式复兴了他们在古老手稿中发现的一些晦涩空洞的用语。这些东西在某种程度上可能有用,但是他们不应将自己的所有辛勤和注意力用在如此不重要的细枝末节上。不过,这些先生学究气的虚荣意欲获得整个欧洲的赞美。他们只用拉丁语写作,部分是为了炫耀他们美妙的拉丁文,部分是为

---

① 利普修斯(Justus Lipsius,1547—1606),荷兰法学家、语文学家。
　弗莱因斯海米乌斯(Johannes Freinshemius,1608—1660),德意志语文学家,重新编辑出版了多位古典作家作品。
　格罗诺维乌斯(Johann Friedrich Gronovius,1611—1671),德意志古典研究者,辑校了大量古典作家作品。
　格莱维乌斯(Johann Georg Graevius,1632—1703),德意志语文学家、史家,曾做过英格兰国王威廉三世的史官,编辑出版过多部古典作家作品。

了让外国的学究们佩服。因此,他们的作品并不是为其他所有德意志人而写。于是,从中产生了两方面不利。其中之一便是德语丝毫没有变得文雅,始终被它古老的锈迹覆盖着。另外,这个民族中不懂拉丁文的大多数人无法以任何方式获取知识,始终被厚重的无知包裹着。这是任何人都无法反驳的真相。我们的学者先生们应该偶尔想起,科学是灵魂的食粮,大脑对它们的摄入就如胃对饭菜的摄入。如果判断力不去促进它的消化,那么,精神的消化不良就不可避免。倘若科学是财富,那么,人们就不应积累并将它们锁起来,而是要通过使它们普遍流通而将其利用起来。这一点只能通过国家的每个人都能够理解的语言才能发生。

从我们的学者敢于用母语写作,并且不再羞于是德意志人到现在,时间并不长。您知道,第一本德语词典并不古老。① 当我想到,一本如此有用的词典竟然不是在我出生至少百年前就已问世,我几乎为此感到汗颜。无论如何,如今可以注意到,逐渐有了一些发酵和改变。人们开始谈论民族的荣誉,想要将自己提升到与邻国相同的水平,并铺平前往帕纳索斯山和纪念神庙的道路。感觉细腻的人已经注意到这一点。因此,我们只需将古代和近代的经典作品翻译成我们的语言。若要钱财在我们这里流通,我们就必须把它带到人群中去,而曾经极其罕有的科学,我们则要使之更为普遍。最后,为了不致忽略是什么阻碍了我们文学的进步,我还想再谈一个情况,即在大多数宫廷,人们几乎都不说德语。约瑟夫一世皇帝统治时期,人们在维也纳只说意大利语;查理六世统治时

---

① 所指的可能是阿德隆(J. C. Adelung, 1732—1806)的《一部高地德语方言完整的语法批判词典尝试》(*Versuch eines vollständigen grammatisch-kritischen Wörterbuches Der Hochdeutschen Mundart*),初版于 1774—1786 年。

期，西班牙语挤走了意大利语；弗朗索瓦一世这位土生土长的洛林人统治期间，法语在维也纳宫廷说的比德语多。在诸位选帝侯的宫廷中情形同样如此。对此，您所能找到的原因无非是我已经给您说到的。西班牙语、意大利语、法语都是有教养和确切的，我们的语言则不是。不过我们可以感到慰藉的是，法国也曾经历过这样的命运。弗朗索瓦一世、查理九世、亨利三世统治期间，所有上流社会圈子说的都是西班牙语和意大利语，而非法语。一国的母语只有变得更文雅、清晰和漂亮，并且被一群经典作家用如画的表达修饰过，以及获得了语法上的确定性之后，才会取得优势。路易十四统治期间，法语传播到了整个欧洲。之所以出现这种情形，部分是因为人们当时渴望阅读在这门语言中发现的出色作家和古人的优秀翻译作品。如今，法语已经成为可以让您进入所有城市和家族的普遍有效的手段。谁如果从里斯本去圣彼得堡，从斯德哥尔摩到那不勒斯旅行，并且操着法语，那么他无论到哪里都会被理解。仅仅这一门语言就让大量其他语言可有可无。倘若没有它的话，我们就不得不去学其他语言，它们会用大量词汇增加我们记忆的负担，而如今我们则记忆了其他知识，这无疑是一个巨大的好处。

以上就是我向您阐明的各种障碍，它们让我们在文学上走得不如我们的邻国那样飞快。不过，后来者有时会超越先行者。这一点也许会比人们以为的来得更快，倘若我们的统治者获得了科学品味，鼓励那些从事科学的人，表扬和奖赏那些令科学取得长足进步的人。如果我们有美第奇家族的话，我们的天才也将会繁荣。有了奥古斯都，也就有了维吉尔。① 以后我们也会有我们的经典作

---

① 对布瓦洛所说内容的暗示，即"一位奥古斯都可以轻易造就维吉尔"（*Epitres* I, 174）。

家,人人都想阅读他们的作品,我们的邻国会学习德语,各个宫廷会愉快地讲德语。也许我们的优秀作家有朝一日还会使我们变得完善和文雅的语言,被欧洲这头到另一头的人们所说。我们文学的这个美好岁月还没有到来,不过,它近了,它一定会出现。我向您预告它的到来,尽管我的年岁使我没有希望亲眼看到它了。我就像摩西,从远处望着应许之地,自己却无法走进。请您亲允我做这样的比较。摩西的尊严不会受任何损害,我也决不愿把自己比作他。我们期待的文学的美好岁月也一定远比不毛的以东地上赤裸且贫瘠的岩石珍贵得多。①

---

① 以东是死海南端的高地。

附：

关于《论德意志文学》的通信*

致伏尔泰(1737年7月6日)

科学的复兴,我们得感激法兰西人。血腥的战争、基督教的繁荣、频繁的野蛮人入侵,给了从希腊逃往意大利的艺术致命一击。法兰西人在最终重新燃起火炬之前,经过了许许多多无知的世纪。他们清除了荣誉道路上丛生的荆棘,这条道路是他们通过从事文艺而踏上的,而在此前,它完全无法通行。如果让其他民族始终感恩法兰西为整个欧洲做出的贡献,难道不公允吗?对那些赋予我们教化手段的人所应给予的感恩,与对那些赋予我们生命的人所应给予的感恩难道不应一样吗?

德意志人并不缺乏思想。健康的人类理智是他们的遗产,他们的性格与英格兰人极其相似。德意志人是勤劳和深刻的。他们一旦抓住某个东西,就会对其彻底地详加阐释。他们的作品冗长得让人透不过气来。倘若能使他们克服自己的笨拙,更多地与优雅为伴,我丝毫不怀疑,我的民族将会产生许多伟人。

尽管如此,还是始终存在一个影响优秀德语作品产生的障碍,即词语的用法不固定。由于德意志分裂为数不清的邦国,人们永远无法说服那些统治者服从某个科学院的决定。我们的学者们别无他法,只能用外语写作,由于他们在完全掌握外语上面临巨大困

---

* [译按]这部分附录根据福尔茨(Volz)编德文版文集卷8,页305-312,译出。

难,极其令人担心的是,我们的文学永远也不会取得巨大进步。

另外一种困难也不小。君主们总的来说瞧不起学者。后者的穿着不修边幅,总是沾满图书馆的灰尘,充满优秀学识的大脑与至高统治者空洞的脑壳之间不成比例,这些导致了统治者取笑学者们的外在,与此同时,杰出的人物离统治者远去。对于廷臣而言,君主们的看法几近于法律,以至于他们不敢有其他想法,因此,他们同样也看不起那些远比他们更为重要的人。O tempora, o mores［呜呼,时代也,风俗也］。

致威尔海敏(1746 年 11 月 16 日)

我相信,你如今在拜罗伊特已经身处艺术与娱乐的中心了。我们在这边也有一些。不过,我远不能相信,法兰西的艺术会一蹶不振。艺术在那里博得的喝彩声远多于在欧洲其他所有地方。路易王储①大婚之日,巴黎人写了二十部喜剧和悲剧,与此相反,我们德意志一部也没有。我们刚刚走出野蛮,艺术还在襁褓之中,而法兰西人早已走了一段路,对于我们而言,法兰西人在任何艺术成就上都领先我们一个世纪。我在柏林这边有一位版画师,②他画的彩笔画很精美。我会请他给你画一幅,看看是否会令你满意。我在

---

① ［译按］指王储路易(Louis de France, dauphin de France, 1729—1765),1745 年曾与西班牙的玛利亚·特蕾莎(María Teresa Rafaela de Borbón, 1726—1746)成婚,后者不久便去世,后又续弦萨克森的玛丽亚·约瑟芬(Maria Josepha von Sachsen, 1731—1767),法国大革命期间掉了脑袋的路易十六(1754—1793)即由二人所出。

② 即施密特(Georg Friedrich Schmidt, 1712—1775),于 1744 年被召往柏林,后成为《无忧宫哲人文集》(*Œuvres du philosophe de Sanssouci*)的插画师。

为科学院等着巴黎来的画师和塑像师,他们还没有到达,其中的画师只是历史画画师。我们还请到一位名叫贝拉维塔的杰出的布景艺术家,还在等着一位优秀的女歌手,名叫阿斯忒露亚。① 他们都是外国人。如果他们在我们国家当不了榜样,那么情况就会像在弗朗索瓦一世时期的法兰西——他请来了意大利的艺术家,但是他们并没有带来任何成果。

致达朗贝尔(1773 年 1 月 28 日)

您赞同我关于费尔奈主教的评价,这是对我极大的赞誉。启蒙了的后世将会羡慕法兰西人中的这位奇人,并且谴责他的同时代人未能完全认识到他的重要性。

自然总是相隔很久才会产生这样的天才人物。古希腊为我们带来了荷马这位叙事诗作之父,也带来了亚里士多德这位具备广博——即便有时并不清晰——的知识的人物,还有伊壁鸠鲁,他像牛顿一样需要借助翻译者才能完全得到人们赏识。拉丁人给我们带来了西塞罗,他像德摩斯梯尼一般雄辩,并且掌握着更多领域的知识,还带来了维吉尔,在我看来他是最为伟大的诗人。随后,在培尔、莱布尼茨、牛顿以及伏尔泰之前,是一道广阔的鸿沟。因为,无数的文人墨客和天赋异禀之人并不属于这一至高的层次。也许,自然需要竭尽全力才能产生如此崇高的思想家;也许,许多人出生时便因偶然性而窒息,并且因为命运的戏弄而远离了自己的使命;也许,对于思想而言,也会出现年馑,就像在种粮食和葡萄时

---

① 分别指意大利画家、舞台画师、剧院设计师贝拉维塔(Innocente Bellavita,1690—1762)和意大利歌剧演唱家阿斯忒露亚(Giovanna Astrua,1720—1757),伏尔泰称之为"欧洲的天籁之音"。

那样。正如您所言，人们如今感受到了法兰西的这种贫瘠。才干之人常有，但是天才少有。邻国虽然注意到了这种贫瘠，但是他们也无法做得更好。英格兰和意大利的源泉正在枯竭。像休谟、梅塔斯塔齐奥这样的人，无法和博灵布鲁克相提并论，更不用说阿里奥斯特。

我们质朴的德意志人拥有二十多种方言，但是没有一门具备固定规则的语言。这个本质性工具的缺乏，不利于人们去搞文学。他们还没有真正习得健全的批评意识。我试着在人文研究这一如此重要的分支方面改良学校教育，不过，我自己或许就是个独眼龙，却想着为盲人指路。在科学方面，我们既不缺乏物理学家，也不缺乏机械师，但是，人们对于数学的领会还太少。我常常告诉我的同胞，莱布尼茨需要有后继者，却没有找到，即使这么说是徒劳之举。有朝一日天才降生，什么都会有的。我相信，您并没有把这种幸运计算在内。① 我们只能等待不遵守任何规章的自然自己行动起来。对于可怜的造物，我们既不能要求它努力，也不能抢在它之前采取它为了产生预期的伟大思想家而想要采取的规则。如今虽然也有学者，但是，您相信吗，我还是必须鼓励人们学习古希腊语，因为倘若我再不做出这些努力，人们对这一门语言的认识就将完全消失。

从我真诚的描述中，您自己可以明白，您的祖国还没必要担心被其他民族所赶超。就我本人而言，我得感谢上天，让我生在了一个好时代。我亲眼目睹了这个对于属人思想而言永远值得纪念的世纪的最后岁月。如今一切都在衰败，然而，下一代人的情形比我们还要糟糕。看来，情形会每况愈下，直到有朝一日某位天才出

---

① 达朗贝尔曾谈及文艺在欧洲的普遍衰落。

现,他会把世界从僵化中唤醒,并再次给它以刺激,这种刺激会激发它去做对于整个人类珍贵和有益的一切。

与奥地利大使施威滕(Van Swieten)的对谈(1774年7月23日)

1774年7月26日,施威滕向考尼茨亲王报告了觐见弗里德里希二世一事:"我们还谈到了德语文学。国王开始对它有了好的评价,并且展望了它的巨大进步。他引用了盖勒特的寓言,将它们与伊索和拉封丹的寓言做比较。我提到盖斯纳,他并不熟悉。还提到了克洛普施托克,但是国王认为此人太过虚浮,这不无道理。不过我疑心他是否读过此人的作品——克洛普施托克用到的六音步诗行格式,使我们转而赞美德语,因为它具有强有力的韵律。这时,国王告诉我,他在莱比锡接见高特舍德时,后者曾想要教给他这种节奏。高特舍德以洪亮的声音在他面前诵读到:'雷声、风雨、冰雹。'他模仿着高特舍德的发音和重读。国王说话声音那么响亮,以至于我不由自主地笑了起来,我在想,隔壁房间的人可能会认为,国王一定非常生气,因为他们分明听到他在如此愤怒地咒骂。"

致伏尔泰(1774年12月28日)

产生过杜伦尼、孔德、科尔贝、波舒哀、培尔、高乃依等人的时代,并不是接踵而至。如此多产的时代是伯利克利、西塞罗、路易十四的时代。要达到这样的繁荣,思想者必须得有万事万物的预备。这样的繁荣在某种程度上是自然的努力,是对其生育能力和丰盈精力的消耗,它必须多次从中得到舒缓。任何统治者为如此辉煌时代的勃兴所做的贡献都是微不足道的。自然本身必将为各位天才安排他们在人世间的位置，使得他们能够在各自的位置上发挥自己的天赋。不过，他们常常被置于错误的位置，导致他们的种子被窒息，无果而终。

致伏尔泰（1775 年 7 月 24 日）

　　德意志人的雄心是，他们也想要享受文艺的赐福。他们致力于与雅典人、罗马人、佛罗伦萨人以及巴黎人相比肩。无论我自己有怎样赤诚的爱国心，都不敢说他们如今成功做到了这一点。他们缺乏的东西有两个，一个是语言，一个是品味。德语害的病是长篇大论。上流社会说法语，那撮学究和教授先生们无法赋予他们的母语流畅性和轻盈的灵活性，这是它只有在一流社交圈子才能获得的。此外，德语方言繁多。每个地方都坚持自己的方言，至今没有任何一种取得优势。德意志人在任何事情上都缺乏品味。他们还没有成功地模仿到奥古斯都时代的诸作家。他们的品味是混杂了罗马、英格兰、法兰西以及德意志品味的大杂烩。他们还缺乏批判性的判断力，它会教人们领会美之所在，会教人们区分平庸与完美、高贵与崇高，从而把每一种事物归到正确的位置上。倘若只有黄金一词经常出现在他们的诗歌里，他们就会把这些诗歌看作是悦耳动听的。然而，这通常只不过是华而不实、胡乱拼凑的文字。在历史方面，他们不会忽略任何琐碎的东西，即便这毫无用处。最为优秀的是他们关于万民法的作品。自从天才的莱布尼茨和臃肿的单子沃尔夫以来，没有人再致力于哲学。他们决心要拥有优秀的剧作，但是目前为止还没有出现任何完善的作品。

　　今时今日，德意志仍处在法国弗朗索瓦一世治下的水平。他们的艺术品味刚开始提升，必须拭目以待自然产生真正的天才，就像黎塞留和马萨林统治时期的那些人。曾经产生过莱布尼茨的大地,也会产生其他一些天才。

我虽然不可能亲眼看到祖国美好的岁月,但却可以预见这一天会到来。您会对我说,这丝毫打动不了您,我竭力地推延着预言的时间点,完全是随心所欲地扮演先知角色。不过,这的确是我预言的方式,而这也是最为保险的方式,以免有人纠弹我在讲空话。

致伏尔泰(1775 年 9 月 8 日)

您的确在理,我们淳朴的日耳曼人还处在教化的曙光中。德意志的艺术如今还处在弗朗索瓦一世统治法兰西时期的水平。人们喜爱并且渴望艺术,异邦人将它们移植到我们这里,但是这里的土地准备得还不够充分,不足以自主地创造艺术。三十年战争对德意志带来的损害远超外国人的想象。我们必须先耕作,然后发展手工业,最后再进行贸易。根据我们继续发展的程度,会产生不同程度的富足和奢侈,艺术没有这两者是不会繁荣的。缪斯女神想要让帕克托勒斯(Paktolos)的潮水浸润帕纳索斯的山脚。要得到教化并自由自在地思考,人们必须解决温饱。雅典在教化和文艺方面就远胜过斯巴达。

只有人们谨慎地研习过经典作品——无论用古希腊语、拉丁文,还是法文写成——品味才会在德意志大地上传播开来。将会有几位天才人物校正他们的语言,使野蛮变为温良,使这里的人熟悉外国的杰出作品。

我的人生就要走到尽头了,我再也无法经历这样幸福的时光。我多么希望为它的兴盛贡献力量。然而,一个在三分之二的人生中都备受无休止的战争困扰的人,不得不修复战争带来的创伤,而且他过于平庸的天资又不足以应付如此伟大的事物,这样一个人如何能够有所贡献? 我们的哲学源自伊壁鸠鲁,伽桑迪、牛顿以及洛克纠正了它,能把自己算作他们的学生,就是我的荣幸了,我别无他求。

致达朗贝尔(1781 年 1 月 6 日)

我在这里给您寄上这部小书,是为了向您证明我心灵的安宁。它的目的在于揭示德语文学的错误并指出改善的手段。格里姆①,这位土生土长的德意志人,可以给您谈谈德语的状况。您虽然没有学习过德语,但是就目前而言也不值得去学。因为,一门语言只会因为有优秀的作家而值得被习得,他们会为它锦上添花,而这正是我们完全缺乏的。不过也许有一天他们会出现,那一天我会漫步在仙境,为曼托瓦的天鹅②献上名叫盖斯纳的德意志人的田园诗和盖勒特的寓言。您也许会嘲笑我,因为我在费心将一些有关品味和幽默③的概念教导给一个时至今日只懂得吃、喝、肉欲、搏斗的民族。尽管如此,我还是希望可以起到一些作用。掉落在多产的大地上的一句话,常常会萌芽,并收获意想不到的果实。

---

① 即百科全书派撰稿人格里姆(Friedrich Melchior Grimm,1723—1807)。

② 即罗马诗人维吉尔。

③ [译按]这里的幽默(attisches Salz)直译应为"阿提卡的盐巴",即拉丁文 Sal Atticus,语出西塞罗《论演说家》(卷二 217),指的是富含思想、讽刺性的幽默。中译见西塞罗,《论演说家》,王焕生译,中国政法大学出版社,2003,页 369。

致达朗贝尔(1781年2月24日)

我寄给您的小书是一位 dilettante[文艺爱好者]的作品,①他关心着他的民族的荣耀,并且希望这个民族在文学上得到完善,就如同几个世纪以来相邻的民族所经历的那样。我并非严厉,只不过是在用蔷薇鞭打它。倘若要激励一个人,就决不能贬低他。恰恰相反!必须让他看到,他富有天资,他缺乏的只不过是经受训练的良好意志。就此而言,粗鄙的学究气和坏品味是德意志文学的完善之路上最大的障碍。我必须承认,天才并不像人们所幻想的那样频繁出现,许许多多的人都处在错误的位置。在某个领域,他们也许会创造奇迹,但是在其他领域,他们却鲜有成就。在我们国家的学校里,我引入了我的作品里建议过的教学方法,应该会有好的收效。根据您的批评,我很乐意修改关于奥勒琉和爱比克泰特的说法。② 无论如何,您会了解,在德意志,人们对拉丁语作家的了解远比对古希腊作家的了解更为广泛。倘若我们的学者们稍稍致力于将他们的作品好好译为德语,就将会带给自己的母语更多力量和活力,因为德语仍然缺乏这两者。

---

① 意大利语的 dilettante 不完全等同于德语的 Dilettant[业余爱好者、浅尝辄止的人]。

② 在1781年2月9日答复弗里德里希二世先前所寄《论德意志文学》一书的信中,达朗贝尔指出了弗里德里希二世的错误,后者将奥勒琉与爱比克泰特一同归在了拉丁作家中。

论伏尔泰的《亨利亚特》(1739)[*]

[说明]这篇前言是弗里德里希二世为由他安排印制并由克诺贝尔斯多夫插画的精装本《亨利亚特》所写。也参《纪念伏尔泰》一文。

整个欧洲都知道英雄诗作《亨利亚特》(*Die Henriade*)。该作品多次再版,流行于所有藏有书籍、有足够的文化从而可以品味文学的国度。

伏尔泰也许是所有作家中唯一一位更看重技艺的完善而非自利和自爱,并且不倦地矫正自己错误的作家。从《亨利亚特》第一版——当时题为《同盟之歌》(*Poeme de La Ligue*)——开始,直至今时今日的版本,作者一直以不知疲倦的努力使之趋于完善,对于伟大天才和艺术大师而言,这种完善通常是可望而不可即的。

如今的新版得到了关键性的扩充,这是作者多产的显著标志。他的天才就像一眼不竭的源泉。谁若从伏尔泰的妙笔中期待新的美妙和完美,那么,他的希望一定不会落空。

这位法语诗艺之王在创作他的叙事诗作时,需要克服难以计数的困难。首先,他需要应对整个欧洲和他的同胞对他的先入之见。法国人认为,用法语写成的英雄诗作是不可能成功的。他可

---

[*] [译按]译文根据福尔茨(Volz)编德文版文集卷8,页3-9译出。

以看到前辈们的悲惨先例,他们在这条艰辛的道路上无一例外都摔了跟头。此外,他还要克服文人圈对维吉尔和荷马迷信般的敬重。不过尤为重要的是,他的健康状况不良,体格纤弱,这是会剥夺任何对其民族的荣耀不那么热心的人的工作效率的。尽管有这样那样的障碍,伏尔泰仍然完成了自己的计划,即便他不得不放弃耀眼的仕途,而且常常以自己的安宁为代价。

倘若像伏尔泰这样如此博学的天才、如此敏锐的思想家、如此勤恳的劳作者,为了献身于人们因自利和野心而美其名曰"正经差事"的事业,离开他所从事的科学圈子,无疑会在仕途上晋升高位。然而,他宁愿遵从天赋难以抗拒的冲动,而不是也许会从命运中勉强获得的利益。他的成就完全没有辜负他的期望。他尊崇科学,同样也受到科学的尊崇。在《亨利亚特》中,他虽然作为诗人而闻名,但他也是深刻的哲人、博学的史家。

科学和文艺都是广袤的国度。像凯撒和亚历山大大帝那样征服世界一般,去征服这些国度,对我们而言几乎不可能。即便征服一小块领域,也需要许多才能和努力,因此,大多数人在征服这些国度时如龟行般缓慢。在科学中也有一些国度,它们被分割为无数的小国,就像在人世间那样。大的统治者同盟组成了所谓的学院。不过,正如在贵族制国家里常常有从众人里脱颖而出的思想高超之人,启蒙的时代也产生了一些知识渊博的人,这种人的知识足够四十多个爱动脑筋的人去学。① 比如当时有莱布尼茨和丰特奈尔,如今则有伏尔泰。没有哪门科学不会进入伏尔泰的研究领域,他通过自己天才的力量,驯服了上至数学、下至诗艺的所有领域。

---

① 法兰西学院院士共四十人。

稍明世故并且阅读过伏尔泰作品的人，都可以轻松理解他是无法不遭人嫉妒的。他既有巨大的禀赋又闻名于欧洲，这常常会令那些半吊子学者，也就是介于博学与无知中间的人感到不满。由于那些可怜的无赖们自己没什么才能，他们就厚颜无耻地攻击那些他们以为比自己强的人，并且顽固地迫害身上发出耀眼光芒而令他们相形见绌的思想者。于是，一切阴毒的力量，无论是恶意和毁谤，还是忘恩负义和憎恨，都偷偷地瞄准了伏尔泰。他没能躲过任何形式的迫害。那些本应该为伏尔泰提供庇护的权贵，为着自己的荣誉，懦弱地置他于窘境而不顾，令他遭受罪恶的仇敌的嫉恨。

尽管二十多门科学分散了伏尔泰的创造力，尽管他常常抱病在身，尽管有失身份的嫉妒者为他平添了种种苦恼，他仍然使《亨利亚特》达到了完美，据我所知，也许迄今没有任何一部诗作达到过这样的程度。情节的发展、素材的分配，都是尽可能明智地深思熟虑的结果。诗人吸取了人们曾对荷马和维吉尔所作的批评。《伊利亚特》的一些诗篇之间几乎没有甚或完全没有关联，人们因此称其为自由诗。而《亨利亚特》中的所有诗篇都得到最为紧密的结合。随着时间的推移，一个情节会分为十个主要的事件。结尾自然而然，亨利四世改宗及其入主巴黎，为令法兰西元气大伤的天主教同盟内战画上了句号。在这一点上，法国人伏尔泰远胜于那位罗马人，后者并没有像一开始那样，以扣人心弦地方式结束其《埃涅阿斯纪》。诗歌开篇处吸引读者的那团美妙火焰最后才停止了跳动。可以说，维吉尔是在青春勃发时期创作了前几篇诗篇，而在晚年创作了最后几篇，这时，想象力的消失和精神火焰的逐渐熄灭剥夺了战士的英勇和诗人的灵感。

伏尔泰虽然偶尔模仿维吉尔和荷马，但是其模仿始终不局限于二者。人们可以看到,法兰西人的批判性评价远胜于罗马人和古希腊人。可以对比奥德修斯下降到冥府的部分①与《亨利亚特》的第七歌,然后就会发现,诸多美妙点缀了后者,而这些美妙只归功于伏尔泰一人。让亨利四世在梦境里看到并听到他在天堂和地狱中所目睹的以及在命运殿堂中得到预言的一切,这个想法就已经超过了整部《伊利亚特》的构思。因为,亨利四世的梦可以将他所经历的一切都归于或然性的规则,相反,奥德修斯在阴间经历的场景则不具有荷马天才的虚构所能赋予的任何似真性魅力。此外,《亨利亚特》中的所有插入部分都恰到好处。诗人娴熟地隐藏了他的手法,以至于人们看不到它的痕迹,一切都自然而然。甚至可以说,他丰富的想象力所产生并且逐页点缀着整部诗作的一切优美,都不可或缺地衔接在一起。任何地方都找不到其他诗人陷入的琐碎细节,在他们那里,乏味和浮夸取代了天才的位置。伏尔泰懂得以动人的方式构造富有激情的场景。他具备打动人心的伟大技艺。这类令人感动的场景有科利尼②之死、瓦卢瓦被害、青年戴伊(d'Ailly)的战斗、亨利四世告别美好的加布丽埃勒、勇敢的奥玛勒(d'Aumale)骑士之死。每当读到这些,人们无不动容。总而言之,诗人只在最扣人心弦的地方稍作停留,并且很快掠过会令他的诗歌陷入拖沓的部分。在《亨利亚特》中,多一分嫌多,少一分嫌少。

作者所运用的奇迹,不会令任何理性的读者感到困扰。在他

---

① 参荷马,《奥德赛》,第 11 卷。
② 科利尼(Coligny)死于 1572 年 8 月 23 日圣巴托洛缪之夜,见第 11 歌,诗行 207。

国王亨利三世是瓦卢瓦家族的最后一人,1589 年 8 月 1 日被僧侣克莱芒刺杀,见第 5 歌,诗行 279。

笔下,一切都接近于真实,这是由于他的宗教学说。诗艺与雄辩都具有这样的力量。它们能够令本身并不崇高的事物受人敬畏,可以将它们编造得极为可信,从而令读者信以为真。

这部诗作中的譬喻都具有新意。栖身在教廷的政治、爱的殿堂、真正的宗教、诸德性、分裂、罪恶等等,都鲜活起来,都在伏尔泰的笔下活动了起来。这是纯粹的画面,根据行家的评价,它们远远超越了普桑(Poussin)和卡拉奇(Caracci)兄弟等人高超的画作。

笔者还要再谈谈风格的诗艺,这正是诗人得以证明自身才能的所在。法语从没有像在《亨利亚特》中那样强有力,高贵在其中无处不在。诗人以无止尽的激昂上升到崇高事物,倘若他下降时,则会以优雅和威严的方式。表现上多么生动!性格及其刻画上多么有力!细节上多么讲究!青年杜伦尼的战斗无论在什么时代都会激起读者的赞叹。① 在描写持剑搏斗、攻击、行军、反攻以及射击时,伏尔泰遇到了语言中的主要障碍。尽管如此,他还是出色地克服了困难。他使读者置身于沙场,让其以为亲身经历了一场战斗,而不是在诗行中阅读关于战斗的描写。

健康的道德、美妙的情感,在这部诗作中得到了最可取的表达。亨利四世审慎的勇敢、他的高尚、他的人性,应该成为所有国王和英雄的楷模。这些国主和英雄多么频繁地以残酷和粗暴对待那些被他们剥夺了国运和战争胜利的人!应该顺便告诉他们,真正的伟大并不在于执拗和专断,而在于诗人指出的极其高贵的情感,

友谊呦,你这上天的馈赠,伟大灵魂的喜悦,

---

① 即杜伦尼子爵(Henri de la Tour d'Auvergne, Vicomte de Turenne, 1555—1623),法兰西七大元帅之一杜伦尼(1611—1675)之父,见第 10 歌,诗行 107。

>友谊呦,永远不会产生于君主的心胸——
>
>这是尊贵的忘恩负义者的不幸。(第 8 歌,诗行 322-324)

对于莫奈的性格描写属于《亨利亚特》中的杰出之处。① 这是一种全新的性格描写:一位哲学的战士、人性的士兵、人臣,真诚而不谄媚。这样一位稀罕德性的化身,值得我们的赞许。对于诗人而言,它也构成了高贵情感的丰富源泉。我多么愿意看到莫奈——这位忠诚、淡泊名利的友人站在他年轻、勇敢的主上身边——在任何地方都可以击退死神,永远不会使他受到伤害。这位智慧的哲人与当今的风俗之间有着多么大的距离呦!可以说,这样美好的性格竟只存在于想象中,对于人类的福祉而言就足以令人深深地惋惜。

此外,整部《亨利亚特》透露出的只有人性的气息。伏尔泰不懈地强调这样一种德性,对于君主而言它是如此必要,甚至应成为他们唯一的德性。伏尔泰为我们呈现的是一位宽恕败者、战无不胜的国王。他让主人公来到巴黎城下,主人公并没有洗劫这座反叛的城市,而是把必要的粮食分发给遭受饥荒的居民。与之相反,对于圣巴托洛缪之夜恐怖的屠杀和查理九世——此人亲手策划了他的加尔文教臣民遭受的浩劫——令人发指的残暴,诗人则使用了最为刺眼的色调。诗人毫无掩饰地提及了腓力二世黑暗的统治、西克斯图斯五世的阴谋和手腕、瓦卢瓦懒散的不作为、亨利四世因为爱情而犯的罪。诗人对他所有的刻画都辅以简短、精辟的说明,这些说明必定可以引导青年人的判断,并给予他们有关德性

---

① 莫奈(Philippe Duplessis-Mornay,1549—1623),新教领袖,亨利四世友人;曾在海德堡大学学习希伯来文、法学。

和罪恶的正确观念。伏尔泰始终都在劝告民众要忠于法律和君主。他让人们铭记巴黎议会主席哈雷（Achille de Harlay）的名望，后者对主上不可动摇的忠诚值得这样的奖赏。这样的奖赏同样适用于被反叛者所杀的议员，如布里松（Brisson）、拉尔谢（Larcher）、塔迪夫（Tardif）。诗人在这里做了如下说明：

> 你们的名望获得了不朽：
> 为国王献身的人，带着荣誉而亡。（第4歌，诗行467、468）

波捷①对叛军发表的演说同样精彩，这是因为情感的准确表达，也是因为雄辩的力量。诗人让笔下一位稳重的公职人员在同盟的议会前演讲，他勇敢地驳斥叛军的计划，后者想要从他们中间选出国王。他劝他们服从正统的君主，而后者的统治正是他们企图摆脱的，他不仅谴责反叛者道德败坏，还谴责他们鲁莽好战，他们将之用于反对国王，因而发展为犯罪。不过，我即便正在谈及这个演说，也并不想进一步探讨它。人们必须仔细地阅读这一演说片段。我只想为读者指出他们可能会忽略的美妙之处。

笔者现在要转向构成《亨利亚特》主题的宗教战争。诗人当然必须抨击由于迷信和狂热而在宗教中蔓延的弊病。人们总是可以看到，为信仰而进行的战争——这是信仰带来的特别的灾难——总是比君主的野心或者臣子的不顺从引起的战争更为血腥和惨烈。由于狂热和迷信始终是大人物和宗教人物残暴政治的动因，所以必须给它们设置相应的堤坝。诗人凭借他想象力的全部热

---

① 波捷（Nicolas Potier de Blancmesnil, 1541—1635），1578年成为巴黎首任议会主席。参第6歌，诗行83-134。

情,凭借诗艺和雄辩的全部力量,让我们当下的人目睹了先辈的蠢行,以便使我们永远幸免于此。他想要将书本知识中的吹毛求疵和诡辩从战士和营地中清除出去,把这些东西留给学究一族。他想要让人们永久地丢掉他们从祭坛抢走,以便无情地砍杀同胞的圣剑。总而言之,诗歌的主要目标致力于维持社会福祉和安宁。因此,诗人常常劝说人们要远离狂热主义和错误热情的危险礁石。

不过,为了人类的福祉,宗教战争的风潮如今似乎已经消退。世间似乎少了一种妄想。然而,我敢说,这很大程度上要归功于哲学思想,近几年,它在欧洲逐渐取得优势。启蒙越多,迷信越少。亨利四世的时代则完全不同。凌驾于一切观念之上的僧侣的无知,和除了狩猎和相互残杀之外一无所知的人们的野蛮,为所有诉诸武力的谬误铺平了道路。因此,正是由于民众的粗野、盲目以及无知,凯瑟琳和叛乱的大人物当时才能够轻而易举地滥用群氓的轻信。[1]

科学繁荣、人人有教养的世纪,不会给我们提供宗教战争和内战的例子。在罗马帝国的美好时期、奥古斯都统治的尾声,几乎囊括了当时为人所知的世界的三分之二的巨大帝国,一片祥和,没有叛乱。人们将自己信仰的兴趣托付给宗教的仆役们,更倾向于安然享受和研究而不是雄心勃勃的激情,而不是因为言词、自私自利,或者可恶的沽名钓誉而相互残杀。

毫不恭维地说,路易十四时代可堪比肩奥古斯都时代,两者都是安定、幸福的内部状态的范本。不过,很遗憾,这种安定在他统治的末期因为泰利耶神父的影响而蒙尘,后者使年迈的国王产生

---

[1] 美第奇家族的凯瑟琳,即亨利二世的遗孀,国王查理九世和亨利三世的母亲。

了思想上的转变。然而，这只是国王一个人的作为，而且，为此指责曾经产生过那么多伟人的整个时代，很显然是不公道的。

可以说，科学始终都有助于人的人性化。它会让人们更为温良、正义，不那么残暴。类似于法律，对于社会的福祉、人民的幸福，它至少有着相同的作用。从事艺术和科学的人温柔且有爱的精神，会潜移默化地传播给大众。这种精神会从宫廷渗透到大城市，进而从大城市来到小地方。于是，人们会恍然大悟，原来大自然创造他们并不是为了让他们相互消灭，而是让其在共同的困难面前相互扶持，灾难、疾病、死亡已经在不断地折磨着我们，除此之外还要再增加苦难和灭亡，那真是癫狂至极了。人们尽管来自各个阶层，但都可以洞察到，所有人天生都是一样的，我们必须生活在和平与和睦之中，无论我们属于哪个民族、哪种信仰，友谊和同情都是我们共同的义务。简言之，理性可以修正我们性情中的所有错误。

这才是诸科学的真正用途。由此，人们就有义务感恩那些从事科学，并试着使我们亲近它的人。在笔者看来，从事着所有这些科学事业的伏尔泰，只为人类的福祉而生活和劳作，因此更加配得上世人的感恩。

上述思考和我尊重真理的毕生愿望，都促使我为公众奉上这个版本。我尽力把它编排得配得上伏尔泰及其读者。总而言之，我认为，通过尊崇这位令人钦佩的作者，我同时也是在尊崇我们这个时代。无论如何，后人可以一个世纪接一个世纪地重复说，那个时代不仅仅产生了伟大的人物，而且也认识到了他们全部的卓越之处，嫉妒和阴谋并不会有损于他们，这些人因为才能和功绩从大众里脱颖而出，甚至可以说超越了大人物。

培尔《历史考订词典选辑》前言(1764)*

[说明]弗里德里希二世为他选编的培尔《历史考订词典》撰写的前言写于1764年,发表于1765年出版的《历史考订词典选辑》(Extrait du Dictionnaire historique et critique de Bayle, divisé en deux volumes avec une préface. À Berlin, chez Chrétien Frédéric Voss. 1765)。增订的新版于1767年出版。弗里德里希二世藏有四个版本的培尔《词典》,两个是第四版,该版有流亡于英格兰的胡格诺教徒、培尔《词典》出版者、翻译者以及传记作者德迈祖(Pierre Des Maizeaux, 1666—1745)撰写的培尔生平,见 Dictionnaire historique et critique par M. Pierre Bayle, IVe édition avec la vie de l'auteur par M. Des Maizeaux, I–IV, Amsterdam, Leiden, 1730。两个版本的其中之一至今藏于无忧宫王宫图书馆。克里格(Bogdan Krieger)提到:"似乎国王用得很多,有许多书签和提示纸片。"(参 Gesamtkatalog der Bibliotheken Friedrichs des Großen, 179)还有两个修订的新版,即第五版的《词典》(Dictionnaire historique et critique par M. Pierre Bayle, Amsterdam, Leyden, Den Haag, Utrecht, 1740)。18世纪时,曾出现过一种德译选本,该选本(Hannover, 1732)收录了对于新教而言重要的几个词条(如"伊拉斯谟""加尔文""贝拉米诺")。另有高

---

* [译按]译文根据"波茨坦版"卷6,页305–313译出。

特舍德(J. C. Gottsched)的德译"洁本"*Herrn Peter Baylens Historisches und Critisches Wörterbuch*, nach der neuesten Auflage von 1740 ins Deutsche übersetzt[...] von Johann Christoph Gottscheden, 4 Bde., Leipzig 1741—1744(影印本: Hildesheim 1973—1978)。

希望我们在这里为读者呈现的培尔《词典》选辑可以获得人们的认可。该选辑首先注重的是编辑整理培尔先生在《词典》中写得极其成功的哲学词条。无论学院哲学成见多深,这个时代的作家多么自负,我们都可以说,培尔凭借自己逻辑的力量胜过了古代人和现代人在这个领域里所取得的一切。人们可以把他的作品拿来与西塞罗的《论神性》①及其《图斯库鲁姆论辩集》对比。虽然在这位罗马演说家那里也可以看到相同的怀疑论、更多的雄辩、更为准

---

① 弗里德里希二世至少藏有三个不同法译本的西塞罗《论神性》(*De Natura Deorum*),尤其是 *De la nature des dieux*, latin et français avec des remarques critiques et historiques, dédié à Monseigneur de Fleury par Le Masson, I-III, Paris 1721,另有 trad. par M. d'Olivet, Ille I-II, Paris 1749。《图斯库鲁姆论辩集》译本有 *Tusculanes*, trad. par Bouhier et d'Olivet avec des remarques, I-III, Paris 1737。1737 年 7 月 6 日,弗里德里希二世曾写信给伏尔泰:"我对西塞罗的热爱是无止境的。我在《图斯库鲁姆论辩集》中发现了一些与我自己的感觉相似的感觉。"在《历史考订词典》的语境里,西塞罗被弗里德里希二世视为学院怀疑论的代表人物,而在《驳马基雅维利》和《论立法或废除法律的诸缘由》中则将其视为演说家。除了上述对于宗教怀疑主义重要的对话作品《论神性》之外,弗里德里希二世还藏有拉丁语-法语双语版的《学园派之术》(*Academica*),这是对于认识论怀疑主义而言重要的参考,见 *Académiques* avec le texte latin de l'édition de Cambridge et des remarques nouvelles outre les conjectures de Davies et de M. Bentley et le commentaire philosophique de Pierre Valentia, Londres 1740。

确和优雅的风格,但是,培尔在这方面尤以数学精神见长,即便他对数学所知甚少。他的论证更令人信服、更为敏锐。他直奔主题,不会费太多口舌,而西塞罗在上述作品中则偶尔会这么做。

此外,正如我们敢于宣称的,与同时代人相比,比如笛卡尔、莱布尼茨——二者无疑是具有创造力的思想家——或者马勒伯朗士,培尔显得似乎更为伟大。① 这并不是因为他发现了新的真理,而是因为他始终忠实于自己精确的逻辑方法,并且在从自己的原则中得到结论这方面表现得最为卓越。他很明智,不会像其他人那样把自己套在体系精神中。笛卡尔和马勒伯朗士都具有一种活跃和强大的想象力,但是偶尔会将他们精神欺骗性的虚构当作纯粹的真理。一者创造了一个与我们的世界不同的世界,另一者则过于陷入细节,搞混了造物者与被造物,将人变成了由至高意志所推动的自动装置。莱布尼茨也走上了类似的歧路,除非人们认为,他发明原子体系和前定和谐是为了对形而上学家作恶作剧,给他们提供用来辩论和争吵的材料。培尔用敏锐的洞察力和严格的思想检验了古人和今人所有的哲学美梦,就如神话中的柏勒洛丰消

---

① 自我定位为站在反宗教改革一方的哲人、笛卡尔主义者马勒伯朗士(Nicolas de Malebranche,1638—1715)试图以机缘论的方式解决肉与灵(或译"身心")的问题,对于他而言,认识只有通过上帝的共同影响和对具有神性的理念的分有才可能出现,因为精神与物质无法发生直接的关系。弗里德里希二世的藏书中有 *Entretiens sur la métaphysique, sur la religion et sur la mort* [1688],Nouv. éd. I-II, Paris 1711; *De la recherche de la verité où l'on traitte de la nature, de l'esprit de l'homme et de l'usage qu'il en doit faire pour éviter l'erreur dans les sciences*[1674—1678],I-II,VIe éd.,Paris 1712 以及 VIIIe, éd. Paris 1749;以及 *Traité de l'infini créé avec l'explication de la possibilité de la transsubstantiation. Traité de la confession et de la communion*, Amsterdam 1769。

灭了哲人头脑中长出来的吐火女妖。① 他从未忘记亚里士多德让门徒谨记的明智学说："怀疑是一切智慧之父。"他从没有说过："我要证明，这个或者那个事物为真或者为假。"人们始终可以看到他忠实地遵循着分析综合方法向他指明的道路。

　　培尔的《词典》作为我们时代珍贵的纪念碑，至今仍被深藏于各大图书馆之中，高昂的价格令学者和囊中羞涩的学术爱好者无法购得。② 有鉴于此，我们从高阁中请出这枚勋章，将其转而铸造为流行的硬币，一位匿名者前些年发表了一部《培尔之精神》③，

---

① 柏勒洛丰（Bellerophon 或 Bellerophontes），在古希腊神话中是科林斯国王格劳科斯之子，拒绝了意图引诱他的普洛托斯王后安提亚（一说斯缇娜波亚）的爱情，后者被拒后诬称柏勒洛丰奸污了她。作为惩罚，他必须与吐火女妖搏斗，他以为自己会被杀死。但是在诸神的帮助下，柏勒洛丰骑着飞马杀死了怪物，事见荷马，《伊利亚特》卷六，诗行 178-183；品达，《奥林匹亚凯歌》，13:60-90。弗里德里希二世藏有大量出版于 18 世纪的荷马作品法译本，比如 *L'Iliade*, trad. nouvelle précédée de réflexions sur Homère par M. Bitaubé, I—II, Paris 1764。藏书中亦有品达凯歌（尤其是《奥林匹亚凯歌》）的法译本，比如 Pindare, *Les Olympiques*, traduites en français avec des remarques historiques, Paris 1754。

② 弗里德里希二世不仅是一位热心的读者，同时也是对于读者友好的图书的爱好者。他认为阅读应该既有益，也带来乐趣，大开本图书和太过厚重的图书并不合他的品味。好的书籍应该是易得和价格合理的，这样，那些支付不起大部头版本的人也可以读到了。《历史考订词典选辑》以两卷的八开本形式出版，而培尔的原书则是四巨册的对开本。弗里德里希二世选编的选本可以让人方便使用，快速获取信息，用低廉的价格使培尔词典最重要的词条得以广泛传播。参弗里德里希二世致其弟海因里希的信（1764 年 4 月 27 日，见 *Œuvres de Frédéric le Grand*, t. XXVI, 301-302）。

③ 1752 年 6 月 12 日，威尔海敏从拜罗伊特致信当时在波茨坦的伏尔泰："我那时还在柏林，国王曾对我说，他想就培尔的精神写点儿东西。"题为

他的计划似乎是,不收入所有哲学词条,而只收历史方面的词条——我们今天将其付诸实践,只不过稍有不同。我们的选辑删去了所有历史方面的内容,因为一方面,培尔在一些逸事和事实上犯了错误,他只是在根据某些消息不那么灵通的人士叙述;另一方面,人们当然完全不应该在词典中研究历史。

本选辑的主要目的在于更为广泛地传播培尔令人赞叹的逻辑。这是健康人类理智的一本精华录,是对于所有地位、阶层的人们而言都最为有用的读物。因为对于人来说,还有什么比训练自己的判断力更为重要的学习?我们要请所有稍具常识的人来作证,他们将会经常注意到,是哪些无效和不充分的理由构成了最为重要的行为的动机。

我们并没有过于片面地异想天开,认为人们只需要阅读培尔就能够正确思考。我们恰如其分地区分了自然赋予与拒绝赋予人以禀赋和技艺从而对其作出完善的事物。不过,倘若人们为好的头脑提供帮助,这种帮助会压制青少年无度的好奇,或者削弱倾向于为自己虚构种种体系的趾高气扬者的傲慢,难道不是一个极大的好处吗?有哪位读者在读到对芝诺和伊壁鸠鲁学说的反驳时,①

《培尔之精神》,即培尔作品之精粹的书并没有问世或者只印了极少的份数,从而可以说,取而代之的是 1765 年,即七年战争之后,附有弗里德里希二世"前言"的培尔《历史考订词典选辑》的问世。

① 弗里德里希二世在《词典选辑》中收录了"芝诺"和"伊壁鸠鲁"两个词条,他强调了这两个词条对于培尔哲学思想的重要性。培尔关于古希腊哲人、巴门尼德的学生和朋友芝诺(前 490—前 430)的复杂词条介绍了其有关一与多、静与动、始基、物质的可分性等悖论,他解释了芝诺论证或论辩的技艺,将其视为一位严肃的思想家。培尔这么做意在驳斥人们的偏见,即芝诺只是一位激进的怀疑论者。《词典》中的"芝诺"词条被证明是以结构性的批判形

不会自言自语："怎么？古代最伟大的哲人，数量最多的教派也会犯错？那么，我常常自欺的危险该有多大呦？怎么？那位一生都致力于哲学思辨的培尔，都会由于担心犯错，而总是那么谨慎地得出结论？那么，我自己难道不更得慎之又慎，谨防轻率作出判断？"当人们读到了对如此多的属人意见的反驳之后，怎能不相信，形而上学的真理几乎始终位于我们理性的界限之外呢？人们将自己不羁的马儿驱赶到这个赛道，它很快就会被难以逾越的深渊所阻止。这些障碍说明了我们思想的弱点，会引起我们明智的畏惧。这就是人们阅读这本书所能够获得的最大的好处。

人们可能会说，我为什么要把自己的时间浪费在寻找真理上，倘若它远超于我们的视野之外。对于这个异议，笔者的回答是，至少要试着去接近真理，才配得上成为思考的存在者。如果有人严肃地致力于此了，那么，他至少可以摆脱许许多多的谬误。你的田地即便收成不好，但至少不会长出更多的荆棘，而且更适合种庄稼。你们将不会轻易相信吹毛求疵的逻辑学家，而是会不自觉地具有一丝培尔的精神。你们会一眼看到某个证明的瑕疵，此后在

式,对一个不那么为人所知的对象进行哲学史性质的澄清的有效例证,这种批判在不完全地吸收芝诺哲学立场的情况下,传达了新的认知。这种批判以说明性的方式对待思想史,在19世纪初通过援引培尔的芝诺词条得到确证。现代的辩证思想家黑格尔在《哲学史讲演录》中就提到培尔的词条,提及芝诺这位此前被误解的辩难家和辩证法之奠基人(参 *Vorlesungen über die Geschichte der Philosophie I*, in: Georg Wilhelm Friedrich Hegel, *Werke* [in 20 Bänden], Bd. 18, hg. v. E. Moldenhauer u. K. M. Michel, Frankfurt a. M. 1986,295-319)。黑格尔也在其他地方对弗里德里希二世给予了认可,认为他吸收了法国启蒙运动的哲学,见 *Vorlesungen über die Geschichte der Philosophie*, ebd., Bd. 20,298。

形而上学幽暗的小径中遭遇更少的危险。①

当然,读者中一定有人与我们的想法不同,他们会奇怪,我们更青睐培尔的作品而不是已经充斥市场的诸多关于逻辑学的书。对此,答案很简单。诸科学的始因都有些枯燥,但是,倘若经过一位娴熟大师的处理,枯燥就会无影无踪。

由于我们所谈的对象把我们引至此处,那么,给年轻人指出演说家与哲人对逻辑学的用法不同,也许并无不当。他们的目标迥然相异。演说家满足于或然性,而哲人则摒弃一切非真的东西。需要为代理人辩护的演说家在法庭面前要竭尽全力,拯救代理人。他要欺骗法官,甚至要改变事物的名称,因而罪行会变成弱点,错误几乎会成为德性。他要粉饰事物身上令他反感的各个方面,倘若这些手段也不足,他会在激情那里找到庇护,利用一切雄辩的力量来挑起激情。虽然说教所处理的对象比法庭演说的更为严肃,但是,二者根据相同的原则行事。② 因此,虔诚的灵魂常常抱怨布

---

① 弗里德里希二世尤其在莱茵斯堡时期思考过"形而上学的幽暗小径"。在他1764年为《词典选辑》做准备工作期间,又提及此事,并致信弟弟海因里希:"亲爱的弟弟,当您说在形而上学上难以深入时,您说得完全有道理。在这个领域中,人们必须能够飞翔,然而我们没有翅膀。我们的思想无疑没法儿发现自然意图给我们隐藏起来的真理。不过,能够注意到人们出于无知而在未曾知晓的事物上所犯的谬误和荒谬行为,这已经足够。"(1764年4月27日,见 Œuvres de Frédéric le Grand, t. XXVI, 301f.)

② 弗里德里希二世对布道者在基督教布道词中运用律师在法庭前辩护时的修辞手段的风气的影射,已经被著名的布道者莫城主教波舒哀的友人和仰慕者拉布吕耶尔讨论过(参 La Bruyère, Œuvres complètes, hg. v. J. Benda, Paris 1951, 436-448)。布道词演说在法兰西有着很深的传统。路易十四时代布道演说者的地位极高,波舒哀和尼姆主教、法兰西学院院士弗莱谢皆为当时最为重要的布道词演说者。波舒哀作为好论争的神学家、理性的教条主义者,以

道者在论据的选择上不那么敏锐,这无疑得归咎于演说者自身判断力的缺乏。很遗憾,那些好斗且吹毛求疵的头脑对此太过草率,人们既无法用不充分的论证,也无法用华丽的话语令他们满意。

这样的华丽辞藻、这样的吹毛求疵、这样的肤浅论证——所有这些,在优秀哲人严格和精确的证明中都不会被容忍。他们只想用显明和真理来服人。他们会以公正、不偏不倚的思想来检验某个体系并给出证明,而不去美化或者弱化它们;会穷尽一切理由来捍卫它,之后也会以同样坚决的态度来反对它。最后,他们会总结一切赞成或者反对的或然性。由于这些事物很少能够完全清晰,他们担心匆忙下结论,因而会悬置自己的决定。

倘若人如书本知识所说的那样,是富于理性的存在者,那么,哲人就必须具有更多的人性而非其他。正因为如此,人们始终把他们视作人类的教师,而他们那作为理性问答录的作品,为了人类的裨益,无论怎样广为传播都不够。

及法国天主教教会之自由的捍卫者,代表了一种以文辞强有力的激情、理性的清晰、语言的悦耳而出众的布道词演说。弗里德里希二世对法兰西古典时期和古代演说家的雄辩同样推崇备至。根据侍读卡特(Henri de Catt)的说法,他反复阅读他们的作品,甚至在七年战争期间亦长读不辍(见 *Unterhaltungen mit Friedrich dem Großen. Memoiren und Tagebücher*, hg. v. R. Koser, Berlin 1884, 221-222),他藏有诸多版本的波舒哀神学论战作品和著名的亡灵祷词。同样,藏书中还有著名如弗莱谢的布道词和亡灵祷词,以及 17 和 18 世纪不那么知名的法兰西布道词演说者的布道词文集。关于弗里德里希二世对法兰西布道演说者的接受,参 Werner Langer, *Friedrich der Große und die geistige Welt Frankreichs*, Hamburg 1932, 61ff. 。

对《试论偏见》的审查(1770)*

[说明]弗里德里希二世的这篇批评文针对的是《试论偏见,或论意见对风俗和人之幸福的影响——兼为哲学一辩》(*Essai sur les préjugés, ou De l'influence des opinions sur les moeurs et sur le bonheur des hommes, ouvrage contenant l'apologie de la philosophie*),1770年在柏林弗斯出版社匿名出版,题为《对〈试论偏见〉的审查》(*Examen de l'Essai sur les préjugés*)。由于《试论偏见》一书的题献落款是"杜马尔塞,巴黎,1750年3月7日",于是,1756年去世的哲人、早期启蒙思想家杜马尔塞在18世纪被认为是该书作者。其实,这部产生于法国启蒙运动时期的论战文的作者是霍尔巴赫(Paul-Henri Thiry d'Holbach)。弗里德里希二世藏书中有《试论偏见》第一版(1770),见无忧宫馆藏。在一封致达朗贝尔的信(1770年5月17日)中,弗里德里希二世饱含激情地扼要陈述了他对《试论偏见》论点的反驳。

我刚刚读了一本题为《试论偏见》的书。进一步审视之后,我极其惊讶地发现,这本书本身就充满着偏见。也就是说,它是由真理和错误推论、刻薄的批判和荒唐的计划等混合起来的,陈述它的是一个狂热、偏激的哲学家。如果要给出详细的印象,我将不得不

---

* [译按]译文根据"波茨坦版"卷6,页339-379译出。

深入每一个细节,但是我的时间宝贵,所以,我将仅就最重要的几点进行说明。

在一个以哲人面目示人的作者的作品里,我所期待的是智慧、理性,以及论辩中的严谨。我想象着从中只会发现洞见和显明。但是,大错特错!作者所想象的世界差不多就像柏拉图所设想的理想国①,它有能力达到美德、幸福以及全部的完善。不过,我敢向他保证,在我所居住的这个世界,情形完全不同。在这里,无论何处,善恶都是混杂的,物理事物和道德事物都同样具有这个世界标志性的不完善性特征。作者以教师爷的方式声称,真理是为人而设,在任何情形下都应为人作出说明。这一点值得细究。我会基于经验和类比来向他证明,思辨性的真理远不是为人而设,这样的真理会不断地要求人类做出最为艰辛的探究。这是真理的力量要求人做出的自供,即便它对于自爱来说是侮辱性的。真理就像位于井底一样,需要哲人努力将它从中汲取出来。所有的学者无不抱怨探寻真理所耗费的辛劳。倘若真理是为人而设,那么,它就会自然而然地呈现在人眼前。人就会毫不费力、无需长久思虑、准确无误地领会它,它那战胜谬误的显明性将不容置疑地为自己赢得人的信服。人们可以凭借常常以真理之形象行骗的谬误之可靠标志来区分真理与谬误。这样的话,就不再有众说纷纭的意见,而只剩下无疑的确定性。然而,经验告诉我的恰恰相反。它让我看到,没有人不犯错,想象力在每个时代的狂热妄想中产生的最大蠢行,都来自哲人的脑瓜,只有极少数哲学体系没有偏见和错误的推论。经验让我联想到笛卡尔的漩涡说,联想到牛顿,这位伟人在自己的

---

① 柏拉图,《理想国》,卷九,592([译按]中译参柏拉图,《理想国》,王扬译,华夏出版社,2012,页354及以下)。

评注里解释的末世论,联想到莱布尼茨,这位与前两者不相伯仲的天才头脑所发明的前定和谐。出于对人类理智之弱点的坚信和对这些著名哲人的谬误的惊愕,我呼喊着:"虚空的虚空!哲学精神的虚空!"

如果人们的经验进一步探究,它就会让我看到,每个时代的人都处在谬误的永恒奴役下,各个民族的宗教崇拜都基于荒谬的无稽之谈,都伴随着奇异的习俗、可笑的节庆,以及与帝国之永恒性相关的一些迷信。我看到,从一个尽头到另一个尽头的世界无不充满了偏见。

倘若探究这些谬误的缘由,人们继而会发现,人本身即谬误之根源。这些偏见就是民众的理性,它对奇异性有着难以抗拒的偏爱。此外,只靠日常劳作赖以为生的大多数人类,固守在无知之中,难以克服,既没有时间考虑,也没有时间沉思。由于他们的思想没有推论的经验,他们的判断力没有受过训练,他们也就不可能根据健康的判断力规则去检验自己设法搞明白的事物,或者理解人们可能用来使他们摆脱谬误的一系列推论。因此,他们情感上的归属感就指向了宗教崇拜,这种崇拜已经被长久的习惯所神化,不经过一番强迫他们是无法放弃的。即便是新派的宗教观念也只能以暴力消灭古老的宗教观念。使异教徒归附的是刽子手。查理大帝向萨克森人传教的方式是,凭借火与剑传布其教义。[①] 因此,我们的哲人要启蒙各个民族,就必须把剑握在手里进行布道。但是,哲学要使得门徒温良和有耐性,我希望,哲人在把所有武器握在

---

① 查理大帝(747—814),768 年成为法兰克国王,800 年成为罗马皇帝;772 年曾攻击萨克森,804 年再次对其开战,目的在于使之臣服,令其基督教化,并将其并入法兰克帝国。

手中,给自己披上好斗的使人归附者的甲胄之前,可以稍作思量。

人性中迷信的第二个原因是,他们对看来奇异的一切事物拥有强烈的偏爱倾向。每个人都可以感受到,自己完全无法将注意力从别人讲述的超自然事物中摆脱。如我们所见,奇异的事物振奋我们的灵魂,提升我们本质的品质,因为,它为我们的本质打开了一片无可比拟的领域,这片领域扩充了我们想象的范围,让我们那乐意在未知领域犯错的想象力自由驰骋。人热爱一切伟大的事物,一切激起惊赞或者赞叹的事物。庄严的大排场或者壮丽的盛会会给他留下深刻印象,神秘的仪礼会令他的注意力加倍集中。倘若有人继而向他宣布了某位神灵不可见的显现,精神的一种传染性迷信就会将他攫住,他便会坚信于此,这种迷信会越发强大,直至使他成为极端分子。这种独特影响就是感官对人所发挥的控制力的结果。因此可以说,大多数人类观念都是基于偏见、无稽之谈、谬误以及谎言之上。我只能由此得出,人是为谬误而设,整个世界都处于谬误统治之下,我们所洞明的几乎与鼹鼠无异,此外我还能得出什么呢?因此,我们的作者就不得不认同所有时代的经验,即世上充满着迷信的偏见,而且,如我们所见,真理并非为人而设。[1]

---

[1] 在与达朗贝尔的书信往来中,弗里德里希二世有时会计算有能力克服偏见、作为哲人献身于启蒙的人物的具体数量。在一封 1770 年 1 月 8 日致达朗贝尔的信中,他说:"就让我们看看任何一个君主国。让我们假设,它有一千万人口。先从这一千万人里刨去农民、手工业者、工匠以及士兵。这样就剩下差不多五万人,无论男女。我们再从中刨开两万五千个女性,其余的是贵族和上层市民。让我们继而再检验,这些人里面有多少是无能力的思想者、智力不逮者、胆怯的灵魂或者放荡不羁之徒。如此计算的结果差不多是,在一个拥有约一千万人口的所谓文明民族中,几乎只有不足一千个有教养的人!"(见 *Œuvres de Frédéric le Grand*, t. XXIV, 471)

不过,我们可以从作者的体系中得出什么呢?我可以预见到,我们的哲人在这里会打断我,并警告我说,我不应把思辨性真理和经验性真理混为一谈。我很荣幸可以反驳他说,在意见和迷信的领域里,关键的是思辨性的真理,这才是这里的关键。经验性真理是对市民生活产生影响的那些真理,我坚信,像我们这位作者这样的大哲人不会想着,通过教育人们火会烫伤,水会溺亡,为了活命,粮食帮忙,社会无德不立,以及诸如此类的日常和妇孺皆知的东西,来启蒙人们。不过,我们接着看。

作者一开篇便写道,由于真理有益于所有人,就必须大胆且毫无保留地说出它。在第八章——如果我没有搞错的话,因为我是根据记忆来引用的——作者以另一番语气说话,并且宣称,必要的谎言是允许的,而且是有益的。但愿他可以在赋予真理抑或谎言以优先性上做出抉择,这样我们才可以知道究竟要遵循哪一个。倘若我可以紧随这么一位伟大哲人之后,斗胆说出我自己的一管之见,我就会说,一个理性之人不应该滥用一切,也不应滥用真理。我并不缺乏支持这个观点的例子。我们可以假设,有一位胆怯和恐惧的妇人正面临生命危险。倘若毫无顾虑地给她描述她处在怎样的危险之中,她那因恐惧死亡而不安、激动、错乱的精神就会令她的血液沸腾,甚至会加速她死亡那一刻的来临。相反,倘若给她康复的希望,她灵魂上的安宁也许会辅助药剂,使她的健康得以恢复。如果让一个因幻觉而幸福的人洞晓事理,又能得到什么呢?这种情形就像那位医生所面临的,他治好了一位疯子之后,向对方索要报酬。疯子如此回答道,他不会支付一毛钱,因为,当他没有理智的时候,他以为自己身处天堂,如今他重新获得了理智,却像活在地狱。倘若元老院获悉瓦罗在戛纳一役战败后,那些贵族在会上大喊"罗马人呦,我们败了,汉尼拔完全击垮了我们的军队!",

这些未加思量的话也许会引起民众的巨大恐慌，以至于使他们逃离罗马，就像阿里亚一役战败时那样，倘若如此，共和国也就完了。但是，元老院更为明智，他们隐瞒了这次不幸。他们动员人民捍卫祖国，为军队补充人马，继续战事，最终，罗马人战胜了迦太基人。因此，似乎明确无疑的是，应该审慎且决不在不适宜的时机讲出真理，尤其是必须选择对于讲出真理最为合宜的时刻。

倘若要我为作者纠正我所注意到的每一处粗心，那么，我会因为他对"悖论"一词的定义而攻击他。他声称，这个词语意指那种还未被接受，但有可能被接受的观点，而人们通常将这个词与某种有悖于经验性真理的观念相关联。我不会在这样的小问题上纠结，但是又不得不提醒那些自诩为哲人的人，他们的定义必须准确，他们只应该在通常普遍的意义上使用词语。

现在，我来谈作者的目的。他毫不讳言，直白地指出，他针对的是自己国家的宗教迷信，他想要废除崇拜，以便在此废墟之上建立起自然宗教，同时引入一种不带任何无关附属物的道德。他的意图似乎很纯粹，他不愿看到人民被无稽之谈所欺骗，而传播它们的说谎者则从中渔利，就像卖狗皮膏药的庸医。他不愿看到这些说谎者统治单纯的人民，享受他们用来针对君主和国家的权力。总而言之，他想要废除传统的宗教崇拜，让大众知晓事理，帮助他们摆脱迷信的枷锁。这个计划很伟大。需要检验的是，它究竟是否可行，作者是否有足够能力企及自己的目标。

不过，对于所有洞明世事、研究过人心的人而言，这样的宏图似乎行不通。一切都会与他作对，比如人们执着于习惯性意见的固执、人们的无知、人们对理性思考的无能为力、人们对奇异事物的偏爱，僧侣的权势，及其用来捍卫其权势的手段。因此，在像法国这样一个国度,这个有着一千六百万灵魂的国度,就不得不预先放弃令一千五百八十万个灵魂皈依的做法,这些灵魂由于难以克服的障碍而固执于自身意见。因此,只剩下二十万个灵魂是为哲学而设。这并不少。我永远都不会为数量如此庞大的这个人群规定同样的思维方式,他们无论在理解力、精神、判断力、对事物的看法上,还是在外表上,都迥然不同。让我们进一步假设,这二十万个新皈依的人获得了相同的教诲,然而,每个人都会有自己的想法,每个人都会有独特的观点,也许,在这么一群人里,并不存在任意两个以同样方式进行思考的人。我可以进一步说,并且斗胆宣称,在一个克服了一切偏见的国家,不出三十年的工夫,就会出现新的偏见,最后,谬误将会以极快的速度蔓延,并完全泛滥于这个国家。诉诸人之想象力的事物,总是会胜过诉诸其理智的事物。简言之,我已证明,在任何时代,谬误总是占据主导。由于人们可以将一种如此顽固的事物视作一条普遍自然法则,我由此得出的结论就是,始终存在的事物也将永远存在下去。

然而,在作者应当拥有合理性的地方,我必须承认他是合理的。为了给真理赢得新的拥护者,他不愿使用武力。他至多只是暗示说,他只想从神职人员手中夺回教育青少年的权力,以便将该权力委托给哲人。由此,青少年就可以远离并免受学校自他们诞生以来便一直在灌输的宗教偏见。不过,我对作者的反驳是,作者推行该计划的期望恐怕会大大落空,即便他有这样的能力。作为例子,我想让他看看几乎就发生在眼下的法兰西的事件。在那里,加尔文教徒被迫将孩子送到天主教学校。请作者想象一下,放学之后,这些父亲们如何给孩子以告诫,如何让孩子背诵加尔文教的教义问答,以及会给孩子灌输针对教宗主义的何种程度的憎恶。①

  这个事实众所周知,而且除此之外,倘若没有这些家长在法兰西的坚持,那么很早之前就不会有胡格诺教徒了,这再明显不过。哲人可以反对针对新教徒的这类压迫,但是,他不应仿效这类压迫的施加者。因为,如果父亲被剥夺了按照自己的意志教育孩子的自由,那就意味着武力。而且,如果孩子被送往自然宗教的学校,而父亲想要让孩子像自己一样皈依天主教,那这也意味着武力。扮演迫害者角色的哲人,在智慧者眼中就会是个恶魔。节制、人性、正义、宽容,才是一个哲人应有的美德。他的原则必须始终不渝,他的言词、计划、行动必须前后一致。

  就让我们把他对真理的热忱留给他,称赞他意图用来实现其目标的技巧吧。正如我们所见,他在攻击一位强有力的对手,即主流的宗教、捍卫它的教士阶层,以及围绕在他们旗帜下的迷信的人民。似乎如此可怕的一位敌人还不足以摧毁他的勇气,为了彰明自己的胜利并使自己的获胜更为耀眼夺目,他还挑衅了另外一个敌人。他大肆污蔑政府,对后者的冒犯不仅粗鲁,而且不体面。他表露出来的蔑视会激起每一位理性读者的愤怒。本来,政府会保持中立,只作为这位真理英雄与谎言使徒之战的安静的旁

---

① 教宗主义(Papismus)在 18 世纪是启蒙、世俗化以及现代化争论中的论战概念。伏尔泰在《哲学词典》(*Dictionnaire philosophique portatif*)中的"教宗主义"词条里,以对话形式让一位"教宗主义者"和一位"司库"讨论信仰问题中的宽容,从而启发到,从经济学视角来看,无论对于公共财政还是对于私人财富而言,社会对宗教社团多样性的接受都是有利的。弗里德里希二世藏有三个版本的《哲学词典》第一版(*Dictionnaire philosophique portatif*, Londres, 1764),以及三个版本的第六版(*Dictionnaire philosophique portatif*, VIe édition revue, corrigée et augmentée de XXXIV articles par l'auteur, Londres 1767)。

观者。但是,他自己逼迫政府支持教会一方,以反对二者共同的敌人。倘若我们无需尊重这位伟大的哲人,就会把这个想法当作一个不动脑筋的小学生的胡闹,而这样的学生值得因此被老师们狠狠惩罚。

不过,只有完全颠覆了曾经的传统秩序,才能证明是为祖国好吗? 如果想要为祖国做出一些有益的贡献,难道就没有更应该选取和使用,并且好于其他手段的更为温和的手段? 我们的哲人给我的感觉就像那些除了催吐药之外不熟悉其他药物的内科医生,就像只想给人做截肢手术的外科医生。一位考虑过教会为其祖国招致的弊端的智慧者,毫无疑问会竭尽全力使之摆脱其弊端,但他会谨慎行事。他不会推倒一座哥特式老建筑,而是会清除掉令其损毁的有害部分。他会令作为公众愚蠢之食粮的荒诞的无稽之谈声名狼藉。他会反对赎罪和赎罪券,它们只会鼓励犯罪,因为,它们使得告解人很容易就赎掉自己的罪愆,①同时也抚平他的良心不安。他会反对教会为了抹去最大的恶行而引入的一切补偿措施,会反对外在的修行仪式,它们以幼稚的假面取代了真正的美德。他会对无所事事者的藏身之所开战,这些人靠着自己民族勤劳的那部分人生活,他会反对那些令自然天性窒息的大量僧众,如果他们造成了人类败坏的话。他会鼓励统治者限制并减少教士数量以惩罚教士对他和他的人民所施加的巨大力量,撤销教士对政

---

① 伏尔泰《哲学词典》(1767)的"忏悔"词条的说法是:"如果你压抑了深重的罪,那么,对你来说就有能够给你赎罪的告解神父。如果你的忏悔不管用,那就是你的问题! 你花好价钱可以得来一张印好的票据,它可以让你参与圣餐仪式,人们会把所有票据扔在圣体钵中。"参 Voltaire, *Dictionnaire philosophique*, éd. R. Naves, J. Benda, Paris 1967, 497。

府统治的任何影响,使之隶属于裁决普通教徒的法庭之下。如此一来,宗教就成为思辨的对象,而这个对象无论对于风俗还是对于政府都无足轻重,迷信得以减轻,宽容也会取得日渐广泛的重要性。

现在,让我们看看作者讨论政治的段落。无论作者多么想要通过如此冗繁的论证而给人一种印象——他只是一般性地审视这个对象,人们还是会注意到,他关注的始终都是法兰西,而且从未越出过这个王国半步。他的表述,他的批判,所有一切都指向了法兰西,所有一切都与之相关。只有在法兰西,司法职位才可以买卖,没有哪个国家像这个国家那样债台高筑,没有哪个地方的人如此激烈地反对赋税。人们只需阅览一下议会对某些税务豁免的抗议,以及此类主题的大量出版物,就能知道这一点。作者控告统治的核心,指的并不是欧洲其他国家,而仅仅是法兰西。只有在这个王国,国家收入才由包税人征收。① 英格兰哲人不会抱怨他们的教士,目前为止,我也还未曾听到西班牙、葡萄牙或者奥地利哲人的此类抱怨。因此,有哲人控诉教士人员的地方,只能是法兰西。简言之,一切都指向了作者的祖国,对他来说,很难甚至不可能否认,他的讽刺直接针对法兰西。

作者的怒气偶尔会平息,他那稍微安宁些的精神允许他更为智慧地思辨。如果他宣称,君主的职责是使臣民幸福,那么,每个

---

① 在旧制度的法国,包税人(或曰总承包)是国家将税收权予以出租的私人。直至法国大革命时期,收税不是通过国家,而是通过私人。除了租金之外,租税的纯利润的一部分也得上缴国家。教会也利用包税制度收取什一税和其他税捐。由于肆无忌惮的收税和税收利润的高份额(高达百分之二十)——这是包税人以损害国家为代价中饱私囊的部分——这种制度遭到启蒙主义者的批判。国民议会于1791年取消了包税制。

人都会赞同他对这一古老真理的同意。如果他保证说,统治者的无知或者懒惰对于人民而言是灾难性的,那么,人们会向他保证,每个人都坚信这一点。如果他补充说,君主的利益与臣民的利益分不开,而他们的荣誉在于统治一个幸福的民族,那么,没有人会怀疑这些定律的显明性。可是,如果他以激烈的愤怒和最为辛辣的讽刺箭镞毁谤他的国王和国王的统治,人们就会把他视为一个疯子,一个挣脱了锁链,发疯得最为激烈的人。

我的哲人先生,作为风俗与美德的守护者,您难道不懂得,一位好公民应该尊重他生活于其中的政制吗?您难道不懂得,一个平头百姓没有资格辱骂上司,他既不能诽谤同事,也不能诽谤统治者,甚至其他任何人;而且,一位将自己的鹅毛笔用得如此极端的作者,既非智慧者,也非哲人?

没有什么可以使我个人同情那位最信基督的国王①,我也许可以像任何其他人那样去抱怨他。不过,作者对他抛掷的卑鄙言论的愤怒,尤其是比任何思考都更为强烈的对真理的热爱,使我感到有义务驳斥这些既错误又无礼的检控。

作者主要的控诉点如下。他指责说,最高的政府要职只由最主要的几个法兰西家族占据,人们的功绩得不到奖赏,受到尊敬的是教士,受到蔑视的却是哲人,统治者的野心不断地掀起新的、灾难性的战争,享受酬劳和表彰的只有那帮受雇用的刽子手(他用如此优雅的昵称嘉奖战士们!),法官席位都是明码标价的,法律败坏,赋税无度,刁难令人难以承受,而且,统治者毫无教养、不可理

---

① 冠有"最信基督的国王"头衔的路易十五(1710—1774),于1715年登基,幼年时期(直至1723年)由奥尔良公爵腓力二世代为统治。

喻且应受责备。① 我的答复如下。

国家的利益要求,君主应该感谢那些为统治做出特别贡献的人,如果他的酬谢延伸到那些对祖国卓有功勋的人的后代,这就意味着他能够给才能和美德最大的鼓舞。创造一些因为先人美好行为而举足轻重的家族,难道不意味着,鼓励大家为国家做一些好的贡献,从而可以用类似的善举大量地留予后人?在罗马人那里,贵族优先于贱民和骑士。只有在土耳其,才没有阶层的区分,但是那里的事务运作却好不到哪里去。在所有欧洲国家,贵族享有相同的特权。倘若市民的天赋、才能、功绩令他们获得贵族头衔,他们有时也可以通达高位。此外,因为这样的偏见(如果人们愿意这么称呼的话),因为这样一种广为流传的偏见(如我想要强调的那样),即便法兰西的国王在派遣非贵族人员作为使者前往某些外国宫廷时也会受阻。在出身的特权得不到认可的地方,人们看到的不是哲学的自由,而是市侩且可笑的虚荣。

作者的另一个控诉点在于,个人的功绩在法兰西得不到表彰。我猜测,首相应该是亏欠了他什么,可能拒绝过发给他年金,或者未能发现这位栖身于阁楼间的人类智慧的教育者,尽管他有资格给予前者帮助——不,恕我失言,应该是配得上在政治事务中引导前者!哲人先生,您声称,国王们在选择服务他们的人选上常常犯错。没有什么比这个更正确了。这方面的原因很容易找到,因为他们是人,他们像其他人那样,也都会犯错。追求高位的人永远只会给国王展示戴着面具的面庞。毫无疑问,国王们常常会被欺骗。廷臣的诡计、手腕、阴谋时不时占得上风。② 因此,如果说他们的选

---

① 参《试论偏见》第一部分,第 3 至 6 章。
② 参《驳马基雅维利》第 26 章。

择并不总是成功的,请您不要仅仅抱怨他们。在所有国家里,真正的功绩和具有出众才能的人都远比思辨的梦想家所设想的稀罕得多。因为,他对于一个从未认识的世界仅仅具有理论性的概念。功劳得不到奖赏,在任何国度都可以听到这样的抱怨,而且任何狂妄之徒都可以说:"我有理智,有才能,但是政府并不表彰我,因此,它缺乏明智、洞见以及正义感。"

此外,每当我们的哲人先生讨论一个他更为直接地关心的主题时,他就会勃然大怒。他的同胞更钟情于谎言的使徒而不是真理的使徒,这一点尤其令他恼火。不过,我们请他稍作一些暂时的观察,这或许会令他热烈的精神有失体面,但是适合于平复他的怒火。请他想想,教士在国家中构成了一个巨大的体制,而哲人则是一个个的个体。请他再想想自己曾说过的话,即教士由于从人民那里获得的权威而有权势,对统治者构成了威胁,他同样必将因为这种权势而得到保护。有鉴于此,教士必然享受更为显著的特权和嘉奖,这种特权和嘉奖远比那些通常因自己的处境而不抱任何野心的人享受的要更显著,后者超越了人类的虚荣,鄙夷普通人充满热情欲求的一切。我们的哲人难道不懂得,恰恰是普通人将君主束缚在了王位之上?是民众迫使君主保护不服帖且忤逆的教士人员,顾及这些意图建立国中之国的教士,后者总能够招致极其悲惨的事件,比如结束了亨利三世和好王亨利四世性命的那些事件。① 君主只能巧妙和细致地触碰传统的文化事宜。倘若他要从迷信的大厦着手,那么,他必将损害它。一旦他

---

① 亨利三世(1551—1589)被多明我派僧侣克莱芒(Jacques Clément)刺杀,亨利四世(1553—1610)被宗教狂热分子和与耶稣会士亲近的牧师拉瓦亚克(François Ravaillac)刺杀。

开始完全公开地摧毁它，他就不得不冒太多的风险。如果偶尔有不懂统治术且对其没有宽宏视野的哲人书写统治术，政治家会对他们投去同情的一瞥，并把他们领向那门科学的出发点。人们必定会怀疑理论性的空想，它们经不起经验的检验。统治的科学是一门自成一体的科学。想要恰当地谈论它，必须有过长久的研究，否则就会误入歧途，或者只能推荐一些比他们所抱怨的弊端还要糟糕的药方。于是，我们常常可以看到有思想但却说着蠢话的人。

我们的作者进一步对君主的野心发起脾气来。他难以自已，口无遮拦，指责统治者是人民的屠夫，把人民当作牺牲品送进战场，来打发自己的无聊。无疑，君主们会打一些不义之战，也存在本应该和本能够避免的流血。尽管如此，但在一些情形下，战争是必要、不可避免且正义的。当同盟者遭到攻击时，君主必须支援他们。自我保存迫使他手握武器，以维持欧洲强国之间力量的平衡。① 他的职责就是保护臣民免遭敌人的袭扰。他有权利捍卫自己的权利、他人意欲争夺的继承权或者类似的东西，方式就是以武力驳回自己遭受的不公正。统治者有什么裁判呢？谁可以成为他们的裁判？由于他们无法把权利争议放在任何法庭，任何足够有权势作出并执行判决的法庭，于是，他们就回到了自然状态的权利那里，于是，力量说了算。责备这类战争和辱骂参与这类战争的统治者的人，暴露的更多是对国王们的憎恨，而不是对间接受害的民众的同情和人性关爱。难道我们的哲人会赞同这样一位统治者，他出于怯懦而让人掠夺他的国家，把自己民族的尊严、利益、荣誉拱手让与恣意妄为的邻国，由于维护和平的无用努力而令自己、国

---

① 参《驳马基雅维利》第 26 章。

家、人民毁灭？马可·奥勒琉、图拉真以及尤利安皇帝无不连年征战，却被哲人颂扬。这些哲人为什么要责骂在这方面追仿古人的现代统治者呢？

我们的哲人并没有满足于辱骂欧洲所有头戴冠冕的元首，他还自得其乐于嘲笑格劳秀斯的作品。我的看法是，人们不必尽信他的每一句话，而且，《战争与和平法》一书会远比《试论偏见》一书存在得更长久。①

请您记住，王者的敌人，请您记住，现代的布鲁图斯，开战的并不只是国王们。各个共和国自古以来也都在这么做。您难道不熟悉，古希腊人的共和国因为人民的不和，总是陷入无止尽的内战？他们的编年包含了一系列针对马其顿人、波斯人、迦太基人、罗马人等民族的无尽的战役，直至埃托利亚同盟②加速了它们的崩溃。您难道不清楚，任何君主国都没有罗马共和国更好战？如果要给您总结他们所有的武力行动，我不得不呈现他们从开端到结束的历史。让我们来看看现代的共和国。威尼斯共和国与热那亚共和国开过战，与土耳其人开过战，与教皇、皇帝，以及你们的

---

① 荷兰法学家、万民法奠基者格劳秀斯（Hugo Grotius 或 Huig de Groot, 1583—1645）在《试论偏见》（第一部分，第五章，注释 8）中受到批评。弗里德里希二世藏有其代表作《三论战争与和平法》（*De Jure Belli ac Pacis libri tres*, Paris 1625）的两个法译本：*Le droit de la guerre et de la paix*, trad. Du latin en français par de Courtin, I-III, à la Haye 1703 和 *Le droit de la guerre et de la paix*, Nouvelle traduction par Jean Barbeyrac, professeur de droit à Groningue avec les notes de l'auteur même qui n'avaient point encore paru en français et de nouvelles notes du traducteur, I-II, Basle 1746。

② 埃托利亚同盟是希腊中部人民于公元前 367 年缔结的政治同盟，逐渐发展为与马其顿对立的政治和军事力量。

路易十二①开过战。瑞士人曾对奥地利家族、大胆查理②(即勃艮第公爵)开过战。用您自己细腻的表达来说,他们难道不是比国王更糟糕的屠夫吗,既然他们把公民卖给了互相大打出手的君主?关于同样是共和国的英格兰,③我不会对您说什么,因为这个强国也打仗,而且关于如何打,经验已经告诉您了。荷兰人自从共和国肇造以来便在欧洲的纷乱中无孔不入。作为共和国的瑞典在某些时期也像君主国那样打了许多仗。关于波兰,我要问您,眼下那里正发生着什么,这个世纪又发生过什么,您是否相信,它享受着永久和平?④ 因此,欧洲和整个世界的所有统治,除了贵格会⑤之外,根据它们的基本原则,无不是专横、野蛮的统治。因此,为何您单单指责

① 路易十二(Ludwig XII,1462—1515),自 1498 年成为法兰西国王,继续了前任查理八世的意大利政策,于 1500 年前后进行了多次意大利战争。

② 大胆查理(Karl der Kühne,1433—1477),自 1467 年成为夏洛莱公爵,致力于建立勃艮第王国,其中,洛林和阿尔萨斯作为他在荷兰和勃艮第领地的领土通道应该被纳入进来。在与瑞士同盟之间的勃艮第战争(1476/77)中落败,围攻南锡时阵亡。

③ 作为共和国的英格兰,参《驳马基雅维利》第 19 章。

④ 提及的当时事件指的是巴尔联盟(1768)中团结起来的天主教贵族反对由俄罗斯支持的迪森特的联盟战争。起因是叶卡捷琳娜二世强迫波兰推行对迪森特平等的法律。弗里德里希二世将波兰联盟发动的反抗当作其题为《联盟战争》(La Guerre des confédés,1771)讽刺诗的对象(见"波茨坦全集"卷八)。参 Gerhard Knoll,in:Friedrich II. König von Preußen,Totengespräch zwischen Madame Pompadour und der Jungfrau Maria,hg. u. übers. v. G. Knoll,31f. 。关于波兰王位继承战,参《驳马基雅维利》第 20 章。

⑤ 贵格会是由福克斯(George Fox)建立的新教教派,教派成员都是坚定的和平主义者,反对任何形式的兵役、盟誓、强制信仰、种族主义以及奴隶制。伏尔泰在其《哲学书简》(1728)的前四封书简里刻画过贵格会的正面形象,标志着对该教派开明地接受,该教派成员也称其教派为"教友会"。

君主国及其与共和国的共同点?

您对战争大为恼火。它本身是不祥的,但是,它是像其他自然惩罚一样的灾祸,是这个世界建立之时便被设定的必然前提,它们周期性地往复,迄今为止,还没有任何时代能够自诩远离了战争。如果您想要创造永久和平,那就请您置身于一个不分你我的理想世界,在那里,君主、首相、臣子都没有任何激情,理性得到普遍遵循。或者,您可以接续已故的圣皮埃尔神父的计划。① 或者,如果您因为他是个教士而反感这么做,那就请您不要束缚事物的发展,因为您必须坚信,在这个世界上,自从人的行为得到继承并熟悉以来,一直都存在战争,而且还将会有战争。

现在,我们看一看,您针对法兰西政府暧昧、夸张的攻击是否有一定道理。虽然没有点名,但您指向了路易十五,指责他只打不正义的战争。您不要认为,以同样的放肆和无耻去说这样的话就够了。必须证明它们,否则,即便您是哲人,人们也会把您看作大诽谤者。因此,请您检审法庭卷宗,然后再决定,路易十五所用来发起战争的理由究竟是好是坏,或者令人信服与否。在这里关键性的第一场战争发生在1733年,他的岳父被选为波兰国王。皇帝查理六世与俄罗斯结盟,反对这次选举。由于法兰西国王无法去打俄罗斯,他就去攻击查理六世,以求捍卫他两次被选为国王的岳父的权利。由于他在波兰达不到目的,他就把洛林公国作为赔偿转交给斯坦尼斯瓦夫国王。② 因此,还有人会谴责为岳父提供帮助

---

① [译按]关于圣皮埃尔神父及其永久和平计划,参卢梭,《评圣皮埃尔神甫的两部政治著作》,李平沤译,商务印书馆,2017。

② 路易十五与波兰国王斯坦尼斯瓦夫一世(1677—1766;1704—1709年在位,之后1733—1736年在位)的女儿玛莉亚(Maria Leszczyńska)成婚。斯坦

的女婿,谴责一位捍卫自由民族之选举权益的国王,谴责一位阻止其他势力无理地要求将王国分配出去的权利的君主吗？如果人们不是受制于敌意和势不两立的仇恨,那么,至少在这一点上,他们是不可能谴责这位君主的行为的。

第二次战争开始于 1741 年。这场战争关乎奥地利家族的王位继承,该家族最后一位男嗣皇帝查理六世那时刚去世不久。很明显,那份寄托了查理六世诸多希望的著名的《国事诏书》①,并没有动摇巴伐利亚和萨克森家族的继承权,也丝毫未能损害勃兰登堡家族对一些西里西亚公国的诉求。这场战争伊始,一支被派往德意志的法兰西军队极有可能让路易十五成为相持不下的诸王侯的裁判,并促使他们按照他的意思心平气和地就此次王位继承达成一致。当然,在威斯特伐利亚和约中扮演了重要角色之后,②法兰西没能再发挥过更漂亮和更大的作用了。然而,由于一

尼斯瓦夫丢掉王位之后,获得了作为补偿的洛林公国,在其死后,洛林归法兰西。

① 《国事诏书》由皇帝查理六世(1685—1740)为了调整哈布斯堡家族根据长子权来继承王位而在 1713 年颁布,以便在男性一支断绝之后保证女性的王位继承权。在此为自己针对特蕾莎女王发动的战争进行辩护的弗里德里希二世无视了《国事诏书》,于 1740 年动用了军事手段,并在 1740 年 12 月 16 日袭击了西里西亚,直至三次战争之后(包括七年战争),才分别在柏林和约(1742 年 6 月 28 日)、德累斯顿和约(1745 年 12 月 25 日)以及胡贝图斯和约(1763 年 2 月 15 日)中确定了他对西里西亚的占领。

② 在结束三十年战争的威斯特伐利亚和约(1648)中,法兰西扮演了裁判者的角色。黎塞留早在 1641 年就主持了和约的预先谈判,其继任者马萨林将这些谈判成功地推向结束,从而用该和约确保了法兰西在欧洲国家体系中的强国地位。参 Heinz Duchhardt(Hg.), *Der Westfälische Friede. Diplomatie-politische Zäsur-kulturelles Umfeld-Rezeptionsgeschichte*, München 1998。

系列不幸和可能的偶然情形,这些计划失败了,这场战争部分程度上悲惨地发生了,人们难道因此就必须谴责路易十五吗？一位哲人应该根据发生的事件来评判一项计划吗？毫无疑问,比起检验和权衡想要表达的内容,肆意地中伤要来得更为容易些。这位在作品一开始便自诩为忠诚的真理捍卫者的人,竟然是一位卑鄙的夸夸其谈者！为了辱骂统治者,他把谎言与自己的恶意融为一体。

现在,我要谈谈1756年的战争。当《试论偏见》的作者不老实地承认,法兰西当时受英格兰所迫方才动武,他自己一定会感受到对祖国的许多偏见和愤恨。在以如此阴森的色调为我们描绘的嗜血且野蛮的暴君形象中,我如何能够辨认出向英格兰宣战前曾表现出天使般耐心和节制的爱好和平的路易十五？[1] 人们能够责备他什么呢？难道能要求他不要进行自卫吗？我的朋友,你要么是无知,要么是疯了,要么是个大诽谤者。你自己选吧！而哲人,你可不是！

关于统治者就说这么多。[2] 可不要以为,作者对其他阶层的处理更好。每个人都成了他冷嘲热讽的靶子。他以多么具有虐待性的鄙夷,以怎样的嘲弄对待了那些战斗人员呦！如果听了他的说法,人们会以为这些人尽是些社会最卑劣的渣滓。不过,他以哲学的傲慢来贬损他们的功绩的企图只会是徒劳。人们始终可以从这些战斗人员自我捍卫的必要性中认识到其价值。我们难道会允许

---

[1] 弗里德里希二世的影射指的是,英格兰早在1755年夏就已在北美对法兰西开战,而路易十五直至1756年春天才做出回应。

[2] ［弗里德里希二世注］接下来的段落让我们看到一位对同事的沉默感到愤慨的军队人员,这样,哲人们就不会将这种沉默理解为对他们一段时期以来随心所欲地针对军官所讲的胡说八道的默许。

一个疯子嘲弄社会最为高贵的行为,即保卫同胞的行为？噢,斯基皮奥,你曾将罗马从汉尼拔的手中解救,并束缚住了迦太基;古斯塔夫(Gustav Adolf),伟大的古斯塔夫,日耳曼人的自由①的捍卫者;杜伦尼,你的祖国的盾与矛;马尔博罗(Marlborough),你的臂膀保持了欧洲的均势;欧根(Eugen),奥地利家族的支柱、力量、荣耀;莫里茨②,你这法兰西最后的英雄！请你们出来,崇高的魂灵,请你们走出亡灵的牢房和坟墓的围栏！你们将会多么吃惊地听到,这个充斥着悖论的世纪的人在如何辱骂你们的成就和举动,而正是它们带给你们不朽！你们还能够从优雅的昵称——雇用的刽子手,诡辩者们如此称呼他们——中辨认出你们的后继者吗？当你们听到某位比躺在桶底的第欧根尼③更为无耻、玩世不恭的人,对着你们耀眼的名声——这令他恼火——狂吠,你们会怎么看？可是,他对你们享有的盛名无奈地喊叫有什么用,对你们在所有时代应得的赞许——你们始终领受赞许的供奉——有什么伤害？这些跟随着真英雄足迹的人,会继续追仿你们的美德,并鄙夷某位疯狂的诡辩者徒劳的咒骂,他虽然自称是真理的使徒,却口吐谎言、诽谤以及中伤。

卑鄙的大话精,难道人们得告诉你,文艺只有在武器的捍卫

---

① 关于日耳曼人的自由,参 Erwin Hölzle, *Die Idee einer altgermanischen Freiheit vor Montesquieu. Fragmente aus der Geschichte politischer Freiheitsbestrebungen, England und Frankreich vom 16–18. Jahrhundert*, München 1925。

② 莫里茨(Moritz von Sachsen,1696—1750)伯爵,法兰西元帅。

③ 锡诺普的第欧根尼(Diogenes von Sinope,前403—前323),古希腊哲人,被认为是犬儒派最重要的代表人物,其理想是自足。使他为人所知的不仅是他巧妙的幽默,还有他对社会风习的激烈批判。从他具有示范作用的无欲无求的生活中流传下来许多奇闻轶事,比如桶中的第欧根尼。

下,才会在和平中繁荣？在你那个时代进行的战争期间,你难道未曾看到,只有当勇毅的士兵守卫着边疆,农人才有希望享受转化为丰富收成的劳作成果？你难道不知道,只有当战士在陆地和水上直面死亡,无论自己死还是敌人死,商人才能够成功地做成生意,而不用被各种辛劳分散精力？你难道如此迟钝而未曾注意,当你无忧无虑地在屋里构思自由诗、胡言乱语、无耻言论,以及呈现给我们的恶作剧时,被你的鹅毛笔如此不逊地对待的将领和军官,是如何抵抗四季的挫折,承受最为严酷的辛劳？怎么,难道人们得告诉你,你搞混了所有的概念？你难道以为,你用粗鄙的吹毛求疵,就能够给明智且视野宏阔的统治所采取的事无巨细的措施招致怀疑？我们时代的人们难道还必须证明,倘若王国没有勇敢的士兵进行防卫,就会轻易沦为随便哪个进攻者的囊中物？自诩为哲人的先生,法兰西的确维持着庞大的军队,也正是因此,它才不用再经历那些混乱和不安的时代,彼时,它还在因为远比对外战争更有害、更残酷的内战而遭受折磨。您似乎仍在缅怀那些时代,那时,相互结盟、强有力的封臣能够反抗统治者,因为后者与他们对抗时不够强势。不,您不会是《试论偏见》的作者! 写下这本书的作者只可能是复苏的神圣同盟①(die heilige Liga)头目,他还散发着分裂和混乱的气息,意图煽动民众反抗统治者正当的权威。如果英格兰人在最后一场战争中打到巴黎城下,您会怎么看？您又会以怎样的激情来指摘如此糟糕地维护了王国和首都安全的统治？您也许是对的。可是,你这个前后不一、陶醉于梦想的人,为什么试图诋毁和贬低国家真正的支柱,即军队？在对其负有至高感激

---

① 神圣同盟,即反宗教改革的同盟,由洛林的亨利一世吉斯公爵(1550—1588)建立,在他的领导下反对法兰西的胡格诺教徒。

之情的民众眼中,它值得特别的表彰。怎么,你难道嫉妒那些不屈不挠、视死如归的守护者,祖国的牺牲者完全有理由享受的光荣和表彰?他们用鲜血换得它们,投入了安宁、健康、生命才获得它们。呜呼,卑鄙的有朽之人,他想要贬低功绩,想要剥夺它应有的奖赏和与之伴随的荣誉,并且扼杀公众为之负有的感激之情!

不过,您不要以为,士兵是我们的作者唯一抱怨的人群。王国中的任何阶层都不能幸免于他的箭镞。他告诉我们,司法职务在法兰西可以买卖。很久以来,这都已经不再是秘密了。倘若我没有搞错的话,为了认识这一弊端的根源,必须回溯到国王约翰被英格兰俘虏,或者更保险些,回溯到弗朗索瓦一世当俘虏的年代。为了尊严之故,法兰西有义务将他们的国王从查理五世手中解救出来,后者只愿在一定条件下恢复其国王自由。当时,国库空虚,人们由于无法凑齐为赎回国王所需要的巨额财富,就不得已而动用了灾难性的手段,即买卖司法公职,以便能够用收益赎买国王的自由。紧随弗朗索瓦一世被释放而来的是几乎未曾停息的战争,它们妨碍了国王们消除这份债务,时至今日,他们仍不得不承担其费用。法兰西的不幸导致如今路易十五的处境也并不比他的先辈更好。这使得他无法偿还那不幸年月的法官曾预支的巨额款项。那么,人们怎能指责路易十五还未消除旧的弊端?

毫无疑问,任何人都不应通过购买的方式获得决定个人命运的权利。但是,人们必须控诉此项弊端的始作俑者,他们才是唯一有过失的,而不是控诉一位不必对此负责的国王。尽管这些弊端继续存在着,但不管作者愿不愿意,他都必须承认,人们实际上并不能责备巴黎议会歪曲法律,而且公职的可买卖性并不曾影响它的公平性。倘若我们的作者抱怨各省间存在大量不同的令人迷惑的法律,这些法律在法兰西这样的王国里本应简明一致,那么,他是有道理的。路易十四本想改革立法,可是诸多可能的困难妨碍了他实现自己的事业。因此,我们的作者本应知道(倘若他疏忽了的话),而且本应理解(倘若他能够的话),谁若想要触及因习惯而被神化的习俗,都会面临无穷无尽的艰辛和不断涌现的新阻碍。① 为了认识历史中产生的不同事物的准确联系,必须深入难以估量的诸多细节里,而对于那些事物,倘若人们没有发现比想要补救的弊端更糟糕的不和谐,那就不应触碰它们。在这种情况下的确可以说,批评起来容易,做起来却难。

请您走近些,财政总监督员,还有你们,财政公务员。现在轮到你们了。我们的作者闷闷不乐地发着脾气:针对赋税,针对公帑的征收,针对民众承受并因此似乎被其压迫的负担,针对包税人,针对这些收入的管理者,他不分青红皂白地谴责他们挪用、榨取和盗窃。倘若他给出证据,则会非常好。由于在阅读中越来越不信任他不断的夸张,我于是怀疑,他不断地夸大一切,意图就是让人们憎恨被统治。关于野蛮暴君的说法,这样一个概念在他的精神里是与王国概念紧密联系的,他尽可能地将之直接指向自己国家的国王,这个说法让我质疑他不正派的夸夸其谈。现在,让我们看看,他究竟是否熟悉他所说的事物,他究竟是否致力于检审事物的真实情况。法兰西背负的难以估量的债务是怎样形成的?它们的原因是什么?人们知道,很大一部分债务产生自路易十四统治时期,它们是王位继承战时期欠下的,这场战争是这位君主参与的所有战争中最正义的。在此之后,奥尔良公爵,即王国的摄政王,曾希望通过建立约翰·劳向他建议的财政体系消除

---

① 参《论立法或废除法律的诸缘由》一文,见弗里德里希二世,《驳马基雅维利》附录。

债务。① 然而,他让这一体系超出了负荷,也让王国元气大伤。债务虽然得到部分偿还,但并没有完全消除。摄政王去世后,王国在红衣主教弗勒里明智的治理下,②疗治了一些时间的旧伤。但是,自此爆发的战争迫使路易十五再次举债。可信度或曰公共信用的支柱,要求他如期偿还这些债务,或者,政府至少应准时支付利息。由于国家的日常收入都用来支付日常开销,倘若不从民众身上收税,国王哪来的款项支付利息并偿还债务?

众所周知,因为一则古老的习惯,在法兰西,某些租金和新赋税的收取要经过包税人之手,国王在一定程度上认为有必要亲自管理这些业务。不可否认,财务体系中存在一些贪污和侵占资产的专员和雇员,他们也许不在少数,人们偶尔也有理由抱怨收款人员毫不仁慈的冷酷。但是,这在法兰西这么庞大的王国里又该如何避免呢?君主国越大,就越会出现渎职滥权。即便针对收款人员增加监管人数,他们还是能够通过新的诡计和手段,骗过监管人全神贯注的眼睛。倘若作者意图诚恳,并且准确认识到对于国家

---

① 摄政王腓力二世奥尔良公爵曾委托苏格兰银行家和国民经济学家劳(John Law of Lauriston,1671—1729)整顿公共财政。劳于1716年在巴黎成立了一家拥有货币发行权的银行,以便通过发行纸币来解除法国的债务,然而,纸币并不拥有支配性的金或银的抵押能力。1720年,劳被任命为法兰西财政部长,不久后,"劳体系"崩溃。银行破产令法兰西陷入一次深重的经济危机。参 Antoin E. Murphy, *John Law. Economie Theorist and Policy-Maker*, Oxford,1997。

② 自从撰写《驳马基雅维利》之后,弗里德里希二世关于弗勒里主教的评价从根本上发生了变化。1740年前后,他把弗勒里看作当时马基雅维利主义典型的代表人物,主要体现在政治家弗勒里欺骗的手腕上。参《驳马基雅维利》第4章。

而言具有灾难性的开支的原因,那么,他应该谦逊地建议,在战争开支上更为节约,并且禁止企业家在国家贫弱之际,发不义之财以自肥。此外,他也应该提醒,交货合同中的数额不应像经常出现的那样,达到其价值的两倍。最后,他还应该指出,取消所有多余的年金和宫廷开支,是减轻赋税压力的一个方法,应该引起仁君的注意。如果作者态度谦逊,他的意见也许会给人们留下深刻印象。相反,侮辱会令人恼火,不会说服任何人。因此,倘若可以,他应该提出一些方法建议,以确保能够偿还债务而不损害公信力,也不致对臣民造成压迫,我可以担保,他立马就会被任命为财政监督总员。

一位真正的哲人本应毫无偏见地研究,和平时期供养大量军队以应对代价高昂的战争(这在现在是事实),相比于以前每当邻国危急便慌忙武装农人,不发放常规军饷而通过劫掠供养这些民兵,以及和平时期将其解散的古老习俗,是否更有利或者更不利。古人在这方面唯一的优势就在于,和平时期军队不用花销,而警报鸣起时,人人皆兵。在我们这个时代,各个阶层得以区分,农人和工匠可以不中断工作,而另一部分专门保卫他们的人同样在从事自己的工作。尽管这些在战场上由国家财政支持的庞大军队很昂贵,但其中至少存在一种优势,那就是,战争至少可以延续八年或者十年,而统治者随后可以在国库空虚时被迫表现得更热爱和平,就好像和平只是因他爱和平。因此,我们现代的习俗导致的结果是,我们的战争比古人的战争耗时更短,对作为战场的省份来说灾害更小,我们可以把战争导致的高昂花费归于万众期待的短暂和平时期,而通过对各国家的消耗,和平时期也许在未来会延续得更久。

我继续来谈。我们这位国王之敌声称,统治者并不是因为神圣权威而享有其权力。在这一点上,我们不想与他争论。他能说得有道理,太过稀罕,在他貌似有理的地方去反驳他,会显得像是心情不佳。事实上,卡佩家族非法地觊觎王位,加洛林家族以技巧和计谋强占着王位,而瓦卢瓦家族和波旁家族通过王位继承获得了王位。我们也把人们以不相称的方式赋予他们的头衔——如神灵的样本和神灵的代理——都奉献给他。国王和其他人一样也是人。他们并不享有在一个没有什么是完美的世界里却是完人的唯一特权。他们也将自己的胆怯或果断、活力或懒惰、恶习或美德带到出生的偶然性使他们坐上的王位。在继承制君主国里,品性迥然不同的君主必然依次继承。因此,人们要求君主不犯错误,而他们自己却并非如此,这是不公正的。这个人或者那个人是饭桶,是吝啬鬼,大手大脚,或是好色鬼!说这些话并不难。这差不多就像在城里散步、浏览门牌时那样。一位哲人必定懂得万物的本性永不改变,他并不会满足于:责备一棵橡树,说它不结苹果;责备一头驴子,说它不长鹰的翅膀;责备一条鲟鱼,说它不长公牛的角。他不会夸大真实但难以革除的弊端;他不会扯着嗓门大喊,一切都坏了;他更不会说一切都会变好。他的意见不应该成为叛乱的号角,不应该成为不满的信号,不应该成为叛乱的借口。他会尊重本民族所承认和采用的习俗,并且尊重政府统治、统治者以及他们的臣属。无论如何,热爱和平的杜马尔赛[①]是这么想的,在他已故两年之

[①] 杜马尔赛(César Chesneau Du Marsais,1676—1756),哲人、语言学家、启蒙主义者,在 18 世纪也被视为《试论偏见》一书的作者。杜马尔塞曾是《百科全书》的撰稿人,他为其撰写了大量语法学的词条以及"哲学家"词条(卷12,1765)。他的语言学研究著作《论转喻,或论同一种语言中同一个词可具有的不同意义》(*Des Tropes. Ou Des différents sens dans lesquels on peut prendre un même mot dans une même langue*,Paris 1730)在 18 世纪是一部权威,弗里德里希

后,人们还让他撰写了一部谤书,而它真正的作者只会是个没头脑、不谙世事的学徒。不过,我还有什么可说的?在一个《特勒马科斯纪》的作者曾教育过王位继承人的国度里,竟然有人叱责王子教育!如果学徒回答说,法兰西不再有费奈隆,那么,他应该将其归咎于时代的贫瘠,而不是王子教育者。

以上主要是我对《试论偏见》一书总的说明。该书风格在我看来很乏味,因为它从头至尾只是单调的空谈,相同的观念在其中翻来覆去地出现,且表现为同一种形式。即便如此,我还是在这种杂乱无章中找到了一些有趣的东西。此外,倘若想要使这部作品变成一本有用的书,那么,其中的重复、concetti[即兴的想法]、错误的推论、知识的缺陷、污言秽语必须被删去,这样一来,这部书就剩下四分之一篇幅。我从阅读中学到了什么呢?作者给我传达了什么真理?所有神职人员都是应受石刑的魔鬼,法兰西国王是野蛮的暴君,他的部长们是大无赖,他的廷臣都是匍匐在王位阶梯前卑鄙的滑头,王国的大贵族都是满心傲慢的无知者(不过他至少把尼韦奈大公①当成了例外!),法兰西的将军和军官都是受雇用的刽子手,

---

二世藏书中也有该作品。他的《哲学家》(*Le philosophe*,1743)一文使他成为法国启蒙运动重要的参考。达朗贝尔在《百科全书》(卷7,1757)发表过《悼杜马尔塞》(*Éloge de M. Du Marsais*),在其中强调了其对于语言研究的贡献,并称赞《哲学家》一文是启蒙运动的"宝书"。杜马尔塞被"百科全书派"视作榜样性的"哲学家",他毫不妥协地献身于启蒙和反对偏见的斗争,并且为了思想独立而甘愿忍受一种简朴的生活。

① 尼韦奈大公(Louis-Jules Barbon Mancini-Mazarini,1716—1798),马萨林主教的侄孙,法兰西外交家、抒情诗人、翻译家、法兰西科学院院士(自1742年)。此人具有代表性地体现了18世纪下半叶高级贵族廷臣的类型。1756年1月至3月,他曾争取成为法兰西在普鲁士的全权大使。参 Sven Externbrink,

法官都是卑鄙的歪曲法律者,金融家都是些卡图什(Cartouche)、芒德兰①之流的流氓,史家是君主的败坏者,诗人则是公共的阴谋家……除了作者和他那些被冠以哲学家头衔的友人之外,整个王国没有什么可被视为智慧、可称道、值得尊重的事物。

我为浪费了时间阅读这么一部作品而感到惋惜,也惋惜于为了给您评论它而仍在浪费的时间。

于伦敦
1770 年 4 月 2 日

Friedrich der Große, Maria Theresia und das Alte Reich. Deutschlandbild und Diplomatie Frankreichs im Siebenjährigen Krieg, Berlin 2006, 58ff., 383。

① 芒德兰(Louis Mandrin, 1724—1755),著名的走私贩头目,此人在 18 世纪因为其犯罪前科和针对他而颁布、印行、悬赏的判决书(尤其是因为他亵渎主上),以及遭受轮刑而在整个欧洲闻名。参 Hans-Jürgen Lüsebrink, *Kriminalität und Literatur im Frankreich des 18. Jahrhunderts*, München, Wien 1983, 36-64。

对《论自然体系》的批判性检查(1788)*

[说明]本文针对的是1770年出版的《论自然体系,或论物理与道德世界的法则》(*Le Système de la nature, ou Des loix du monde physique et du monde moral* par M. Mirabaud, Secrétaire Perpétuel, et l'un des Quarante de l'Académie Française, 2 vol., Londres 1770)。1770年,名字被用作《论自然体系》一书作者的米拉波(Jean-Baptiste de Mirabaud, 1675—1760)已亡故十年。他与杜马尔塞一样,都是法国早期启蒙运动的一分子,他们激进地批判神学世界观。米拉波凭借1743年被丰特耐尔出版的《关于灵魂本质的哲思》(*Sentiments des philosophes sur le nature de l'âme*)而暴得启蒙者的大名,同样出名的还有他1769年身后出版的《古人对犹太人的看法》(*Opinions des anciens sur les juifs*),弗里德里希二世藏有此书。米拉波也从事翻译,弗里德里希藏书中有他翻译的阿里奥斯特《疯狂的罗兰》和塔索《解放的耶路撒冷》的6个不同版本。不过,《论自然体系》一书作者并不是米拉波,而是法国启蒙运动最重要的唯物主义哲学代表霍尔巴赫,他使用了虚拟的作者名,以使自己免遭危险。该作品的发表在1770年引起的巨大关注,无疑会给他带来危险。

---

* [译按]译文根据"波茨坦版"卷6,页381-407译出。

弗里德里希二世于1770年7月7日将自己的作品样稿分别寄给伏尔泰和达朗贝尔，他对后者写道："还没有来得及给您寄走我对《试论偏见》的说明，另一本书又到了我手里。由于我眼下正要检审哲学作品，并付诸文字，我也写下了今天就可以给您寄走的这些说明。这本书叫作《论自然体系》，我尝试指出我所注意到的最为明显的矛盾和错误推论。虽然我对该作品还有许多要说的话……不过我就局限于作者所讨论的四个要点。"弗里德里希二世生前并没有发表他的反驳文章。他后来认为它太过"正统"，不适合发表。

1770年8月18日，他致信伏尔泰说："这里有些段落一旦发表就必然会吓到一些人，让一些盲信者感到震惊。关于世界之永恒，我说了一句话，倘若我是一般人并将它发表出来，那么这句话会让我在您的国度被投石砸死。我觉得自己既没有神学家的心灵，也没有神学家的风格。因此，我会满足于自由地坚持自己的意见，而不会在陌生的地方散播它。"这个文本在弗里德里希二世去世后发表在了 Frédéric II, roi de Prusse, *Œuvres posthumes*, éd. Jean Charles de La Veaux, t. I–XV, Berlin, chez Voss et fils et Decker et fils 1788, t. VI, 139–168。

《论自然体系》是一部乍看上去令人着迷的作品。人们只有多读几遍之后，才能发现巧妙地隐藏于其中的缺陷。作者机智地避开从他的原则中得出的结论，以便误导批评者的检查。不过，他的蒙骗并没有成功到让人注意不到他常常陷入的前后不一致和矛盾的地步，同样，人们也可以注意到与他的体系相悖的让步，这似乎会剥夺该体系真理的力量。他讨论的形而上学主题始终都很不清晰，给人带来巨大困难。如果进入了这个曾令许多人迷路的迷宫，弄错是情有可原的。在我看来,人们每每怀疑自己的认识,并且记起在这样的研究中没有经验做向导,能够支撑其观点的只有或多或少强烈的或然性。一旦踏上这条晦暗不明的道路,人们就可以以越来越小的危险走完这条路。这样的考虑足以提醒每一位体系哲人,要表现得克制和谦逊。显然,我们的作者并不这么想,因为他自诩为教条主义者。

他在这部作品中讨论的最重要的几个要点是:一、上帝与自然;二、宿命;三、宗教道德与自然宗教道德之对比;四、作为国家一切不幸之缘由的统治者。

关于第一点,就其重要意义来看,人们对作者征引来否定神性的理由多少有些吃惊。他说,要假设一个受运动推动而行动的盲目物质,对他来说远比要追溯一个出于自身目的而行动的智性原因更为容易。这正如他费很少力气就可以分类的东西远比只有用勤劳和细致才可以说明的东西更真实。① 他承认,宗教迫害在他内心激起的怒火使他成了一名无神论者。惰性和激情难道应该是一位哲人确定见解的原因吗?这样一种幼稚的自白只会在读者中间引起怀疑。倘若他出于如此肤浅的理由做决定,人们如何去相信他?我猜想,我们的这位哲人有时过于自恋地沉湎于自己的想象力中,由于对神学家关于神性所给出的矛盾定义感到惊愕,他把健康人类理智难以承受的这些定义与一种负责维持宇宙必要运行的智性自然搞混了。整个世界证明了这一智性。人们只需睁开眼睛,就能够说服自己。人,是一种由自然产生的富有理性的存在者。也就是说,自然必定远比人更智能,否则自然早就已经将自身并不具有的完善性赋予了他。这就会是个明显的矛盾。

---

① [弗里德里希二世注]第二部分,第 12 章。[德文编者按]参《论自然体系》,第二部分,第 12 章:"无神论是否可以与道德一致?"

如果思维是我们身体构造的结果,[①]而自然又远比人更丰富,且人是巨大整全中不可认识的一部分,那么,自然一定具有企及了至高完善性的智能。盲目的自然借助于运动,只可能导致混乱,因为它会不做思考地运动下去,永远无法实现确定的目标,或者生产出令人类洞察力(无论至微抑或至大)不得不赞叹的杰作。自然在其作品中设置的目标如此显而易见地揭示自身,以至于人们被迫去认可一种必然会驾驭和引领万物的自主且具有压倒性智能的原因。如果我研究人,就会认识到,人是所有动物里生来最为脆弱的,没有武器进攻和防御,没有能力抵抗四季的弊端,不断地面临被野兽撕碎的危险。为了平衡人身体的脆弱,并且使人类不至于灭亡,自然赋予了人智力,所以人比其他生物的智力都要优越。这是一种优势,借助于此,人以人为方式获得了自然在其他方面似乎对他有所保留的事物。动物中最为卑微的却在自己身体里蕴藏了一个实验室,它的构造远比最能干的化学家的实验室还要具有艺术性。它会产生更新身体的汁液,会将构成它的各个部分吸收融合,延长自己的生命。这样奇妙和对于一切生物自我保存而言必要的安排,怎么可能是由一个物理性的原因所带来的,这个原因怎么可能会完成自己最伟大的奇迹而没有注意到该奇迹?要反驳我们的哲人并推倒他的体系,不用耗费太多。一条蛆虫的眼睛,一根草根,就足够为他证明创造者的智能。

我来接着谈。我甚至认为,人们如果像他那样接受一种盲目的第一因,就会发现,物种的繁衍将会不稳定,会导致所有其他奇特生物听凭于偶然的畸形发育。也就是说,只存在一种智性自然永世不变的法则,这些法则可以在这些无数的生产中维持物种长

[①] 关于18世纪的认识论,参《驳马基雅维利》第5章。

久不变地保持自身完全的完整性。作者试图说服自己相信另一套东西的努力白费了。比他更为强势的真理迫使他承认,①自然在其巨大的实验室里聚集起物质,从而形成新的产物。也就是说,它设定了一个目标,因此,它是智能的。人只要稍稍正派些,就不可能对这个真理视而不见。即便从自然和道德上的坏得出的反对意见也无法推翻它。世界的永恒消灭了这个困难。可以说,自然毫无争议是智能的。自然的运行始终与重力、运动、万有引力等它既不能废除也不能改变的永恒法则协调一致。即便我们的理智为我们证明了这个存在,即便我们可以隐约意识到这一点,即便我们可以从它的活动中猜测一二,我们对它的认识也永远达不到能够定义它的程度。任何一位攻击由神学家创造的幽灵的哲人,实际上都在与伊克西翁的云朵搏斗,②而以任何方式都无法接近整个世界作为其证明和证据的那个事物。

毫无疑问,人们一定十分好奇,像我们的作者这样一位开明的哲人怎么会想到,通过分解来使人们相信人工繁殖的老掉牙的谬误。他援引的是英格兰医生尼达姆③的例子,此人曾被一次错误的

---

① [弗里德里希二世注]第一部分,第 6 章。[德文编者按]参《论自然体系》,第一部分,第 6 章"论人。论物理和道德的人。论人的起源"。

② 根据古希腊神话,伊克西翁是色萨利国王,受宙斯邀请来到奥林匹斯山,意图对赫拉不轨。赫拉将此事报告给宙斯,但是宙斯并不相信,把云朵变成与赫拉相仿的样子。宙斯将云朵放置在伊克西翁的床上,后者借此机会行事。云朵生下来第一个半人马怪物。弗里德里希二世在这里把比喻"伊克西翁的云朵"用作幻象。

③ 尼达姆(John Turberville Needham,1713—1781),英格兰医生、自然学家,皇家科学院、法兰西科学院以及欧洲其他诸多科学院院士。在霍尔巴赫《论自然体系》一书中被引用来证明一个论点。《论自然体系》(第一部分,第 2

实验欺骗,以为自己制造出了鳗鱼。如果这类过程是真的,它们便与盲目自然的影响协调一致,然而,所有的实验都反驳了它们的真实性。人们难道会相信,作者认为遍布全世界的大洪水是可能的?① 这很荒谬,对于一位数学家而言,这是不可接受的奇迹,它丝

章,注释 5)"论运动及其根源"的说法是:"参尼达姆的《微观观察》,它完全证实了这个观点[按,即密闭容器中面粉和水的混合物在一段时间之后'会产生有机构成的生物,它会拥有被人们认为面粉和水无能力拥有的生命'。对于一个不因循思维老路的人而言,比起从面粉和水中产生虫子,人的生产难道不是一个更大的奇迹?面粉和腐烂明显可以产生活物。对于那些并不努力仔细观察自然的人来说,所谓的'原始生产'是可疑的]。"(Paul Thiry d'Holbach, *System der Natur*, übers. v. Fritz-Georg Voigt, Frankfurt a. M. 1978, 33, 617)尼达姆对于自己的研究结果被利用来证明霍尔巴赫的唯物主义论点大为恼火。他以公开信的形式言辞激烈地批评了《论自然体系》,与之坚决保持距离,并且从基督教立场出发谴责这部作品是"悲观和可疑的""渎神的""畸形的",参 *Lettre de Monsieur Needham*[...]*à l'Auteur du Journal Encyclopédique*[Bruxelles, 1770)。弗里德里希二世从一开始,即 1756 年,就是《百科报》(*Journal Encyclopédique*)的订阅者,该报每十四天出版一次百科全书派圈子的消息,尤其是书评。法语的《百科报》在荷兰出版,以避开法国的审查,在整个欧洲范围内销售。

① 参《论自然体系》(第二部分,第 1 章,注释 1)"论我们有关神性的观念的来源",其说法是:"一位英格兰作者的说法很有道理,他说,席卷世界的大洪水对道德世界的摧残和对物理世界的摧残一样厉害,时至今日,人脑中还可以感受到他们当时遭受的冲击的印象……不过,犹太人和基督徒的圣经谈及的大洪水不太可能是席卷世界的。人们有理由相信,地球的不同部分在不同时期遭受了大洪水。这一点已经得到世界上所有民族一致性的传说,还有海洋动物的足迹的证明,所有国度的人在或多或少低洼的地层发现了它们。不过,完全可以想象的是,某颗彗星猛烈地撞击了我们的地球,给了它足够强烈的一击,以至于所有大陆一下子沉到了水底,这没有奇迹也可能发生。"(Paul Thiry d'Holbach, *System der Natur*, übers. v. Fritz-Georg Voigt, Frankfurt a. M. 1978, 305, 641)

毫不能与他的体系契合。这些肆虐地球的洪水难道是被蓄意创造的？倘若它们要升高到最高的山峰，那得是多么巨大的水量？它们之后会被根除吗？它们变成了什么？怎么？他闭上了眼睛，不愿看到那个驾驭和引导整个自然向他揭示出的宇宙的智性存在者。他相信更为强烈地与理性作对的奇迹，而不是人们曾经构想出来的所有奇迹！我承认，我无法领会，如此多的矛盾如何在一个哲学头脑中共存，而且，当作者写作时，他自己为什么没有注意到。不过，还是让我们继续吧。

他几乎一字不差地誊抄了由莱布尼茨所呈现并由沃尔夫评论过的宿命的体系。我认为，为了准确地理解，必须定义我们对自由的理解。我所理解的自由一词，是人类意志的行动，它从自身出发，在不受任何强迫的条件下作出决定。不过，请不要认为，我因为从这个原则出发，就意图从总体并且在任何方面攻击宿命的体系。我只是在寻求真理，在我可以找到它的地方，我都会尊重它，一旦人们给我指出它的所在，我就会服从于它。为了准确地评价这个问题，我们要介绍一下作者的主要论据。他称，我们的所有观念都是通过感官及感官对我们身体的作用而出现的。因此，我们的所有行为都是必然的。在如下方面，我们可以与他取得一致，即我们的一切既要归功于感官，也要归功于器官。不过，作者应该认识到，我们所接收的观念能够促成新的关联。在这些过程中的第一步，灵魂是被动的，但是到了第二步，它就是主动的。发明能力和想象力加工了感官教会我们认识的事物。比如，当牛顿学习几何学的时候，他的精神是耐心的，它在接受概念。但是，当他成功地取得了惊人的发现时，他的精神不仅仅是积极的，更是创造性的。必须仔细地区分人类不同的精神活动。当影响主要来自外界，他就是奴隶，而只有他的想象力积极活动着，他才是完全自由的。因此，我赞同作者的地方在于，存在某种原因链，它对人发挥着影响，并且不断主宰着人。人一生下来就在接收自己的性情，自己那有着恶习和美德萌芽的品性、自己既无法减少也无法增多的一定精神份额、才能或者天才，以及迟钝和无能。每当我们不由自主地受制于我们强烈的激情，战胜了自由的宿命就会高奏凯歌。每当理性的力量束缚住了这些激情，自由就大获全胜。

可是，当人被提供了不同选择的可能性，当人审视着，当人倾向于这个或者另一个，并且最终选定了一个，人难道不是完全自由的吗？毫无疑问，作者一定会回答说，操纵这一选择的是必然性。我认为，这样的回答是对必然性这个词的误用，是搞混了原因、动机以及理由。当然，任何事的发生不能没有原因，但是，并非任何原因都是必然的。当然，任何只要恰好不是疯子的人，都会出于与自爱相关的理由做决定。[1] 我重复一遍，人倘若以其他的方式行动，就不是自由的，而是以危害公共安全的方式发着疯。因此，自由就像智慧、理性、美德以及健康，没有任何一个有朽的人会完全具有，而是偶尔才有。在有的点上，宿命宰治着我们，而在另外一些点上，作为行动者的我们是独立和自由的。让我们求助于洛克。这位哲人坚信，倘若他的门是锁闭的，他就无法迈出门去，如果它敞开着，他就可以随意地自由行动。人们越是试图追究这个对象的根底，它就会变得愈发复杂。凭着一切可能的吹毛求疵，人们最终使它变得模糊不清，以至于他们自己也不再能理解它。尤其尴尬的是，对于宿命论的支持者来说，他们的实践生活始终处在与自己的理论原则的矛盾之中。

在《论自然体系》一书中，作者穷尽了他的想象力以证明如下

---

[1] 参本编《试论作为道德原则的自爱》。

情况的所有论据,即命运的必然性在人的所有行为中都最终决定和操纵着人。在此之后,他本应得出结论说,人只是机器一般的东西,①或者他也可以这么说,如果他愿意的话,即人是在某个盲目动因手中被扯动的傀儡。然而,他并未得出以上结论;相反,他对教士、统治政府以及教育大发雷霆。他认为,行使这些职务的人是自由的,而他同时又证明,他们是奴隶。这简直是胡扯! 简直是自相矛盾! 如果一切事物都是由必然的原因所推动,那么建议、规则、法律、惩罚、奖赏等就变得既多余,又没用。这就意味着,对一个被束缚住的人说,挣脱你的锁链吧! 同样,这就好像想要通过布道说服一棵橡树转变为一棵橘树。不过,经验向我们证明,对人的改善是可以做到的。因此,由此必然可以得出,人至少部分地拥有自由。就让我们遵循这一经验教给我们的,决不承认被我们的经验不断驳倒的原则。

---

① 弗里德里希二世早在年轻时期就已经关注过作为机器的人之观念。自从 18 世纪中期开始,有关唯物主义的人之构想的讨论愈演愈烈。机器或者机器人成为法国启蒙运动唯物主义哲学的关键概念,这在《论自然体系》一书中得到最为激进的支持。对法国启蒙哲学的唯物主义转向具有特殊意义的是拉美特利(Julien Offray de La Mettrie, 1709—1751) 的《人是机器》(*L'Homme machine*, 1748)一书,该书在法国被禁毁,作者也被下令逮捕。弗里德里希二世对这一"轰动性事件"反应迅速。他给受到迫害的医生、哲学家拉美特利提供庇护,将其延请至宫廷,在那里可以参加无忧宫的聚谈。弗里德里希二世任命其为御医和伴读。莫佩尔蒂(Maupertuis)极力赞成,使拉美特利立即成为科学院院士(1748 年)。作者在《人是机器》一书中的观点是,人是一台自我调节的机器,它完全可以借助机械原则得到解释。拉美特利由此挑战的不仅是法兰西当局,而且在欧洲其他国家,包括普鲁士,也引起争议性的讨论(参 Ursula Pia Jauch, *Jenseits der Maschine. Philosophie, Ironie und Ästhetik bei Julien Offray de La Mettrie* [1709-1751], München 1998)。

宿命原则会导致对于社会而言灾难性的后果。如果承认了它的存在,那么,马可·奥勒琉、喀提林、德·图首相以及拉瓦亚克等人在功绩上都是平等的。这样一来,就能把人设想为机器,其中的一些天生要作恶,一些天生是美德之人,所有人都无法自发地做好事或犯过失,并因此得奖赏或受惩罚。这就会侵蚀道德、好风俗以及社会根基。可是,人们普遍对自由所抱有的这种爱来自何处呢?如果它是某种理想性的东西,那么,人们又从哪里获得了对它的认识呢?因此,他们一定是通过经验认识到、感受到的。因此,自由一定真实地存在,否则,他们对它的热爱就不会是可能的。无论加尔文、莱布尼茨、阿米念派(Arminianer)以及《论自然体系》的作者会说什么,①他们都永远无法说服任何一个人相信自己是磨坊的水轮,被某个必然和不可抗拒的原因随心所欲地推动着运动。我们的作者所犯的所有这些错误,都出自体系精神的偏好。他囿于自己的意见,偶然碰到了与他的学说契合得很好的现象、情形以及细节。而当他将自己的观念普遍化的时候,他发现了其他与他的学说相悖的关联和经验性真理。在涉及经验性真理的方面,他扭曲了它们,对它们施加了暴力,以便最终——倘若成功的话——使它们适应他的体系的其余部分。无疑的是,他没有忽视任何能够论证宿命教条的证据。同时,可以清楚看到,他在自己的整部作品中反驳了该教条。然而,我的观点是,在这种情形下,一位真正的哲

---

① 阿米念派附和的是荷兰宗教改革派神学家阿米尼乌斯(Jakob Arminius,1560—1609)的学说。根据人的意志自由,他们严格拒绝加尔文(1509—1564)所表达的命定论。阿米念派在荷兰的宗教斗争中受到激烈攻击,直至1630年方作为独立的宗教团体得到宽容。他们主要在荷兰、英格兰、美国建立了自己的教区。最为重要的代表人物是格劳秀斯。

人应该把自爱奉献给真理之爱。

不过,让我们转向涉及宗教的段落。人们可以批评作者精神贫乏,尤其是他的笨拙,因为他通过指责基督教完全没有的错误来污蔑它。他怎能一本正经地声称,这个宗教是人类一切不幸的原因呢?如果要准确地表述,他本应该干脆地说,人们的野心和自利心用这个宗教作为幌子,来使世界不安宁,并且使之沉溺于激情。对于包含在十诫中的道德,人们能够真诚地指摘它什么?如果在新约里只存在"己所不欲,勿施于人"这个唯一的诫条,①那么,人们就必须承认,这寥寥数语蕴含着一切道德的精华。耶稣不是在他精彩的山上宝训中已经宣布过一切了么?原谅他人的侮辱、同情以及人性。因此,人们不应该将法度与对法度的背离相混同,不应将记载的东西与所做的东西相混同,不应将真正的基督教道德与被教士们贬低的道德相混同。因此,他怎么能将道德败坏的原因归于基督教呢?作者本应该控诉神职人员,是他们用信仰替代了社会的美德,用外在的实践替代了好的事工,用肤浅的忏悔替代了良知的谴责,用他们贩卖的赎罪券替代了必要的自我改善。他可以谴责他们说,他们免除了人们的誓言,压抑着人们的良知,并对良知施暴。这些罪恶性的弊端本应引起的后果是,人们起而

---

① 弗里德里希二世改变了圣经诫条的语调。圣经中的说法是"所以,无论何事,你们愿意人怎样待你们,你们也要怎样待人,因为这就是律法和先知的道理"(《马太福音》7:12)、"你们愿意人怎样待你们,你们也要怎样待人"(《路加福音》6:31)。弗里德里希二世在书信中多次谈到这个处世准则,尤其是1766年3月8日致萨克森选帝侯夫人玛丽亚(Maria Antonia von Bayern, 1724—1780)的信:"己所不欲,勿施于人。这个原则蕴含着一切美德,蕴含着人之于他所生活于其中的社会的一切义务。"在1776年11月29日致达朗贝尔的信中也如此说(参 *Œuvres de Frédéric le Grand*, t. XXV, 62)。

反对那些提倡它们的人，反对那些为它们背书的人。然而，那个将人视为机器的人有什么权利这样做呢？人们怎能指摘一台在必然性驱使下欺骗、扯谎、借着俗众的轻信而玩弄无耻游戏的秃顶机器？

不过，还是让我们稍稍把宿命的体系放在一边，把事物看作它们在尘世中真实的样子。作者必须清楚，宗教、律法、任意一种政制，永远都避免不了各个人口众多的国家中或多或少的无赖。无论在哪里，数量巨大的民众都不那么理性，都很容易卷入激情的风暴，而且更倾向于恶习而非好的事物。人们能够指望一个好政府做的所有事情，就是设法让重大犯罪案件比在一个坏政府治下发生得更少。我们的作者必须清楚，夸张并不是理由，诽谤既会令一位哲人不可信，也同样会令一位非哲人的作家不可信，而且正如时常会发生的那样，当他大为光火的时候，人们可以把墨尼波斯对朱庇特说的话——"你使用了你的雷电，因此，你没有道理！"——用在他身上。① 毫无疑问，只存在一种道德，它蕴含了各个体相互间负有义务的东西，它是社会的根基。无论人们生活在怎样的政府统治下，无论人们属于哪一种宗教，它必定总是相同的。对于新约的道德，就其最为纯粹的形式而言，倘若人们践行了它，它就是有利于生活的。然而，一旦我们认可了宿命论的教条，就既没有了道德，也没有了美德，整个社会的大厦会轰然倒塌。不容辩驳的是，

---

① 从意义上来看，这句引用见于路吉阿诺斯对话《被盘问的宙斯》，对宙斯说话的是昔尼斯科斯，而不是墨尼波斯，德译本参 Lukian, *Werke*. Aus d. Griechischen übers. v. Christoph Martin Wieland, hg. v. J. Werner u. H. Greiner-Mai, Berlin, Weimar 1981, Bd. 1, 498–508.［译按］中译参《路吉阿诺斯对话集》，见周作人，《周作人译文全集》，第四卷，上海人民出版社，2012。

作者追求的目标是摧毁宗教,但是,他踏上的是一条最偏僻、最崎岖的道路。在我看来,他其实应该走的最自然的一步是攻击宗教的历史性一面,攻击人们建立宗教广厦所基于的荒诞的无稽之谈,以及种种风习,它们远比异教徒通过荒谬行为所散播的一切都要荒唐、愚蠢、可笑。以上就是一种证明上帝并没有发表过看法的手段,就是使人们放弃幼稚、狭隘的轻信的手段。此外,作者还有一条接近同一个目标的更便捷的道路。当他给出反对灵魂不死的论据之后(这也是卢克莱修在其作品卷三中极力强调的),①他必须得出结论说,由于人此生之后一切都到了头,对人来说,人一死就没有什么可怕的或者可希望的,因此,在人与神之间就不存在任何关系,后者既无法惩罚也不能奖赏人。一旦没有这一关系,就不再有任何崇拜,也不再有任何宗教,于是,对人而言,神也就不再是思辨和知识欲求的对象。可是,与此相反的是,在这位哲人的作品里有多少离奇的想法和矛盾呦!在用一个体系的证据塞满了两卷作品之后,②他承认,只有极少数人有能力理解它们并以它们为准绳。因此,人们可以相信,这个既盲目又认为自然是盲目的人,会毫无理由地行动,他必然会无法抗拒地撰写一部可能令他陷入最大危险的作品,以至于他自己或者任何人都无法从中获得哪怕一丁点儿好处。

让我们现在转向关于统治者的部分。作者以独特的方式将败坏他们的名声当作自己的使命。我可以斗胆说,神职人员从来

---

① 参卢克莱修,《物性论》(*De rerum natura*),卷三,"灵魂"。
② [弗里德里希二世注]第二部分,第 13 章。[德文编者按]《论自然体系》第二部分,第 13 章"导致无神论的动因。这个体系会是危险的吗?大众可以理解它吗?"。

没有针对君主说过作者为他们罗织的荒唐话。神职人员将君主称作上帝的映像时，无疑是在一种夸张意义上来说的，即便他们的意图同时也在于用这种对比警示君主，永远不要滥用自己的权威，并且这么做也符合所有民族有关上帝正义和为善的流行观念。作者认为，统治者与神职人员之间签订了协议，君主在其中许诺尊重教士并给其带来威望，前提是后者要向人民宣扬服从君主。我可以斗胆宣称，这是一种毫无根据的想象，人们无法想象比这种假设的协议更虚伪、更可笑的东西。极有可能的是，教士们试图散播这种看法，以便获得认可，并发挥影响。当然，有些轻信教会、迷信、愚钝、盲目的统治者给了人们这么认为的由头。不过，实际上，一切都与君主的品性有关。如果他软弱、偏执，神职人员就会占得上风。如果他不幸是无信仰的，教士们就会对他耍阴谋诡计，在缺少更好的人选的时候，通过贬损他来玷污他在死后的名声。

我愿意原谅心怀偏见的作者这些细微的部分。但是，他怎么能控诉君王们，并要求后者对臣民糟糕的教育负责任呢？他以为，一个政府更愿意统治无知者而非得到启蒙的人民，这是政治原则。这让人想到了一位小学校长的观点，他局限于理论思考的狭隘圈子，既不熟悉世界，也不熟悉统治，更不了解政治的基本规律。不容置疑的是，所有文明民族的政府都关心公共的学校教育。如果欧洲挤满人的文理中学、大学不是用来教育青年人的机构，它们又是什么呢？不过，要求一个幅员辽阔的国家的君主为教育负责，而这种教育是每一位家长应该给予自己孩子的，那么，这样的要求就会是最为可笑的要求。任何统治者都不应插手家庭的内部生活，不应干涉私人的家庭事务，否则，就会导致最应受谴责的暴政。我们的哲人只将笔端流淌出来的内容书写下来，并不去考虑种种后果。当他把宫廷精彩地描述为公共腐败的熔炉时,他的心情一定颇为糟糕!说真的,我为他的哲学感到惋惜。他怎么能够如此夸张呢?他怎么能够传播这样的荒唐话呢?一个不那么易怒的头脑、一位智慧者只会指出,一个社会越大,恶习就会越精巧。激情得以发挥的机会越多,宣泄得就越多。关于熔炉的比喻本应交给尤维纳利斯[1]或者其他职业讽刺诗人,而对一位哲人的此类做法,我不想再说什么。倘若我们的作者在贝阿恩的小城波城做半年市长,[2]他对人的评价就会比通过空洞的思辨所学习到的要好得多。他怎么能够认为,统治者会鼓励臣民犯罪?被迫惩罚作恶者,又会给他们带来什么好处呢?毫无疑问,有些犯罪者违反了严格的法律,这是时常发生的事情。但是,让人期望逃离追责,绝不是基于

---

[1] 弗里德里希二世藏有法译本的尤维纳利斯讽刺诗(尤其是一本1770年的新译本 Juvénal, *Satires*, trad. par Dusaulx, I–II, Paris 1770,还有 *Les Satyres de Juvénal et de Perse* dans la traduction de Martignac avec des remarques, Paris 1682)。弗里德里希二世各大图书馆中数量更多的是佩尔西乌斯(Persius)的讽刺诗法译本(尤其是无忧宫王宫图书馆中的 Paris 1695、1704、1714、1771、1772、1776年版)。实际上在《论自然体系》中,对于君主统治的激烈批评,尤维纳利斯的讽刺诗的确是个重要的参考。

[2] 法国南部城市波城于1464年成为侯国贝阿恩的首府,于1512年成为纳瓦拉王国首都,自1620年起属于王储领地。之所以提及该城市,原因也许是,亨利四世(1553—1610)生于波城,他于1572年成为纳瓦拉国王,于1589年成为法兰西国王(参 Jean-Paul Desprat, Jacques Thibau, *Henri IV Le règne de la tolérance*, Paris 2001)。弗里德里希二世赞同亨利四世的积极认识,后者被视为"仁君"和信仰问题上宽容的代表人物,因为他通过改宗天主教而结束了胡格诺教徒的战争,并颁布了南特敕令(1598)——如伏尔泰在其史诗《亨利亚特》(写于1713—1718,出版于1723)中所描述的那样。1739年,弗里德里希二世为伏尔泰的《亨利亚特》撰写了前言。

鼓励犯罪的坚定意图。这样的情形应该归咎于君主过度的宽容。犯罪者通过诡计、贿赂、有权势的保护人的帮助,找到逃避应有惩罚的手段和方法,这毫无疑问会在任何统治政府中发生。要禁止这类计谋、诡计、贿赂行为,君主就必须具备神学家认为上帝所拥有的全知全能。

在涉及统治事务的问题上,我们的作者在每一步都犯下了错误。他以为,困窘和贫穷会使得人们犯下最大的罪行。可是,实际并非如此。在任何国家,情况都不是每一个勤劳肯干的人都可以通过自己的劳作获得足够的生活所需。在所有国家,最为危险的一类人都是大手大脚、挥霍浪费的人,他们的浪费行为会在短期内耗光他们的财富来源,这就导致他们陷入糟糕的拮据处境,于是他们便会搜寻最卑鄙、最可憎、最无耻的出路。喀提林身边的乌合之众,凯撒的支持者,聚集在雷茨红衣主教①身边的投石党人,以及效忠于克伦威尔的那些人,统统都是这类人,他们都只是想通过颠覆自己作为其国民的国家,为自己洗脱债务,使自己受损的财产状况重回正常。在国家的上流家族阶层,挥霍无度者会搞阴谋,耍诡计。在民众阶层,大手大脚的人和懒汉们最终会堕落为强盗,犯下威胁公共安全的最令人愤慨的罪行。

在作者清楚地证明了自己既不了解人,也不懂得必须如何统治人之后,他便重复着布瓦洛针对亚历山大大帝的讽刺诗中的宏论,对查理五世②及其子嗣腓力二世(Philipp II)出言不逊。不过,

---

① 雷茨红衣主教贡迪(Jean François de Gondi,1613—1679),投石党乱的领导人物。

② 查理五世(Karl V,1500—1558),1519 年至 1556 年间为神圣罗马帝国皇帝,1516 年至 1556 年是西班牙国王查理一世。《论自然体系》(第二部分,

人们一定会注意到,他针对的实则是路易十四。在我们当今所谓的哲人最为自鸣得意地宣扬的所有悖论中,他们似乎尤其中意其中一个,即贬低过往时代的伟大人物。当他们以夸张的方式强调某位国王所犯过的错误,尽管这些错误在其荣耀和伟大之下已经黯然失色,他们所希望获得的名声又是什么呢?此外,路易十四的错误是众所周知的,所谓的哲人们没有一丁点儿优势成为最早发现它们的人。一位哪怕统治了八天的君主,无疑也已经犯下了错误,何况一位在位六十年的君主呢?如果您想要把自己置于不偏不倚的裁判者位置,那么,请您研究一下这位伟大君主的生平,您必将认识到,他给他的王国带来的善举远多于祸害。倘若想要事无巨细地为他进行辩护,那就不得不写一整卷书了。我在这里只就一些要点谈谈。因此,公平起见,请您将他对胡格诺教徒的迫害归咎于他的年老力衰,归咎于他所受教育的迷信一面,归咎于他对他的告解神父轻率的信任。如果您将普法尔茨的劫掠归咎于冷酷、傲慢的卢福瓦,那么,他也许除了出于虚荣或者自负而进行的几次战争之外,就没有什么可被您责备的了。此外,您无法否认的是,他曾是文艺的保护人。法兰西的工商业发展也都得归功于他,除此之外,法兰西疆域的拓展和在路易十四时代在欧洲享有的威望,也都得归功于他。因此,请您尊重他值得颂扬和真正高贵的品

第8章,注释53)的说法是:"皇帝查理常常说,作为武人,我不可能拥有良知和宗教。"(Paul Thiry d'Holbach, *System der Natur*, übers. v. Fritz-Georg Voigt, Frankfurt a. M. 1978,480,656)该注释部分还说道:"由于其恐怖的野心而被称作南方魔鬼的无耻的腓力杀害了妻子和儿子的同时,还让人杀死有着虔敬宗教观的荷兰人。迷信的盲目让统治者们相信,他们可以用更大的恶弥补已经做过的恶。"(同上,482)

质吧!① 今时今日,意图损害统治者威名的人,必定会攻击他们的柔弱、懒惰以及无知。他们大部分毋宁是软弱,而非雄心勃勃;是虚荣,而非有统治欲。

作者对于统治政府真正的意图直到作品结尾才完全显露。我们在那里得知,在他看来,如果臣民对统治者不满意,他们应该享有推翻统治者的权利。为了让这些情形尽快到来,他诅咒庞大的军队,后者在这方面会造成某种障碍。人们会以为在阅读拉封丹关于狼和牧羊人的寓言。② 倘若我们这位哲人异想天开的理想有朝一日成为现实,那么,所有欧洲国家的政制都得改变,这在他看来是小事一桩。而且,那些要充当君主的法官臣民也必须智慧、公正,竞逐王位者必须毫无野心,在我看来,这都是不可能的。占据上风的既不能是诡计,不能是阴谋,也不能是独立的渴望,此外,被废除王位的家族必须被完全消灭,否则它会为内战增加养料,而且,会有一直伺机谋取党派领袖位子来引起国家动乱的结党营私者。此外,这样的政制会导致,王位候选人和王位竞争者总是不安分,他们会煽动民众反对君主,会策动叛乱和造反,寄希望于通过这样的方式崛起并取得统治权。这继而又会导致,这样的统治总是要面临比对外战争危险千万倍的内战。为了避免这些弊端,人

---

① 对路易十四政治的辩护与弗里德里希二世在《驳马基雅维利》(第23章)中对其的批评相矛盾。

② 拉封丹(La Fontaine,1621—1695)在《作为牧人的狼》的寓言中以假扮牧人的狼为例讨论了欺骗的主题。狼搞欺骗的企图之所以失败,是因为它刚一说话就因声音暴露了,它无法伪装自己的声音。弗里德里希二世是一位拉封丹的热心读者。在《藏书总目》中有十四个拉封丹寓言的版本,比如Amsterdam 1727/1728,Paris 1744、1752,Dresden und Leipzig 1757/1766,Amsterdam 1764。

们会赞成王位继承,并在诸多欧洲国家推而广之。① 人们既已看到,选举会带来怎样的动荡,而且有理由担心,嫉妒的邻国会利用这样便利的机会征服或劫掠他们的王国。我们的作者可以轻易地看清他的诸种原则的后果。他其实只需看一眼波兰,在那里,每一次国王选举都会引起一次内部或外部的战争。

认为属人的事物中存在某种完美,那就大错特错了。想象力可以构想出这类虚假画面,但是,它们永远都无法成为现实。史书中处处可以看到,自从有了人世,各个国家便已经尝试过所有的政制。然而,任何政制都有其缺陷。可是大多数民族都认可了继承制统治,因为在进行选举的时候,这是会带来最少害处的解决方式。这种安排本身具有的弊端在于,在一个家族中,才能和功勋不可能不中断,并且在漫长的年月里从父辈传递给子嗣。因此,王位有时会落到配不上它的君主头上。即便在这种情形中,仍可求助于有能力的大臣,他们能够用自己的本领弥补统治者的蠢行势必会造成的不利。从这种一致中获得的显而易见的好处就在于,天生在王位上的君主们相比于发迹者而言,不会那么傲慢和虚荣。因为发迹者会自负于自己的成就,鄙薄之前的同类人,而且会乐于让他人在任何时候都感受到自己的优越性。然而,请您尤其注意,若君主确信其将由子嗣继承,他便知晓自己在为其家族劳作,他会把更多的勤奋奉献于被他视为遗产的真正的国家福祉。与之相反,在一个基于选举的国家架构中,统治者想到的只是自己,只是他们生前存在的东西,此外任何事都不会考虑。他们会尽力令自己的家族富足,而荒废国家中一切无法令自己可靠地占有、总归要放弃的事物。想要确信这一点的人,只需要去了解一下德意志

---

① 参《驳马基雅维利》附录,"论立法或废除法律的诸缘由"。

主教管区、波兰甚至罗马的情形,选举制的凄惨后果在那里再明显不过。无论人们在人世中怎样做决定,总会出现种种困难,常常还会出现巨大的障碍。即便人们认为自己足够明白,能够启蒙公众,也尤其要避免建议一些比人们所抱怨的弊端更为糟糕的济世良方。倘若无法改善,人们则应该遵循旧有的习惯,尤其是既存的法度。

对数学家有关诗艺的观察之观察（1762）*

[说明]这篇文章撰写于1762年4月，针对的是达朗贝尔于1760年在巴黎科学院朗读的论文《对诗歌的思考》(*Réflexions sur la poésie, écrites à l'occasion des pièces que l'Académie a reçues cette année pour le concours*)，文章的副标题为"对达朗贝尔之于诗艺观察的怀疑"。

由于所有世人都沉默着，那么，我这个不体面的、末流的法语诗人，就不揣冒昧来捍卫我在阿波罗山的兄弟们及其魔幻的技艺，以对抗有所有数学家宗派的攻击。这些人不怀好意地问，难道诗人没有更好的事情去做吗？人们可以回答他们：也许吧！不过，是时候为一门神圣技艺的荣誉复仇了。作为诗人行当的一分子所具有的集体精神，迫使我有所行动，打破沉默，这种沉默如果太久，就会让人有罪恶感。不过，进入正题吧！

根据数学家的说法，人们在青年时期热爱诗艺，到了老朽的时候就会发觉它的无聊。为这些人感到惋惜呦！不过，这证明了什么呢？数学家们想用这个说法说明什么呢？我相信自己猜到了他们的意图，并且，我的良知迫使我去揭露它。他们说：

老人们充满着智慧，他们已经摆脱了青年时的谬误和偏

---

* [译按]译文根据福尔茨编德文版文集卷8，页62–73译出。

见，多年的经验令他们长了智慧并受公众的尊敬。如果我们要证明有智慧的老人会厌倦诗歌，那么，我们就会否认诗歌本身。与此同时，我们会令所有诗歌的爱好者和想被视为理智之人的人蒙羞。由此，我们就会重挫他们的拥护者，并用我们的曲线、切线、椭圆、抛物线以及所有好玩儿的东西给他们取乐，这些东西至今并不很畅销。

这是怎样的阴谋呦！倘若他们的计划付诸实践了，世间该充斥着多少无聊呦！

诗艺是对所有自然事物和人的心灵感觉的生动且和谐的描述。若是如此，那么，我敢毫不谦虚地说，倘若丧失了灵魂的细腻感觉，人们也就丧失了诗艺的品味——假使人们在思想上并非一生都是麻木的。因此，诗艺不会过时。它在一段时间会比另一段时间更为繁荣，这只取决于它的守护者是否有天才或才能。

人们冷落十四行诗不无道理，十四行诗，即具有两种固定韵律及其他诗韵规则的诗歌，因为它们即便作得成功，也与人们所花费的精力不相匹配。与以往相比，哀歌现在更为流行，只不过人们给了它另外一个名字。难道不是有四分之一的好肃剧都属于哀歌式的诗作吗？哀婉的哀歌由于情感的矫饰而令人反感，而且大多数诗人写的哀歌过长，令读者感到疲劳。

牧歌已经分化出了不同的类型。风景描写带来了难以计数、极富魅力的画面，爱情随处可见，它在远古时代是可能的。大批畜群的拥有者在当时都是贵族人物，他们的行吟诗人歌咏着田园生活的魅力。与那个时代十分接近的泰奥克利特（Theokrit）在他的田园诗歌中描绘了当时的风俗。他之所以引起了共鸣，是因为希腊人仍能从中获得对那个时代的回忆。维吉尔模仿了泰奥克利特,徜徉在古希腊文学中的罗马人可以从他的作品中获得那个时代的品味,尽管风俗已经大为不同。最后,在我们这个奢侈和阴柔的时代,风俗走到了古代时期盛行的优雅素朴的反面。我们所看到的牧人都是穷人,他们由于终日与畜群交往而木讷。诗人再也无法从他们中间创作出阿玛瑞梨(Amaryllis)或者塞尔西(Thyrsis),①于是,他们便无足轻重了。无论如何,我们还有德祖利埃②(Deshoulières)夫人的《小溪》,这是一首富有吸引力的诗。我们为代数的崇拜者感到惋惜,这首诗无法拥有讨他们欢心的荣誉。

诗歌体讽刺文一点儿也不无聊。它的风趣富有魅力并且令人愉悦,因为它说人是一种尖刻的生物。当然,它要比散文体的讽刺文危险,因为,诗行更容易被人记住。它们会变成成语,那些被讽刺的人可真吃苦头呦!讽刺散文的优势在于,它们更容易被遗忘。如果确实存在一些讽刺文,那么,它们更好地与人性相契合。倘若那些小诗有趣、天真、可爱,那么它们就是无害玩笑的载体。倘若其中也有低劣的,那么,好的那些就构成了交际的魅力。

不过,我们呆坐在土星光环上的数学家们对此一无所知。方程式的迷雾让他们看不到小小地球上所发生的事情。应该为蹩脚诗人的民族感到惋惜,他们被画曲线的人打败了。不过,他们并没有以失败示人。毋宁说,他们深信,比起所有的天书一般的表格,几行好诗可以给读者带来更多的乐趣。

我现在谈谈敌视艺术的数学家们的另一个诡计。他们攻击了一众平庸的诗人,然而,后者的数量众多,他们让人们草草看到,诗

---

① 二者皆为维吉尔《牧歌》中的人物。[译按]中译见维吉尔,《牧歌》,杨宪益译,人民文学出版社,1957。

② 德祖利埃(Antoinette Deshoulières,1633—1694),人称"第十位缪斯"。

人的名望衰落了。他们由此想要得出一些普遍结论,指出整个诗艺的没落。这其中究竟有多少道理,从他们的理由——维吉尔不具有讨他们欢心的荣誉——中就可以看出。他们也许还会攻击其他诗人,不过,他们对在世的诗人有所忌惮,因为只有故去的诗人才不会回咬过来。但愿他们沉迷于代数,但愿他们对世间最为赏心悦目的微积分欣喜若狂。不过,也但愿他们放弃将战争引入邻邦,他们并不熟悉这里的风俗和法则,打着消除弊端的无用幌子,只会把一切搞得一团糟。

那些数学家先生们想要扮演人类主宰的角色。他们援引理性,就好像只有他们才可以独享理性。他们滔滔不绝,大谈哲学感觉,就好像不凭借 a、b、负 x 等工具,人们就无法占有这种感觉。但愿有人告诉他们,理智在所有生活场景中都是必要的,与搞算数的人一样,诗人同样需要分析、方法以及判断力。

理智在诗艺中并不排除想象力的魔法。同样,它也不会忽视奇妙的事物,前提是这种事物在一定的界限之内。理智会严格地检验种种思想、语法的正误、故事、故事的关节、情节的发展、人物性格(倘若有的话)、结构、作品的方法和架构、对话(倘若是一部戏剧的话)。不过,它会让听觉去判断声音是否悦耳,让品味去决定特定的装饰,后者在有些国度令人愉悦,而在其他国度则令人生厌。伐里农并不教人训练听觉,迪韦尔内应该专注于他的解剖刀,而布瓦洛应该做诗人的裁判。① 有位在计算中变成了独眼龙的数

---

① 伐里农(Pierre Varignon,1654—1722),法国著名数学家。
迪韦尔内(Joseph Guichard Duverney,1648—1730),法国著名解剖学家。
布瓦洛(1636—1711),《诗的艺术》(*Ars poetique*,1674)的作者,还创作了大量讽刺诗和赠诗,是法国古典文学的权威。

学家突发奇想,①用 a 加 b 创作了一首小步舞曲。倘若它在阿波罗的裁判席前被演奏,也许可怜的数学家就会像玛耳绪阿斯一样被活剥。

诗歌在叙事诗和戏剧中间具有教化作用,它在那里呈现给人们美德和恶行。它在讽刺诗中则变成严格的批评者。它在谐剧中则以嬉笑怒骂的方式改良风俗,或者以寓言的形式给人以告诫。我们在诗中可以获得平静、消遣以及乐趣。西塞罗,这位祖国的元老和雄辩术之父就承认,②他晚上会用诗歌的魅力消除自己的律师职业带来的辛劳。古代最为高贵的人物都曾在诗歌中找到最大的享受。诗歌有不同的种类,而每一种都有其长处。我们不愿排除任何一种诗歌,并且要提防蛮横的计算大师,他们意图减少我们的欢乐。

这些蛮横的人用同一把骨尺度量一切,既度量定理,也度量箴言诗。他们想要让布瓦洛的《诗的艺术》服从于代数学,就如同计算动力那样。但愿有人告诉他们,情感和乐趣是无法计算的。但愿他们能猜疑自己那被微积分蒙蔽了的感官。这些傻瓜以为他们通过述说某位大诗人吹擂自己在一句诗歌里用了假发一词,就可以看我们的笑话。③ 倘若他们知道自己在那里鄙夷和傲慢地蔑视了什么,但愿他们不会脸红。

情感细腻的法兰西诗歌认为通俗语言里有某种粗俗的东西。故而,倘若人们无法完全避免这些,那么就必须对它们进行改写。

---

① 指的是数学家欧拉(Leonhard Euler,1707—1783)。
② 参《为诗人阿尔奇阿斯辩护》(*Pro Archia poeta*),第 6 章。
③ 参布瓦洛,《赠诗》第十(*Epistel X*),诗行 26;亦参书信九,致 Maucroix。

这种强制是有些严厉的,因为人们必须赋予粗俗的思想以优雅的措辞。可以说,拉辛以极其罕见的技巧,用铿锵有力的修饰词遮掩了这些粗鄙的表达,比如以下诗句:

> 他的躯体,没有任何坟墓的遮掩,
> 成为贪婪的鬣狗的盘中餐。①

想要完整地衡量克服困难的伟大艺术,必须自己也作过几首诗。不过,诗歌对于那些宇宙中的暴君来说又算什么呢! 这些暴君——明显是借助蹩脚的望远镜——发现,真正的诗人反感欢快的思想。呜呼,这些可怜虫自己没有欢快的思想,也十分乐意坦言一切都令他们感到无聊,从而承认了这一点。那么,就让他们随心所欲百无聊赖,倘若他们逍遥快活,我们就要放弃肃剧和哀歌中的欢快思想。不过,他们尽管那么无聊,却仍然不安分。他们还想要剥夺我们的神话王国。我们要用强大的布瓦洛的闪电将他们击得粉碎,

> 展示以忒弥斯的天平和丝带引用的智慧,
> 不久就要被唾弃。

他们想要禁止古老的神话,从而让我们编造一个新的,把我们自己送到虔诚的刽子手那里,而伽利略就是其中之一,他几乎在他们手中丧命。兄弟们,别理会,就让我们保留我们的财富! 究竟是

---

① 这两句诗歌并没有出现在拉辛诗中,其中第二句有格律上的错误。也许,这与《阿塔利亚》(第二幕第五场)有相似之处:"可是我只看到可怕的一堆/肉和骨头,因腐烂而散乱。/碎裂的肢体像血腥的破烂,/贪婪鬣狗围着撕咬的餐食。"

哪位古人编造了这些富含思想的寓言,又有何妨? 让我们用理智并且在正确的场合去利用它们吧。重要的仅仅是,娴熟地运用它们。您难道相信会有什么新思想吗? 您错了。我们观念的圈子并不像它们所想象的那么广博。大多数思想的新意仅仅在于形式和表现方式。谁若要为我们设置更为狭隘的界限,就会使我们的思想变得贫瘠。我们的艺术需要富足和浪费。西塞罗曾希望能够剪除未来的演说家身上多余的东西。① 这不无道理。我们更相信他而不是欧几里得,尽管后者很博学。所罗门王已经说过:"太阳下面没有新事物。"他说得丝毫不错,倘若人们不理会一些形而上学的老生常谈,就很难从中猜测,人类精神有朝一日会狡黠地编造出这些东西,并且从中建造起一座令人畏惧的体系。不过,更令人畏惧的是,莱布尼茨和牛顿几乎同时发明了备受称赞的微积分。倘若两位数学家在最为抽象的思想中相遇,另外的数学家始终在计算着曲线,那么,他们又为何要剥夺我们使用古代神话的权利? 难道我们对此没有相同的诉求,就如同对牛顿和笛卡尔的体系那样? 我重复一遍,我们的领域是现实和想象的世界。我们要利用一切,并以自然为榜样,它始终在它所创造的事物中重复,但是永远不会因袭。

呜呼,我的数学家先生们,你们的逻辑可真够特别! 由于无法挑出阿那克里翁的毛病,你们就先贬低他作诗的种类,然后宣称,不应该抄袭原创! 倘若您的裁判语在我们这里几乎无人理会,我们诗人们会最为恭顺地请求您见谅。你们一定是打错了算盘,因为倘若阁下允许,我们会提醒你们,名叫肖利厄(Chaulieu)和格雷塞(Gresset)的两位先生成功地模仿过上述的阿那克里翁,他们的

---

① 参西塞罗《论演说家》(*De Oratore*)卷二,第 21 章。

作品有不少美妙的东西,而你们却丝毫没有注意到。总之,您谈论我们的诗人,就如同盲人谈论色彩。诗艺绝非单纯的想象艺术,而是模仿的艺术,正所谓 Ut pictura poesis erit[诗如画]。

常言道,诗歌应该描画自然的所有图像和情绪的所有活动,应该将强有力的与美好可爱的事物结合起来,应该寓教于乐。那些被自然赐予天赋和才能的诗人做到了这些。倘若像我这样的蹩脚诗人没能做到,也丝毫无损于这门艺术。即便有成千上万个沙普兰(Chapelain)和普拉东(Pradon)在亵渎这门艺术,①美依然会是诗艺坚不可摧的部分。

阿波罗山的兄弟们,在敌人给予我们如此多控诉的由头之后,这里也有一个表示感恩的理由。也就是说,他们屈尊将他们崇高科学的庄严表达用在我们身上,用公式——多谢他们——为我们增光,以便我们弄清楚,我们在散文中的表达已经变得乏味。诗歌是诸神的语言,而散文是苦力的语言。不过,由于不同的言说方式也必须有不同的表达,我搞不懂他们为什么会激动。难道那些比较讲究、属于诗人用语的"先前""亡故""武器""骏马"和"骑兵"等词语,不应该出现在他们的方程式中?毫无疑问,一些词语在散文中的位置不同于在诗行里,比如,伏尔泰曾说:

> 是呵,米特拉娜,王冠秘密的示意
> 让你来到巴比伦的阿尔萨切身边。②

散文家就会说:"根据国王的密令,你应该释放巴比伦的阿尔萨切。"倘若我们没有准确领会这些先生的荣幸,那么,我们最为恳

---

① 此二人都是被布瓦洛揶揄过的"半瓶醋"。
② 参《塞米拉米斯》(*Semiramis*)第一幕第一场。

切地请求他们,向我们阐明他们崇高的思想,否则我们只能把它们看作是晦涩的。诗歌有其规则,散文也有其规则,恰如雅典和斯巴达各有其法律一样,这些法律契合为之创制的民族的精神。也许新的立法者只是想教导我们,散文的规则不同于我们的规则。倘若是这种情形,我们会感激他们既新颖又深刻的发现,这令我们感到光荣。可是,我记得听过这样的话,如果我的记忆没错的话——因为我也并不总是不出错,这是对沃热拉的盗用,这是他们凭着自己全部的数学名声所犯的罪。那么,我要反问他们,如果诗歌优于散文,这是一种犯罪吗?一首用三音节所谱的旋律一定会被看作是糟糕的,只因为它用的不是四音节。很幸运,我们不这么想,或者——人们可能会数落说——我们并不是数学家,并不晓得何谓哲学精神。不过,只要数学家愿意,他们可以随便犯悖谬的错误。数学精神接受所有诡辩。

还有一个新发现:他们让我们注意到,人们对颂歌的热情下降了。那么,我们就让这种热情高涨起来吧!不过,让我们先检验一下,这个说法是否正确。我看到人人手里都捧着贺拉斯和卢梭①的作品,有思想的人从中可以得到巨大的享受。数学家先生们早就用回答等着了:"人们遭殃了!这些作品不具有任何哲学感。"这就是整个争执的核心,这个公式会得出令人信服的结论。

我们的新教师爷训斥道,颂歌必须从头至尾都是崇高的。不过,请您读一读朗吉努斯(Longinus)《论崇高》②的论文,您一定不熟悉吧。不过,这种迅疾的裁决具有某种深刻性,比起对太幼稚的事物的解释,更能令您心满意足。如果我们可以放肆地好为人师,

---

① 指诗人卢梭(Jean Baptiste Rousseau,1671—1741)。
② 该作品由布瓦洛译为法文。

就会最为恭顺地向您指出，不止有一种颂歌。有品达式的，人们可以尽可能地用崇高的思想充塞它，还有其他不那么崇高的种类，但是它们也有自身的魅力。简言之，风格在我们这里得与对象相符。倘若我们想要宙斯颠覆提坦神，就会穷尽所有激情。当阿波罗追逐达芙妮时，我们会装上一台减震器；在阿耳戈斯的故事中，我们会将歌声完全调到微弱。投入了多少谦逊！我们会画曲线的暴君们承认，他们不懂得颂歌美妙的不规则性是什么。由此，我可以得出结论，他们对诗艺的认识不过尔尔。不过，为了让你们弄清楚颂歌美妙的不规则性，请允许我告诉你们，从前，阿波罗通过一位名叫皮提亚的女祭司之口来宣读他的神谕。她陷入迷狂，继而激情地将神圣的言辞讲出来。人们于是认为，诗人就像她一样，被神灵充满。他迷狂的精神会略过过渡性的思想，这些思想被用来连接常见的言说，但是动脑筋的读者很轻易就会将其补全。他的热情会冲向充满力量的地方，其余的部分会被当作次要的而略去，因为它并不径直地直指目标。就这样，他滔滔不绝的言辞只表述最为重要的内容。不过，这种被拔高的语言并不能长时间地保持那种高度。理智的诗人只会像抛掷闪电一样将其抛出，之后，他们会降低音调，因为一切极其热烈的事物都必须是短暂的，就像人类最为深沉的欢乐那样。

我们也许可以问，一位逻辑学的学生会怎样看下面的推论："有人作了糟糕的颂歌，因此，品味也远离了颂歌。"他会认识到，品味并不是远离了颂歌，而只是远离了糟糕的颂歌！

简而言之，我们的立法者发表了意见，公布了他们的法则。多谢他们！当然，拉辛、布瓦洛、伏尔泰创作过无规则的诗歌，未来，人们必须确定一个规则。不过，那些先生们所说的都是众所周知的。也许，你们可以给我们解释一些你们明显没花时间进一步深入钻研的事物。如同最优秀的散文那样,诗歌同样应该自然并且在语法上正确无误。这是拉辛最大的贡献,只要法语不堕落,他就会一直享有这份名声。然而,这并不意味着,诗歌不允许出现例外情形,或者人们也不必像评判散文那样评判它。诗歌中的省略是一种美。拉辛说得如此精彩:

> 他在倏忽即逝中多么可爱。忠诚于我有何用?①

赫耳弥俄涅(Hermione)在激情的瞬间如是说。如果在散文中,这句话一定会这么说:"对我来说,他忠诚与否又如何?"如果根据那些暴君的规则,拉辛的这句诗就一文不值了。由此可以得出,不公正的法律没有任何用处,倘若我的结论是错的,那么,人们可以看到,我没有哲学精神。

人们对一位诗人的要求是,拥有正确的思考,持久的优雅和谐,思想的关联和结构,符合对象的风格,典雅、丰富、多元,尤其是引人入胜的技艺。这一切就是自然的馈赠,是人们所说的天才和禀赋,通过对优秀作者的研究而日臻完美,并通过品味而愈发细腻。我们可以说,无论谁被赋予了这种天赐的禀赋,都不需要我们这些暴君赐与的特权,以求找到读者和赞美者。这种真正神圣的禀赋在任何文明的民族和时代里都极其罕见,那些拥有这类禀赋的人的大名永远也不会令文艺爱好者在记忆上感到吃力。人们也许还可以补充说,数学家更为普遍,因为,凭借努力和纯粹的机械熟巧,任何人都可以计算出曲线。不过,我们要避免提出如此鲁莽和离经叛道的说法,就让我们满足于如下安全的说法:诗艺需要与强大但有序的想象力联手的最伟大的天才。

---

① 参拉辛《安德洛马克》(*Andromache*)第四幕第五场。

当我读到为诗歌确定新的数学法则时，我不由得发颤，并且完全有理由担心，这些立法者会禁止韵律，并且用数字取而代之，将数字放在与音节数相符的诗句末尾。这种做法也许可以让他们与诗歌再次和解，他们可以合法地利用数字和计算征服诗歌。不过很幸运，他们没有作此想法。他们能允许韵律存在，甚至认为它对于法语诗作是必要的，真是大发慈悲。

令我们感到沮丧的是，他们只是干巴巴地宣布了他们的法则，却没有进行论证。我们倒希望，他们凭借自己的哲学感说明如下问题，即韵律或者格律是否令我们的亚历山大格变得单调。倘若在阅读这些诗歌时总有些东西很累赘，那么，这就是相同节奏永远的往复，这是可以通过变换的韵律轻松消除的不足。我们幻想这些教师爷可以对诗韵作任意一种物理学的、来自感官知觉的观察，从而确证当代最伟大诗人的观点，因为画家和雕塑家是为眼睛创作，而诗人和音乐家则是为耳朵创作。每种艺术家都应接受他为之创作的感官的裁决。也就是说，需要对诗韵作出裁决的是耳朵，而不是眼睛。倘若数学家们为这些琐事纡尊降贵，他们只会有失颜面。这就叫作，用赫拉克勒斯的大棒捶打虱子。

还是这些先生们，他们想要将诗歌从音乐中驱逐出去，并用富有节奏的散文代之。我们有理由相信，当他们这么想的时候，是由于球体和谐感而陷入了迷狂。音乐需要的不是散文，而是——倘若非说不可的话——具有阳性韵脚的诗句。我们由于并不颁布专横的法律，因此就必须为自己的观点提出理据。在我们说话时，不发音的 e 并不会令耳朵不舒服，因为法语中的重音并不在最后一个音节。而在音乐中则不同，属于最后一个音节的音符必须重读，如此长读了之后，本来不发音的 e 就会令人不舒服。

我们的数学家们再一次把我们领到了那些老人面前，很明显他们是喜欢后者的论据！让我们仔细检验并认真观察，比确定这是否真的与诗歌相抵牾。如果证明了诗歌只不过是肤浅的消遣，地球上的每个人就都必须在某个年龄丢掉对诗歌的品味，就像小孩子没有任何征兆地不再喜欢他们的玩具。不过，倘若在巴黎有那么一撮胡说八道的老头子、恨世者、病人、瘸子、中风者，这又能证明什么呢？这仅仅证明了，某个病入膏肓、愁眉不展的老头无法再享受青年时期的乐趣而已！倘若帕斯卡、马勒伯朗士这二位伟大人物不再喜欢诗歌，而是像笨伯一样评判诗歌，这也只能证明，一个人如果不理解自己所说的，那就是在说疯话；或者，在做判断之前先了解一切，无论对于大众，还是对于哲人，都是一则伟大的教诲。因此，即使所有失去灵魂活力的老头子都不再读诗并且变成了数学家，在我们看来也是非常正确的。

我们的立法者似乎偶尔也会显得温和。既然拉辛在他面前得到了恩典，他为什么不以同样的方式对待高乃依优秀的作品呢，还有布瓦洛，这位帕纳索斯的立法者，以及卢梭，这位法兰西的贺拉斯？拉封丹似乎比其他人更讨喜。不过这里再次暴露出数学家们险恶的用心。在颁布了严格的数学法律之后，他们突发奇想，将拉封丹无心的疏忽作为反例。代数学家的辩证法对于我们可怜的诗人来说的确不好理解，我们只能根据逻辑学的一般规则思考。

他们的原话引用如下：

> 诗人总是在愉悦思想，但是思想同时也想要得到休息。它可以在拉封丹那里得到休息，他的漫不经心更具有特别的魅力，因为这是他的对象所要求的。

数学家们的思想就这样在诗人的漫不经心中得到了休息，而且，竟然有一些对象需要诗人的漫不经心！这就是所谓的哲学判断！显然，这些先生们只是想要弄我们，进而在帕纳索斯山上统治我们，以便在那里引起动荡并颠覆一切。倘若他们认为维吉尔无聊，那么他们就会抹黑他，并愚弄我们说，他的名气只是建立在书本知识的偏见之上。他们之所以称赞塔索（Tasso），是因为在消灭了维吉尔之后，不用费吹灰之力就可以揭露塔索的乏味，并且同样将他消灭。倘若世上再没有诗歌，世人就会用各式各样的曲线来打发时光。女士们将会在梳妆台前计算二分点的移动，闺房里的闲谈将会围绕着入射角、反射角、锥形截面以及世上各色各样的代数学。尽管如此，我还是要斗胆向我们出色的立法者们预言，这样幸福的时代永远都不会到来，或者说，即便到来了，也不会长久。作为宇宙的公民，他们并不懂什么是人。倘若有人败坏了我们对诗歌和由诗歌带来的欢乐的兴致，即便它们只是来自幻觉和错误，倘若有人剥夺了这门可以淳化风俗、给人安慰、振奋精神、打发时光的精美艺术，就只会是帮倒忙。

此外，我们并不要求所有人都具有相同的品味。我们不会强迫诗歌的爱好者偏爱某一位诗人。相反，将自己的品味规定为世人的通则，在我们看来并不公正。

呜呼，阿波罗山的兄弟们！在揭露了敌人想要借来污蔑我们的阴谋和陷阱之后，我现在来到你们这里。你们看到了，那些数学家想要将战争引入我们的国度，想要窃取我们的神话王国。现在就让我们武装起来反抗。让我们像罗马人一样，他们通过斯基皮奥远征非洲成功地将汉尼拔的战争引向了迦太基地区。让我们也将战争引向敌国。有人责备我们用神话的鹅毛笔装扮自己。那就让我们证明，他们的牛顿也是个剽窃者。他对星体运动的运算吸收了惠更斯[①]的

[①] 惠更斯（Christian Huyghens，1629—1695），荷兰自然科学家。

成果,物体或者神秘力量的吸引力理论吸收了新柏拉图主义者的思想,①虚空的概念则吸收了伊壁鸠鲁的思想。他赋予了虚无一种存在,更为糟糕的是,他测量出了虚无的体积。事情是这样的:一切星体悬浮在虚空之中,计算两个星体间的距离,比如从地球到木星的距离是三百万英里,也就计算出了三百万英里的虚无。但是,可以计算的就是存在的,因此虚无可以存在。通过这样的攻击,你们将迫使他们求和,但是前提是,以后每个人只能谈他自己懂的事物,在熟悉艺术这个对象之前,必须避免为艺术立法,建筑师在建造房屋时应该从地基而非房顶开始,对历史的学习应该按照年代次第,而不是颠倒过来。

　　就我自己而言,我要说明的是,直至老年,我都会充满激情地热爱诗歌,就像我在青年时那样。我要恳求阿波罗神,但愿他仁慈地让我驻足在真正的、正统的诗歌信仰中,这是荷马所教导的,维吉尔将其扩充,贺拉斯解释并作了注解,他的使徒是塔索、彼特拉克、阿里奥斯特、弥尔顿、布瓦洛、拉辛、高乃依、伏尔泰以及蒲柏,这个信仰未曾中断地流传至今。我愿意生在这个信仰里,并在其中终老,但愿在我死后,我的灵魂能够到达那群被拣选来居住在乐土的幸福思想者中间。

―――――――

　　① 新柏拉图主义者普罗提诺创造了有关作为神性流溢而充满世界的形象或者神秘力量概念,此概念被牛顿时代的英格兰自然科学家所吸收,用来解释自然的力之相互影响,尤其是引力。

论艺术和科学在国家中的益处(1772)[*]

[说明]该文于1772年1月27日在柏林科学院宣读,针对1750年第戎科学院著名的卢梭获奖论文《科学与文艺的进步有助于淳化抑或败坏风俗?》(*Le progrès des arts et des sciences a-t-il contribué à améliorer ou à corrompre les moeurs?*)。

不那么开明且不爱真理的人们竟敢向艺术和科学宣战。倘若允许他们诋毁给人类带来至高荣誉的事物,那么,对这些事物的辩护就必须是公允的。这种辩护是所有热爱人类社会,并且对于他所负责的科学事务怀有感恩之心的人义不容辞的。不幸的是,更令人印象深刻的常常是一些荒谬的论断,而非真理。因此,亟需做的是打开人们的眼界,并令这些荒谬言论的肇始者蒙羞——不过不是通过谩骂,而是通过令人信服的理据。笔者诚惶诚恐地告知科学院诸君,曾有人太过放肆地怀疑科学究竟有利于还是有害于人类社会。对于这一点,不应该有任何怀疑!如果说相对于动物,我们有优越之处,那么毫无疑问,这种优越不在于我们的身体特征,而在于自然赋予我们的更高的理智。而且,精神和智识也对人类进行了区分。如果不是因为一者得到了启蒙,另一者糊涂地生活在愚昧和麻木之中,如何见得文明民族与野蛮民族之间的天壤之别?

---

[*] [译按]译文根据福尔茨编德文版文集卷8,页54-61译出。

那些拥有如此优势的民族,对于给他们带来长处的人心怀感恩。因此,那些世人的明灯、那些智慧之人的恰切的荣耀即来源于此。他们有学识的劳作启蒙了他们的同胞、他们的时代。

人对自身认识不足。他出生时带有或多或少能够成长的天资,但它们需要后天的训练。他的知识必须增长,以便让他的理解力得到扩展。他的记忆需要丰富,以使其储备利用可以吸收的材料来武装其想象力。他的判断力需要磨砺,以使其学会评价自己的成就。最为强有力的头脑倘若不具有知识,就会像一块未被加工的钻石,它只有在娴熟的打磨师傅手中才可以获得其价值。多少思想者在人类社会中就这么消失不见,多少伟大人物被扼杀在了萌芽时期,他们有的是因为无知,有的则是因为自己生于其中的贫乏环境!

因此,要实现国家真正的福祉、优势和辉煌,需要人民尽可能地受到教化和启蒙。只有如此,国家才可以在各行各业中收获大量娴熟的臣民,他们定会胜任被委托的种种公职所需承担的大量管理工作。

出生的偶然性使许多人处于这样一种生活处境,他们在其中无法衡量,任一欧洲国家曾因为无知者的错误而或多或少遭受损害的程度,而且他们也许不可能像亲历者那样感受到这些弊病。我们还可以举出大量这类例子,倘若这篇演说的类型和篇幅不加限制的话。能够误导某个愚人①讲出基于不幸癫狂的说法,说什么科学只会使人堕落,令恶行更为精致,令风俗败坏,只会是对研究的轻蔑和懒惰,只会是对什么都指点却对一切都无能为力的挑剔的无知。这样颠倒黑白的说法简直是混淆视听!无论人们用什么

---

① 即卢梭(Jean-Jacques Rousseau)。

样的形式提出异议,确凿无疑的是,教化会令精神高贵,而不是使之贬损。是什么败坏了风俗?是那些坏榜样。正如瘟疫给大城市带来的破坏远比给农村带来的要糟糕,在人口众多的大城市沾染恶习的程度也会比在农村更甚。在农村,每日劳作和更为勤勉的生活会使风俗保持淳朴和纯粹。

曾有一些囿于偏狭的理解力,而未能作彻底研究的伪政治家认为,统治一个无知和愚昧的民族,要比统治一个启蒙了的民族更为容易。这简直是令人震惊的说法!相反,经验证明了,一个民族越是愚笨,就越固执、越执拗,比起说服一个尚为开明的民族相信一件正义的事,让愚昧民族打破固执更为困难。如果能人永远都被压制,相比其他人,只有唯一一个人不那么狭隘,那么这个国度会是多么美妙的国度呦!这样一个充满无知者的国家就像圣经中只居住了动物的失乐园。

虽然没有必要向尊贵的科学院听众证明,文艺和科学,就如同对那些拥有它们的民族来说,是既有用,又无上光荣的事。不过,说服一些不那么开明的人,从而使他们免遭卑鄙的诡辩者对他们精神可能产生的影响,这样做并非不恰当。但愿这些人会把一个加拿大野人与某个文明欧洲国家的公民进行对比!无论如何,全部的优势都会在后者身上!人们怎么会倾向于粗野的天性而非完善的天性,倾向于物资缺乏而非生活富足,倾向于粗鲁而非礼数,倾向于毁灭各个家庭财富和福利的强者和匪盗的权利,而非受法律保护的财产安全?

由人民共同体构成的社会,既不能缺少文艺,也不能没有科学。通过灌溉技艺,沿河地区会免受河流的漫溢和洪水之害。倘若没有这种技艺的话,肥沃的土地将会变成病态的沼泽,许多家庭也会失去生计。海拔高的地区需要丈量和分割农田的土地测量员。由经验认可的物理知识会促进农垦尤其是园艺的完善。致力于研究草药的植物学和懂得将汁液从中析出的化学,至少会在我们生病时给我们希望,即便它们并不能使人康复。在痛苦但必要的手术中,解剖学操纵和指引着外科医生的双手,这些手术可以通过摘除患病者的部分器官而拯救我们的生命。机械学的作用就太多了。如果要抬起或者搬运重物,它会使之运动起来。如果要钻探地球内部来获取金属,它就会通过人类用智慧发明的机器令隧道干燥,为矿工排除多余的水,因为这些水会妨碍工作甚至致命。倘若要建造碾磨我们最熟悉和最必要的粮食的磨坊,机械学会对它们加以完善。同样,机械学也会通过改善工人使用的不同工具来减轻工作量。所有的机器都属于这一专业领域,人们对各种机器的需求是如此之大!造船技艺也许是思想力最大的成就之一。可是,舵工得需要多少知识,才能够驾驭船只并乘风破浪!他必须了解天文学知识,并且具备精良的航海图和详细的地理学知识。他必须精于计算,才能够确定航行了多远和当下所处的位置,在这方面,英格兰晚近得以完善的仪器未来可能会对他有帮助。

文艺和科学在向人们招手。我们的一切都得归功于它们。它们是人类的恩人。大城市的市民在享受它们、身处令他们自豪的安逸中时并不知道,要满足他们的需求和常常稀奇古怪的兴趣,得需要多少不眠不休的夜晚和辛劳。

偶尔不得不进行,但常常轻率开打的战争,得需要多少知识!火药的发明已经完全改变了作战方式,倘若古代最伟大的英雄来到今日世界,他们也不得不熟悉我们的新发现,以维持他们合理获得的荣誉。今时今日,一个将领得去学习数学、防御术、水力学以及机械学,才能够建造堡垒;引入人为的大水漫灌,才能够认识火药的威力，计算炸弹的投掷距离，测定地雷的爆炸范围，使辎重的运输变得容易。他必须熟悉安营技术、操练的策略以及原理，必须具备地形和地理学的精确知识。他的作战计划必须如同数学证明一样精确，即便他受制于种种假设。他必须熟记所有以往战争的历史，以便他的想象力如同汩汩的源泉，从这段历史中形成创造力。

不过，在不得已时得利用往昔资源的不仅仅是将领们。如果公务员、法学家没有彻底掌握与立法相关的历史部分，他们也无法做到尽职尽责。只研究祖国的法律精神还不够，他们还必须了解其他民族的法律精神，并且知晓他们是在什么样的契机下颁布或者废除了法律。

就连国家权力的担纲者以及在他们领导下进行统治的人，也离不开对历史的学习。历史是他们的精华录，是一幅画卷，会最为细致地向他们展示当权者的性格和行为，展示他们的德性和恶习，幸福和不幸，以及他们的权谋手段。在必须主要关注的本国历史中，他们会发现自己国家的优良或不良习惯的根源，和一系列将历史引向当下的相互关联的事件。在本国历史中，他们会发现令诸民族统一和再次撕裂他们纽带的缘由，会发现诸多应加以模仿或者避免的例子。不过，对于一位君主来说，历史向他展示的所有君主，是怎样一个思考的对象呦！在他们中间必然会有一些与他自己性格和行为相像的君主，后世的评价就如同镜子，他在其中看到了等候着他的评价，而一旦离世，他所引起的畏惧也会消失得无影无踪。

如果说史家是政治家的老师，那么，逻辑学家就是谬误和迷信的粉碎者。他们与宗教和世俗的招摇撞骗者的幽灵作斗争，并将其消灭。倘若没有他们，我们今天仍会像祖辈们那样，向杜撰出的诸神供奉人牲并膜拜我们用自己的双手创造出来的作品。我们会被迫去信仰,却不敢反思,于是,我们也许仍然无法使用自己的理性去检验对我们的命运最为重要的问题。我们会如父辈们那样,仍然用金子赎买进入天堂的通行证和赎罪券。淫荡的人们会为了不进入炼狱而倾家荡产。我们仍然会为异端思想者搭建火刑台。空洞的习惯会取代德性的约束,秃头的骗子们将会以神灵的名义逼迫我们做出最为卑劣的亵渎行为。如果说如今狂热仍然存在,那是因为它在无知的时代扎根太深,那是因为身着灰色、黑色、棕色、白色僧衣的某些团体为着自己的利益,一再要求复苏那个祸端并使它爆发得更多,这样一来,他们才不会丧失在人民中间还拥有的声望。

我们不得不承认,逻辑学超出了群氓的理解能力。这一群为数众多的人总是最后才能打开眼界。但是,即便他们在所有国度仍然保留着迷信的宝藏,人们仍可以说,他们已经驱赶了对巫师、着魔者、炼金术士以及其他幼稚的荒谬事物的妄想。这一点要归功于愈发深刻的自然知识。

物理学与分析、经验携手并进。人们已经切实地搞清了曾向古代学者隐藏了诸多真理的幽暗地带。即便我们还无法抵达对隐秘原理的认识——它们是伟大的世界筑造师保留给自己的,也仍然有一些强大的思想者发现了重力和运动的永恒法则。培根首相,新派哲学的先驱,或者不如说,预感到和预言了进步的那个人,将牛顿引向了他奇特发现的小径上。牛顿取代了曾经消除旧谬误而以自己的谬误取而代之的笛卡尔。自此之后,人们为大气称了重量,测量了天空,以极大的精确性计算了星体的轨道,预言了日食月食,并且发现了物质的某种未知属性,即电,其效能超出人类的想象力,令其大为惊讶。毫无疑问,人们不久也会像预先确定日食月食那样，预言彗星的再次出现。有一点我们已经可以感激博学的培尔了，他驱散了人们的惊恐，因为彗星的出现曾引起无知者的恐惧。① 我们只用承认，尽管人类的弱点使我们卑下，那些伟人们的成就却增强了我们的勇气，让我们感受到了人之为人的尊严。

那些抗拒科学进步并且以抹黑科学为己任的人，都是骗子和无赖，因为只有他们才是科学会损害的人。

在我们如今生活的哲学时代，人们不仅仅想要诋毁高等科学，也有些气质忧郁的人，或者说情感丰富、极富品味的人，向文艺宣战了。在他们看来，演说家是一个着眼于说得美而非思想端正的人。在他们眼里，诗人是钻研音节数的愚人，史家是谎言的汇编者。阅读这些人的作品的人是消磨时间的人和肤浅精神的崇拜者。他们想要禁绝所有古代诗作，以及富于思想、形象生动的寓言，可是它们包含了何其多的真理。他们并不愿把安菲翁以竖琴声建造忒拜城墙理解为，是艺术淳化了野蛮民族的风俗，并使社会状态得以产生。

意图剥夺文艺在苦楚的生活中为人类提供的安慰和支持的人，一定有一颗毫无感情的灵魂。请将我们从不幸的命运解放或者允许我们使之变得甜蜜吧。我并不是想要回应那些对文艺红了眼的敌人，而只是想援引哲学的执政官、祖国的元老和演说之父的言词。西塞罗说，

> 文艺给青年以教养，令老人开朗。使人在幸福中容光焕

---

① 暗示培尔于1682年发表的《彗星通信》(*Lettre sur la comète de* 1680)一文以及相关论文。

发,给人在不幸中提供庇护和慰藉。在家令我们愉悦,在外不会令我们烦扰。与我们共度长夜,陪伴我们在漫漫旅途,同我们共宿在山野。甚至,我们即便自己无法获得它们或者无法真正地享受它们的魅力,而只能在其他人那里发现,也必须始终对它们赞叹。(《为诗人阿尔奇阿斯辩护》第7章)

但愿好嫉妒的人学会敬重值得敬重的事物,不是对既可敬又有用的活动吹毛求疵,而是最好将自己的火气发在作为万恶之源的懒散上面。倘若科学和艺术对于人类社会不是必须和不可或缺的,从事它们既不会带来好处也不会带来方便和荣誉,那么,古希腊在产生了苏格拉底、柏拉图、阿里斯提德、亚历山大、伯里克利、修昔底德、欧里庇得斯、色诺芬等人的重要时期,怎么会发出耀眼的光芒?普通的活动会被人遗忘,但是伟大人物的举动、发现、进步,则会留下永久的印记。

在罗马人那里同样如此。他们的伟大世纪是这样一些时代,廊下派的卡托与自由一同消失,西塞罗粉碎了维勒斯的言论并写下论义务的作品,《图斯库鲁姆论辩集》以及论神性的不朽作品。瓦罗写下《创始记》和论内战的诗作,①凯撒通过宽和消除了暴政的罪恶,维吉尔朗诵了他的《埃涅阿斯纪》,贺拉斯创作了他的颂歌,李维给后世传递了曾令共和国璀璨的伟大人物的名字。每个人如果问自己,想要生活在雅典或者罗马的哪个时代,都会毫无疑问地选择那些辉煌的时期。

---

① 瓦罗(Varro)既没有写过一部名为《创始记》(Origines)的作品,也没有写过论内战的诗作。前一部作品的作者为老卡托,不过已散佚。不过瓦罗是当时著名的学者,尤其是伟大的古代研究者。

紧随这些辉煌时代的，是令人厌恶的野蛮时代。蛮族遍布了几乎整个欧洲。他们带来了罪恶和无知，为最为夸张的迷信铺平了道路。直至十一个世纪的愚昧之后，人类才得以洗净那份腐朽，在科学重生的这个时代，人们重拾了最先装点了意大利的优秀作家，而不是为他们提供庇护的利奥十世。弗朗索瓦一世嫉妒他们的名声，想要与之分享。他试图将域外植物迁移到一块还未做好准备的土地上的种种努力都是徒劳。直至路易十三统治末期和路易十四治下，法兰西的美好时代方才开始，文艺和科学齐步迈向了人类所能够企及的完善的至高阶段。从此，不同的艺术广为传播。丹麦已经产生了一位第谷，普鲁士产生了一位哥白尼，而德意志则因为产生过一位莱布尼茨而引以为豪。瑞典本会增添他们的伟人谱系，倘若这个民族当时没有卷入有害于艺术进步的长久战争。

所有开明君主都保护了那些为人类思想带来荣耀的博学研究的人们。今时今日的情形是，欧洲的某个政府只要稍微疏懒于鼓励文艺，就会在很短时间内落后于邻国一个世纪。波兰就是一个明显的例子。我们看到了一位伟大女皇把引入和传播知识视作一件高尚的事业。① 对此有帮助的任何事物，对她来说都是至为重要的。

如果有人听说人们在瑞典如何纪念一位伟人，他怎能不有所触动并为之感动？一位认识到科学价值的年轻国王，在那里为笛卡尔树立了一座纪念碑，以便以祖辈的名义报答感激之情，因为他们对他的才能有所亏欠。② 对于赋予了这位年轻的特勒马科斯生

---

① 这里指的是俄罗斯的叶卡捷琳娜二世。
② 笛卡尔曾受瑞典女王克里斯蒂娜之邀，于1649年前往瑞典，于1650年客死于此，去世之前曾构思了斯德哥尔摩科学院的计划。

命,并亲自教导过他的密涅瓦来说,①在他身上再次发现她的精神、她的知识、她的心灵,是多么甜蜜的满足!她完全有理由对自己的作品感到高兴并给自己送上掌声。即使我们的心灵不被允许过度地倾泻我们在看到她时所涌起的一切情感,但是无论这个还是那个现存的科学院总归被允许向她奉上最为诚挚的敬意,充满感激地将她迎到为数不多的热爱并为艺术提供庇护的开明君主身边。

---

① 指的是弗里德里希二世的妹妹,瑞典女王乌尔丽克(Ulrike),也是国王古斯塔夫三世的母亲。她在1771年末造访柏林王宫期间出席了柏林科学院的会议。

试论作为道德原则的自爱(1770)*

[说明]本文于1770年1月11日在柏林科学院宣读。早在《驳马基雅维利》(第二十三章)中,弗里德里希二世就已经把"自爱"作为反思的对象。1770年1月4日,他将这篇文章的手稿寄给达朗贝尔(参 *Œuvres de Frédéric le Grand*, t. XXIV, 页468-469),2月17日寄给伏尔泰,并写信说道:"附上的小书涉及一些观念,它们从核心来看已经见于爱尔维修的《论精神》和达朗贝尔的散文中了。"弗里德里希二世的这篇文章最早发表于 *Histoire de l'Académie royale des sciences et belles-lettres. Annie 1763*, Berlin 1770,页341-354。同时也作为单行本出版,题为 *Discours prononcé l'assemblée ordinaire de l'Académie royale des sciences et belles lettres de Prusse, le jeudi 11 janvier 1770. À Berlin, chez Chrétien Frédéric Voss*, 1770。

美德是社会最为坚固的纽带和公众安宁的源泉。没有它,人就与野兽差不多,比狮子更为嗜血,比老虎或者其他避之则吉的怪物更为残暴和危险。

为了淳化那些粗俗的风俗,立法者创立法度,智慧者给人们施以道德的教诲,让人们看到美德会带来哪些益处,同时,也让人们

---

* [译按]译文根据"波茨坦版"卷6,页315-337译出。

看到,应该赋予它什么样的价值。

总体上来说,哲人族——无论是东方的还是古希腊的——对美德学说的本质的看法是一致的。他们的差别实质上只在于教导门徒过一种有德性的生活的动机不同。廊下派根据自己的原则,强调对于美德而言本质性的美。① 他们由此得出,人们必须为了自身的缘故而热爱美德,人的至福在于永远地拥有它。柏拉图主义者则说,如果人们以不朽的诸神为榜样来践行美德,他们就会接近诸神并且变成神样的。伊壁鸠鲁主义者则认为履行道德义务是一种一流的快感。根据他们的原则——不过必须对其正确理解,他们在享受至纯的美德时,会发现一种难以言表的喜悦和欢乐。摩西为了鼓励犹太人去践行善良和值得称赞的举动,向他们预言了世俗的福佑和惩罚。建基于犹太教废墟之上的基督教通过永罚的威胁来打击犯罪,通过永恒福乐的希望来鼓励人们践行美德。它并不满足于这些动机,还着意于达到尽可能高的完善程度,并且要求,将对上帝的爱作为推动人们行善的唯一原则,即使他们在彼岸的生活里既不会得到奖赏也不会受到惩罚。

我们必须承认,哲人族产生过作出最大贡献的人。同样,我们也承认,基督教中也产生过纯粹、真正神圣的灵魂。尽管如此,由于哲人与神学家的松懈和人心的败坏,因此鼓励美德的不同动机不再产生人们期待的好的效果。仅仅空有哲人之名的哲人在异教徒那里就有多少!人们只需读一读路吉阿诺斯②的作品,就可以确

---

① 伦理处于廊下派学说的核心位置。廊下派的人性理想基于由此推导而出的美德学说。西塞罗是罗马廊下派最为重要的代表人物。

② 路吉阿诺斯(Lukian von Samosata,120 年至 2 世纪末)利用讽刺、戏仿以及反讽,在对话和故事中批评哲人的无聊、演说家的虚荣以及当时公众的轻

信哲人的名声在当时是怎样一种状况。有多少基督徒荒疏和败坏了旧日的纯净风俗！占有欲、野心、狂热充满了那些发愿放弃世俗的人的心灵,摧毁了淳朴美德曾经建设的一切。历史中随处可以见到这样的例子。不过,除了一些既虔诚又对社会无用的隐居者,我们当下的基督徒在马里乌斯和苏拉时代的罗马人面前也不遑多让。① 要注意,我这个对比仅仅涉及风俗。

  类似的思考促使我研究,造成人类这种奇怪的败坏的原因究竟何在。虽然我不清楚,是不是应该就如此重要的对象表明自己的猜想,但是我有一个印象,那就是,在选择可能激发人们亲近美德的动因上,人们似乎搞错了。在我看来,这些动因的错误在于,它们对于俗众而言难以理解。廊下派并未考虑到,惊赞是一种被迫的感觉,给人的印象不会长久。只有自爱会勉强得到人们的赞许。人们很容易承认美德是美好的,因为承认本身一文不值。由于我们更多是出于好感而非信念去承认,它不会促使我们改善自己、克服自己坏的倾向、克制自己的激情。柏拉图主义者本应该想

信。弗里德里希二世非常看重路吉阿诺斯的讽刺作品,其死人对话、诸神对话,以及妓女对话都激发了他本人的讽刺性对话,尤其是 1773 年的《蓬帕杜夫人与圣母玛利亚之间的亡灵对话》(*Totengespräch zwischen Madame Pompadour und der Jungfrau Maria*, hg. u. übers. v. G. Knoll, Berlin 2000, 2. Aufl. , 55f.)。弗里德里希二世藏书中至少有七个不同版本的由达布朗库尔(Nicolas Perraut d'Ablancourt, 1606—1664)翻译的路吉阿诺斯法译本,达布朗库尔为他的译本都附上了译者前言,可以从中得知,他的目的是纠正当时的读者品味,并使古代文本与法兰西古典时期的标准,尤其是风格的得体(bienséance)取得一致。此外,弗里德里希二世还藏有他的修昔底德法译本。

  ① 马里乌斯(Gaius Marius, 前156—前86)和苏拉(Lucius Cornelius Sulla, 前138—前78)都是罗马政治家和将领,二者的支持者发起了内战。参孟德斯鸠,《罗马盛衰原因论》,第十一章。

到万物本性与脆弱造物之间难以逾越的鸿沟。他们怎能强求这种造物去仿效他的造物主？由于自身的局限、偏狭，人只能对其有一种不确切和模糊的理解。我们的精神受制于感官的统治，我们的理性只关心那些经验为我们说明的事物。抛给它抽象的对象，意味着将它引入永远找不到出路的迷宫；然而，为它提供触手可及的自然物体，则是给它留下印象并说服它的手段。当跌入形而上学的晦暗时，只有少数伟大的思想家才有能力保全健康的人类理智。人的秉性总体而言更多是感性而非理性。伊壁鸠鲁主义者滥用了快感的概念，由此削弱了其自身原则的优势而不自知。由于这个词汇的模棱两可，他们将武器塞到了门徒手中，而这些人凭借这些武器败坏了他们的学说。

对于基督教——如果人们只是作为哲人谈论它并尊重它在他们眼中的神圣性，我要说的是，这样的基督教为精神提供了极为抽象的概念，以至于为了让新入教的人理解它，它不得不把他们变成形而上学家，并且只能拣选那些想象力足够强大从而能够钻研这个主题的人。可是，天生具有如此构造的头脑的人少之又少。经验告诉我们，当下的事物显而易见，它在俗众那里胜过不在眼前的事物，因为后者只给人留下更为微弱的印象。因此，他们可以亲身享受的俗世财富无疑要胜过想象的财富，对后者的拥有，他们只能模糊和渺茫地予以想象。那么，既然要使人们成为有德之人，我们为何只是大谈从爱上帝推导出的动机，并且大谈寂静主义者①所要

---

① 寂静主义（Quietismus）是 17、18 世纪天主教内部的一种类似于神秘主义的宗教运动，该运动兴起于西班牙。信众被要求对一切世俗事物持彻底的消极态度，并且对神性天命的支配保持绝对的信任。法国最重要的代表人物是盖恩夫人（Jeanne Marie Bouvier de la Mothe-Guyon，1648—1717），她由于

求的那种爱？他们要求这种爱既不与对地狱的惧怕有关，也不与对天堂的希望有关。真的有可能存在这样一种爱吗？有限的事物不可能领会无限的事物，因此，我们也无法确切地想象神性。我们只能笼统地坚信它的存在，仅此而已。我们怎能要求一颗朴素的灵魂去热爱一种它自己完全无法认识的本质？因此，就让我们满足于私下里敬拜它，而将我们内心的涌动局限在对万物本源——一切存在于它并因它而存在——深深的感恩之情中。

越是探究和说明这个对象，就越会清晰地看到，要使人们成为有德之人，就必须从一个更为普遍和朴素的原则出发。深入研究人心的人，无疑将会发现在这里发挥影响的动力。这种如此强大的动力就是自爱（Eigenliebe），它是自我保存的守护者，是幸福的创造者，是我们恶习和美德取之不尽的源泉，是一切人类行为隐秘的原则。它尤其存在于有思想的人那里，也会对愚钝的人说明其利益。还有什么比在一种即便会导致恶习的原则中去发现善、幸福以及公共福祉的源泉更美妙且值得嘉许的？如果某位能干的哲人在这个对象上努力，这就会成为现实。他会为自爱指出方向，使之向善，以一种激情对抗另外的激情，并且会通过向人们证明，他们的利益在于成为有德之人，从而使人们真正成为有德之人。

探究过人心并且在解释自爱动机时颇具洞察力的拉罗什福柯公爵，[1]却只是用它来对美德恶言相向，在他看来美德只是假象。相

支持寂静主义而两次被囚禁，在巴士底狱和樊尚的牢狱中度过多年，还有反对波舒哀而为盖恩夫人辩护的费奈隆。

[1]　参 La Rouchefoucauld, *Réflexions ou sentences et maximes morales*（1664/65）。拉罗什福柯（1613—1680）参加过"亲王投石党乱"，代表了在法兰西独立王权中政治上无足轻重的封建贵族，在政治上败退之后，转向引领潮流的巴黎沙龙圈子，潜心于人本学问题。他的《道德箴言录》的题辞为"我们的美

反,我希望可以使用这一动机证明给人们看,他们真正的利益就在于成为好公民、好父亲、好朋友,简言之,就在于拥有一切道德的美德。由于事实的确如此,说服他们相信这一点并不会很困难。

倘若想要鼓励人们采取立场,又为什么要试图让他们抓住自我利益呢?原因只在于,自我利益是一切理由中最强、最有说服力的。因此,让我们把这个理由也用在道德上。我们应该对人们说明,他们会因为品行不端而陷入不幸,而善与好的行为紧密关联。当克里特人咒骂他们的敌人时,他们希望后者陶醉于放荡的激情,也就是说,他们希望后者自行跌进不幸和耻辱之中。① 这些朴素的真理可以得到证明,它们无论对智慧之人、有头脑之人,抑或最为

德大多只是伪装起来的恶习"。令拉罗什福柯名声大噪的是他敏锐的观察和揭露伪装的格言的精准性,他的格言想要揭示人实际上是怎样的,而不是应该是怎样的。弗里德里希二世也以拉罗什福柯表达过的"正派人"(honnête homme)——即"值得尊敬、正直的人",宫廷文化语境中具备教养和宫廷生活方式的"谙世事之人"——人格理想为参照。弗里德里希二世藏书中有 La Roche-foucauld, *Réflexions ou sentences et maximes morales. Maximes* de Madame la Marquise de Sablé. *Pensées diverses* de M. L. D. et *Les maximes chrétiennes* de M ***. Amsterdam 1705, Lausanne 1747; dass. Nouv. édition augmentée de remarques critiques, morales et historiques par M. l'Abbé de la Roche, Paris 1754,以及 1777 年新版的 *Réflexions ou sentences et maximes morales*,此外还有拉罗什福柯在路易十四幼年时期的回忆录 *Mémoires de la minorité de Louis XIV avec une préface nouvelle*, Villefranche 1690。

① [弗里德里希二世注]参马克西姆斯(Valerius Maximus),卷七第二章。[德文编者按]弗里德里希二世藏有两个不同版本(拉丁文-法文对照)的马克西姆斯《嘉言懿行录》(*Facta et dicta memorabilia*),即 Valère Maxime, *Les actions et les paroles remarquables des Anciens* (Lyon 1700, Paris 1713)。这部献给提比略皇帝的消遣和参考书是一部箴言和古希腊、罗马历史轶事的"故事"集。弗里德里希二世时不时会援引该书。

卑下的群氓而言，都同样易于理解。

毫无疑问，有人会反驳说，我的假设，即我将好的行为与之关联的幸福，很难与美德之人遭受的迫害以及诸多败坏之人享受财富的行为自洽。如果我们只满足于将幸福一词理解为一种完美的灵魂安宁，这个问题就很容易得到解决。这种灵魂安宁是基于我们对自己满意，我们的良知允许我们对自己的行为表示赞许，以及我们不会谴责自己。很明显，不幸的人在其他情形下会有这种感觉，而它却永远不会出现于一颗野蛮和放肆的心灵之中，因为一旦这样的心灵自我审视，它便不得不憎恶自己，无论围绕在他周围的外在幸福是怎样的。

我们并不否认经验，我们也承认，存在许许多多未遭惩罚的罪行的例子，许许多多作恶者享受着蠢人羡慕得不行的光鲜生活。但是，这些犯罪者难道不担心，时光终将揭露对他们而言具有灾难性的真相并且将他们的耻辱大白于天下？尼禄、卡里古拉①、图密善、路易十一等头戴王冠的恶魔所享受的虚假辉煌，难道会妨碍他们听见谴责他们的良心的窃窃私语？这样的辉煌难道会妨碍他们饱受良心谴责的煎熬，感受报复的鞭笞？即便他们看不到，它们也在蹂躏并折磨他们。在这种情形下，哪个灵魂可以保持安宁？它难道不是在此生已经感受到了只有从恐怖事物上才会感受到的巨大折磨？此外，如果人们只是从外在的表象来判断一个人是否幸福，那就错了。这种幸福只能根据感受到它的人的思想来判断。而这种思想又是多么地迥异，以至于有的人爱荣誉，有的人爱享

---

① 卡里古拉，罗马皇帝（37年—41年在位），一开始统治得当，逐渐成为暴君，后被近卫军所杀。苏维托尼乌斯（Sueton）曾为卡里古拉作传（见《罗马十二帝王传》卷四）。

受,有的人关注琐事,有的人则关注自己眼中重要的事物。有些人甚至憎恶和鄙视另外一些人祈求或者视作至善的东西。

也就是说,对某种取决于任意的且常常变化无常的品味的事物的评价,并没有什么固定的规则。于是,这就导致了,人们经常羡慕别人幸福和富有,而后者暗地里却深深地悲叹自己痛苦的重压。由于我们既无法在外在事物,也无法在那些反复出现在尘世多变的舞台上又继而消失的物质财富中找寻幸福,①我们就必须从自身寻找它。我要重复的是,除了灵魂安宁之外别无其他的幸福。因而,我们自己的利益就必将促使我们追求这么一种珍贵的财富,当激情在捣乱的时候,就必须对它们进行束缚。

倘若一个国家遭受内战的蹂躏,它就不可能是幸福的,类似于此,倘若一个人不安分的激情挑战理性的统治,那么,他也不可能享受幸福。任何激情都会带来一种似乎与之相关的惩罚。即便最能取悦我们感官的激情也不例外。它们有的会损害健康,有的会给我们带来不断的忧虑和不安,它们要么是因构想的伟大计划的落空而懊恼,要么是因无法报复那些冒犯了自己的人而愤怒,要么是因自己过于残酷的报复而良心不安,要么是因自己的欺骗终将大白于天下而担心。

比如,吝啬之人会不断遭受对财富的渴望的折磨。只要他可以达到目的,手段对他来说无所谓。但是,由于担心再次丧失花费大力气捞来的一切,他对于享受这种占有兴味全无。野心勃勃的人为了企及未来而盲目地不顾当下,他不断地提出新的计划,为了

---

① 这个意义上的财富也是拉布吕耶尔《品格论》中的一个章节名,题为 Des biens de fortune,见 La Bruyère, Œuvres complètes de La Bruyère, hg. v. J. Benda, Paris 1951, 176–201。

达到目标,他傲慢地践踏一切,即便最神圣的事物也不例外。挡在他面前的障碍激怒着他,令他充满怨愤。始终徘徊在担心与希望之间的他,实际上并不幸福。即便占有了他所欲求的事物,他也会充满厌烦和反感。这种不舒服的状态促使他构想新的幸福计划,然而,他永远找寻不到他所寻找的幸福。人在短短一生中难道要构想如此宏伟的计划吗?挥霍无度者成倍地浪费着他所积攒的东西,就像永远无法装满的达那厄的水桶。他始终想着被接济,无数欲望不断繁殖出需求,最后导致他的恶习酿成了犯罪。含情脉脉的情人会成为欺骗他的女人的玩物,而轻浮的爱人仅仅通过不守誓言就会诱骗到女子,纵欲者则会毁掉自己的健康,令自己短命。

而无情之人、不义之人、忘恩负义之人则要怎样去责备自己呦!无情之人已不再为人,因为他并不尊重人类的优先权,并不把他的同类视为自己的兄弟。他没有心灵,没有情感,由于他自己感受不到同情,他甚至会因此而失去其他人本应对他抱有的同情。不义者不守社会契约①,只要可以,他就会破坏自己生活于其中的

---

① 法文 L'accord social 一般被译为卢梭意义上的"社会契约",他曾在《社会契约论》中阐发过"社会公约"理论(卷一,第六章)。关于德意志传统中的"社会契约",参 Diethelm Klippel, *Politische Freiheit und Freiheitsrechte im deutschen Naturrecht des 18. Jahrhunderts*, Paderborn 1976。《弗里德里希二世藏书总目》并未见卢梭大名,相反,他的作品多被归在诗人卢梭(Jean-Baptiste Rousseau)名下,卢梭会以"日内瓦公民"的附加词将自己与他断然区隔开来。在诗人卢梭名下,克里格(参 *Friedrich der Große und seine Bücher*, 164)列了如下书名:*La Nouvelle Héloïse*, Amsterdam 1770; *Jean-Jacques Rousseau, citoyen de Genève à Christophe de Beaumont*, archevêque de Paris, Londres 1763。不过,早在1762 年夏天,弗里德里希二世就已经为《新爱洛伊斯》(1761)、《社会契约论》

法律，反抗自己所承受的压迫，从而僭取专属的特权，来压迫比他弱小的人。他因为错的逻辑而犯罪，他的原则相互矛盾。此外，自然镌刻在所有人心中的正义感和公平感难道不也必将反抗他的僭越吗？不过，所有恶习中最为卑鄙、最为阴险、最为臭名昭著的，就是忘恩负义。对于善行没有感觉的忘恩负义之人，是在对社会犯下滔天大罪，因为他在败坏、毒害、破坏友谊所带来的极大欢乐。他可以感受到伤害，却感受不到别人的帮助。通过恩将仇报，他将卑劣发挥至极致。然而，这颗腐烂的、比人性等而下之的灵魂是在反对自己的利益，因为，每一个个体，无论地位多高，都是天生柔弱的，都不能没有同类的援助。自绝于社会的忘恩负义者通过自己

（1762）、《爱弥尔》（1762）等作品的作者提供过庇护。当时卢梭小说《爱弥尔》在法国被焚烧，在日内瓦被禁，他自己也受到通缉，正在逃亡，他直接向弗里德里希二世申请在纳沙泰尔侯国（自1707年通过继承属于普鲁士）得到庇护，受到纳沙泰尔的普鲁士总督吉斯勋爵（George Keith, 1693—1778）——此人扮演着中间人的角色——的支持（参卢梭致弗里德里希二世信，见 *Œuvres de Frédéric le Grand*, t. XX, 299f.）。弗里德里希二世转告卢梭，欢迎他的到来，前提是要他放弃写模棱两可的主题，避免激起纳沙泰尔好斗且狂热的神职人员普遍的闲话（弗里德里希二世与吉斯勋爵的书信往来见 *Œuvres de Frédéric le Grand*, t. XX, 255-297, 又见 288-291；关于纳沙泰尔，参 Louis-Edouard Roulet, *Friedrich der Große und Neuenburg*, in: *Friedrich der Große in seiner Zeit*, hg. v. O. Häuser, Köln, Wien 1987, 181-192）。即便弗里德里希二世没有读过《社会契约论》，打听得来也很容易，即从一封卢梭致伏尔泰的信（1756年8月18日）中得知，这封信在《社会契约论》出版前六年，即1759年已经发表，1763年再次发表。卢梭在这封信里首次介绍了对于每个社会而言不可或缺的"道德准则"意义上的"社会公约"理论。此外，这是一封致伏尔泰的公开信。弗里德里希二世几乎不会忽视这样一封信，因为，一切与伏尔泰有关的，都会激起他最大的兴趣。

残酷的野性让自己不配再获得任何新的仁慈。对于人们,应该不断地呼喊,

> 要温良并且人性些,因为你们是柔弱的,需要他人的援助!对他人正义些,这样法律也保护你们免受他人暴行的侵害!总之,己所不欲,勿施于人。

我并没有打算在这个粗略的梗概里逐条列出自爱赋予人们的所有理由,从而让他们克服坏的倾向,受到激发去过更有德性的生活。这篇演讲的篇幅限制不允许我穷尽这个对象。因此,我就满足于如下说法:所有找到了改善品德的新动机的人,将会为社会——我甚至想毫不犹豫地说——为宗教,作出重要的贡献。

一个没有美德、社会成员没有好品德的社会是无法长久、无法维持的,没有什么比这一点更真实、更明显的了。品德败坏、肆无忌惮、鄙视美德及其崇拜者、在共同体生活中不正派、言而无信、不忠诚、以个人利益取代祖国利益,所有这些都是国家衰败和帝国没落的先兆。这是因为,一旦善恶的概念产生混乱,就不再有什么褒贬,就不再有什么奖惩。

像品德如此重要的对象对于宗教的利害丝毫不亚于对国家的利害。基督教、犹太教、伊斯兰教以及中国儒教,都有着几乎相同的道德准则。然而,长久以来被推广的基督教始终有两类敌人需要对付。一类是只承认健康人类理智和最严格地遵循逻辑原则的推理的哲人,和拒绝不合于辩证法规则的概念和体系的哲人。不过,我们在这里并不谈他们。另外一类是自由放荡者①,他们的品德

---

① 在法语中,Libertin 是个多义词,既指思想自由,又有蔑视道德规范的意思,这也适用于 Libertinage 一词。在 *Nouveau Dictionnaire des Passagers François-*

由于长期的恶习而被败坏,反抗宗教的意图也为他们的激情加上了沉重枷锁。他们挣脱宗教的束缚,暗自与一种给自己带来困扰的法律解除关系,在彻底的无信仰中寻找避难所。不过,我要说,人们所能用来改善那些人这种性格的所有动因,显然都可以为基督教带来最大的益处。我甚至认为,人的自我利益就是最强有力的动机,凭此可以使人摆脱其困惑。一旦人真正坚信,人自己的好处要求自己成为有德之人,人也就会做出值得赞许的行动。当人真正地按照福音中的道德准则去生活,人也就很容易出于对上帝的爱而去做本已经出于对自己的爱所做的事情。这对于神学家也就意味着,将异教美德转变为得到基督教辩护的美德。

不过,有人在这里会有新的异议。无疑,有人会反驳说:"您自相矛盾,您并没有考虑到,美德的定义是这样一种状态,灵魂在其中受到推动并成为最大的无私。因此,您怎么能够设想,人能够通过自利而达到这种完善的无私?因为它恰恰是那种灵魂状态最大的反面呀。"无论这样的异议多么强烈,只要人们去审视引起自爱活动的不同动机,就很容易反驳它。如果自爱只存在于对财富和名誉的追求,那么我就没有什么可以反驳的了。可是,它的诉求并不仅限于此。这些诉求首先涉及对生命和自我保存的爱,还涉及希望幸福,害怕谴责和耻辱,追求威望和荣誉,最后,还涉及对于所有在人们看来有利事物的激情。请您也补充上对于一切在人们看

Allemand et Allemand-François, oder neues Frantzösisch-Teutsches und Teutsch-Frantzösisches Wörterbuch (hg. v. Johann Leonhard Frisch, Leipzig 1739)中的解释是:"Libertin, e, 形、名(来自 liber, frey, libertinus),不愿维系在任何宗教上的人;罪恶的,采取不敬神的自由;爱自由,不愿受强迫;任性放荡的;某种异教人士或者异端分子。"

来有害于自我保存的事物的恐惧。因此,只需要纠正人们的判断。为了使本身粗鄙有害的自爱变得有益和值得赞许,我还必须追求什么,还必须避免什么?

那就是自爱的诸种原则,它们为我们提供了证实最大无私的榜样。两位德西乌斯高尚地牺牲了,① 为了让祖国获胜,他们自愿献出了自己的生命,倘若自爱不是出自生命于他们而言并不比荣誉有价值,还会出自哪里? 为什么斯基皮奥在自己最为青春的时期——那是激情最为危险的年纪,拒绝了美妙的俘虏带来的诱惑? 他为什么将她们以处子之身归还给她们的未婚夫,而且还慷慨地馈赠了他们?② 我们难道能质疑,这位英雄想的不是,他高贵、宽宏大度的行为带给他的名誉将会远多于放肆地满足自己的欲望带给他的名誉? 也就是说,他选择了好名声,而不是肉欲。

实际上,多少富有美德的行动、多少不朽的光荣壮举都得归功于自爱的本能! 出于一种神秘、几乎无法察觉的情感,人们将一切与自己联系在一起,他们将自己置于四周线路所环绕的中心。无论他们对于善能够做什么,他们自己始终是善隐匿的对象。在他们那里,强烈的情感会胜过弱的情感。某种误导性的结论常常影响着他们,而他们无法认识到其错误。因此,只需要给他们指出真

---

① 根据传说,为了在维苏威附近的战役中获胜,德西乌斯(Publius Decius Mus)以执政官身份献身,战死沙场。他同名的儿子曾在公元前312年至前295年四次当选执政官,按照父亲的榜样,在对抗高卢人的森提努姆战役(公元前295年)中献身,同样战死。参马克西姆斯,《嘉言懿行录》,卷五,第六章5、6。

② 参马克西姆斯,《嘉言懿行录》,卷四,第三章,1、2。这一"懿行"在"节制和自我克制"章得到讲述。此事发生在斯基皮奥(前235—前183)在西班牙征新迦太基(今日的卡塔赫纳)之后(前209年)。

正的善,让他们认识到其价值,使他们通过驾驭激情,用一种激情对抗另一种激情,让其激情服务于美德。

如果要阻止某人意图去犯的某种罪行,您可以在能够惩罚这一罪行的法律中找到威慑的手段。这时,必须唤醒每个人所具有的对自我保存的爱,以便用它来对抗罪恶的意图,后者可能让他遭受最为严苛的惩罚甚至死刑。这种对自我保存的爱也能够用来改善放荡的人,他们因为纵情声色而损害着自己的健康、缩短着自己的生命。它也可以针对那些爱发脾气的人,这类兴奋在强烈的激动中导致癫痫症发作的例子不在少数。正如对自我保存的爱,对遭人闲话的担心也会带来几乎相同的效果。多少妇人备受赞许的贞洁都要归功于其使自己的名声免遭毁谤的唯一追求!多少男子的大公无私都要归功于他们只忧心自己倘若误入歧途而成为世上的骗子和可怜人!简言之,巧妙地推动自爱的不同动机,将好行为的益处推及做出该行为的人身上,这就是用来将善与恶的这一驱动转变为功绩和美德的推动性力量的手段。

我不得不很汗颜地承认,在关于改善人心和品德的事情上,我们时代的人们表现出一种奇怪的冷淡。人们公开谈论,甚至发表作品说,道德既乏味,又无用。有人说,人的天性是善与恶的混合,人性改不了,最强的理由也会屈从于激情的力量,因此必须让世人保持自己本来就是的那样。可是,倘若人们也以同样的态度对待土地,不去开垦它,无疑,它只会长满荆棘,永远也不会带来丰饶和能够供给口粮的极其有用的收成。我得承认,尽管人们费大力气致力于改善风俗,人世间始终有恶习和罪行。不过,这些东西会越来越少,这样就已经多有所获。此外,会有越来越多得到更好教化和成熟的人,他们因出众的品性而出类拔萃。高贵的灵魂、近乎神样的人,难道不是产生自哲人学园?他们在美德的践行中达到人类所能企及的至高完善程度。只要世间还有具有美德的灵魂,苏格拉底、亚里士多德、卡托、布鲁图斯、安东尼乌斯、奥勒琉等人的大名一定会永存于人类的编年史。宗教也产生过许多伟大的人物,他们在人性和仁慈方面特为出众。然而,我并不把那些阴险、狂热的修道士算在其中,他们在宗教的牢笼中埋葬了本来可能有益于邻人的美德,他们宁愿成为社会的负担而不是为之做贡献。

今时今日,人们必须开始以古人为榜样,使用一切能够令人类更好的激励手段,在校园里对道德的教育要优先于其他任何知识,为此,要在课堂上使用一种简单的方法。如果制作一些问答录,让小孩子从最柔弱的童年时期开始学习,从而令美德成为幸福必不可少的一部分,或许人们在这个目标上甚至可以向前迈进一大步。我希望,哲人能够少钻研一些冒失和徒劳的研究,而在道德领域更多地证明自己的才能。尤其是,他们整个的生活作风应该成为学徒的榜样。这样一来,他们才真正配得上人类教师的称谓。神学家应该少说明一些难以领会的教条,应该摆脱他们意图证明一些事物的狂热,对我们来说,这些超出一切理性的事物就像奥秘。相反,他们更应致力于为人们演说实践性的道德,不过不应天花乱坠,而应该有用、平实、清晰、与听众的理解力相称。人们听到爱钻牛角尖的论证会昏昏欲睡,但是谈到他们自己的利益,就会清醒起来。可以用这种方式,通过巧妙、机智的演说,把自爱当作美德的引导。可以运用一些晚近的例子,对于那些意图说服的人,这样的例子总是很适合且富有成效的。比如,如果要鼓励一位懒惰的农人好好务农,通过指出因劳动和勤勉而致富的邻里,无疑可以更为容易地鼓舞他。必须告诉他,是否可以获得同样的富裕唯独取决于他。不过,选取的榜样一定要与那些需要去模仿的人的理解力以及生活风格相称,不能涉及差别过大的阶层。

米提亚德的盛名会令地米斯托克利难以安眠。① 倘若伟大榜样对古人曾产生过如此大的影响，他们在当下难道会毫无影响吗？热爱荣誉是美丽心灵与生俱来的，只需使之复苏并激发它，这样，之前只是得过且过的人们就会受此幸福的本能鼓舞，变得像半神一般。如果我所建议的方法还不足以根除世间的恶习，在我看来，至少可以为品德优良之人争取一些拥护者，并且唤醒倘若不借助这一方法便始终处于麻木梦境的美德。由此，人们总可以为社会做一份贡献，这也是这篇论文的目的。

---

① 米提亚德(Miltiades，约前550—前489)，雅典政治家、将领，公元前490年在马拉松战役获胜。

地米斯托克利(Themistokles，前525—前460)，雅典政治家、将领，公元前480年在萨拉米斯海战获胜。参马克西姆斯，《嘉言懿行录》，卷五，第三章。

论教育*

——一位日内瓦人致日内瓦的教授布拉马克先生(1769)

[说明]这篇论文完成于1769年12月15日,印行于1770年。本文假想的收信人布拉马克(J. J. Burlamaqui, 1694—1748)是日内瓦人,18世纪瑞士自然法理论家,代表作有《自然法原理》和《政治法原理》([译按]中译见《自然法与政治法原理》,陈浩宇译,商务印书馆,2022)。

给您分析过与这个国家的治理相关的一切之后,我本以为已极大地满足了您的求知欲,不过,我错了。您认为,这个题材还没有被穷尽。您将青年的教育看作一个好政府最为重要的任务之一,并且想了解我目前身处的这个国家对它的重视程度。您用三言两语提出来的问题,可能会给您带来一个超出通常的书信篇幅的答复,因为,这个回信迫使我详加解释。

我很乐意观察在我们眼前成长起来的青年人,这是在现在人照顾下的未来人,是新新人类,他们将要取代现如今活着的成年人的位置。他们是国家的希望和一再繁荣的力量,倘若引导得当,将会延续国家的荣光和荣耀。我赞同您的看法,一位明智的君主应该把自己全部的努力都用在教育有用和有德性的公民上。我审视

---

* [译按]译文根据福尔茨编德文版文集卷8,页257–267译出。

欧洲不同国家的青年教育已经不是一朝一日了。古希腊和罗马共和国所产生的许多伟大人物，令我对古人的教育方式产生了兴趣，并使我坚信，倘若遵循他们的方法，就能够教育出一个比我们现代人更为文明和有德性的民族。

从欧洲一端到另一端的贵族所接受的教育都应该受到批评。在这里，贵族青年接受的最初的教育是在父母那里，其次是在骑士学校和大学，而第三次则是自己进行的——由于过早地让青年人听从自己的内心，这次教育是最糟的。在父母身边，盲目的宠爱，尤其是母亲的宠爱，有害于对儿童必要的约束，顺便说一句，她们极其专横地主宰着丈夫，对待孩子时眼里除了无度的宽容，没有其他教育原则。孩子往往被交到仆人的手里照料，这些人通过给孩子灌输一些有害的原则来讨好并败坏孩子，这些原则在易受影响的孩提时代只会迅速地扎下根。父母给孩子延请的教育者通常是候选的神学学生或者法学家，总之是自己本身还亟需教育的一群人。小特勒马科斯在这些娴熟的教师那里学到了教义问答、拉丁文，勉强地学到了地理学，并通过运用学到了法语。父母会称赞自己带到世上的杰作。由于担心懊恼会有损于这些小龙凤的健康，于是没有人敢批评他们。

长到十岁到十二岁的时候，这些小主人就会被送到骑士学校，这里也不缺少这样的学校，而且有不少，比如约阿希姆谷文理中学、柏林新骑士学院、勃兰登堡教会学校、马格德堡的寺院学校等。这些学校都分配有干练的教师。也许唯一可以指摘他们的，就是他们的目的只在于给学生的脑袋里灌输知识，而不是让他们习惯于独立思考，因而没有让他们尽早形成自己的判断，耽搁了他们的灵魂取得更高的进步和给他们注入高贵且富有德性的思想。

少年还没有离开学校的门槛，就已经把所学忘得差不多了，因为他只打算给老师默诵课堂所讲授的内容。一旦他不再需要这些，新的观念以及他的健忘很快就会模糊掉所学的任何痕迹。我把他们在学校浪费的时间归咎于错误的教育，而不是孩子的漫不经心。为什么不给学生说清楚，学习的约束有朝一日会给他带来最大的益处？为什么不塑造他的判断并且教他自己推论，而是单纯灌输给他逻辑学呢？这也许是一种手段，可以令他领悟到，不去遗忘刚刚学到的，对他是有好处的。

一俟离开骑士学校，父亲就要么把孩子送到大学，要么把其安插到军队，要么为其安排公务，要么将其召回领地。

哈勒大学或者奥德河畔法兰克福大学都是他们可以完善自己学业的所在。① 这里的教职由优秀的教授担任，还是像当时建校时候那样。不过，人们注意到，对古希腊文和拉丁文的学习不再像以前那样了，对此颇感惋惜。好像优秀的德意志人对他们曾经拥有的细致的学识感到了厌倦，如今只想要尽可能方便地取得学术名声。他们师法于某个只满足于热情的邻国，用不了多久就会变得肤浅。大学生活，曾是一个公愤的对象。本应是缪斯圣迹的处所，变成了恶习和放荡的学堂。职业打手在践行斗士的手艺。青年们花天酒地，胡作非为。他们学会了自己本不应熟悉的东西，对于本应该学习的东西，他们反倒不学。他们放荡不羁程度如此之深，以至于在学生中间出现了命案。这将政府从疏忽中唤醒了。它有足够的洞察力来整顿这种混乱，并令高校再次服务于它们最初的目的。自此之后，父亲可以毫无顾虑地把孩子送到大学，并且有理由

---

① 对大学授课和生活的批评，见《论德意志文学》和弗里德里希二世所作的三幕喜剧《江湖学堂》(*Die Schule der Welt*, 1748)。

相信，孩子在那里可以学到东西，而不用担心他们的道德会败坏。

尽管消除了上述的弊端，仍有其他不少行为同样需要改善。由于一些教授的自私自利和懒惰，知识的传播并不像人们所希望的那样可观。教授们满足于应付差事，授完课就万事大吉。倘若学生要他们专门辅导，他们只会以高昂的价格来提供。穷人家的孩子因此没有能力利用本应教育和启蒙每一个人的公共机构，而他们正是在求知欲的推动下才来到这里的。

还存在另外一个弊病：年轻人并不独立完成自己的报告、论文以及答辩，而是托付给某个帮助毕业生考试的教师。记忆力好但常常毫无天赋的学生，以这样的方式轻松获得了赞扬。教年轻人懒惰，难道不意味着鼓励他们怠惰和懒散？应该教育少年勤勉，学会自己工作，改善自己，反复修改自己的成果。这样，他通过反复钻研才能习惯于正确地思考和精确地表述。相反，教师们并不遵循这种方法，而是填塞他们的脑袋，让他们的判断力生锈。于是知识被堆积起来，但是缺乏必要的批判，而批判才会使之变得有益。

另外一个错误就是教师在选择需要说明的作者时很糟糕。在医学方面，以希波克拉底为开端并将这门科学——如果它是的话——追溯至当下，才是顺理成章的，而不是采用霍夫曼或者随便一位不知名的医生的体系——倘若这样的话，为什么不去解释布尔哈夫的作品？他显然扩充了人类的理解力所能达到的有关疾病因由及其诊治手段的知识。天文学和数学同样如此。将托勒密至牛顿的所有体系贯通一遍是有用的，不过，健康的人类理智要求人们驻足在后者的体系，因为它是清除了最多谬误的最完美的体系。哈勒大学曾经有一位伟大人物，一位天生的哲学教师。您可以猜到，我指的是著名的托马修斯。教师们只需遵从他的方法，并按照他的方法去教授。此外，大学还未将学究气的锈迹从哲学中清除出去。虽然教师们不再教授亚里士多德主义的那套旧公式,或者 Universalia a parte rei[出自部分事实的普遍事物],但是,今时今日,doctissimus sapientissimus Wolffius[最博学、最智慧的沃尔夫]取代了旧日的学院主角,原子和前定和谐论取代了物质形式,与已经被放弃的一样,这同样是不合情理和难以理解的体系。而教授们则不加改变地重复着这堆乱麻,仅仅因为他们已经熟悉了那些术语,仅仅因为如今成为沃尔夫分子变得流行。

有一天,我与这么一位哲人在一起,他就是原子学说的顽固代表。① 我谦虚地问他,是否不会对洛克的作品瞥上一眼。他生硬地回答道:"他的作品我已经全部读完。"我说:"先生,我知道,您拿薪水就是要无所不知的。但是,您怎么看洛克呢?"他单调地答道:"他是英格兰人。"我接着说道:"不过,即便他是十足的英格兰人,我也认为他十分智慧。他始终坚守着经验的主线,从而能在形而上学的晦暗中立身。他不仅谨慎,而且他的作品好懂,这对于一个形而上学家而言是伟大的贡献。我完全认为,他是有道理的。"听到我这席话,教授的脸涨得通红,眼神举止中透出一种非常不像哲学家的怒气,他提高了嗓门教训道:"就像每个国家气候不同一样,每个国家也必须有其民族的哲人。"我反驳道:"真理存在于所有国家,值得期待的是,真理也多多地来到我们这里,希望它也成为我们大学里的走私货。"

此外,数学在德意志并不像在其他欧洲国家那么受重视。有人说,德意志人没有数学天赋。这肯定是错误的说法。莱布尼茨和哥白尼的大名就已经证明了其错误。在我看来,这个说法存在

----

① 可能是哈勒大学的哲学教授麦耶尔(Georg Friedrich Meyer,1718—1777),弗里德里希二世在1754年6月16日造访当地时与之相识。

的原因在于这门科学缺少支持,并且尤其缺乏能在这方面提供教导的勤勉教师。

我现在再回到贵族青年身上,刚才我们谈到他们离开大学时扯远了。这时候正值父母决定孩子选什么职业。通常决定选择的是偶然。大多数青年人都惧怕兵士阶层,因为这一阶层在普鲁士是真正教授道德的学校。兵士阶层不会放任青年军官,会督促他们转变为理智、规矩、体面的人,会敏锐地注视他们的手指,会严格地监督他们。倘若他们屡教不改,他们会被强迫离开军队,无论有谁给他们说情。他们以后也不要想着受人尊敬。这正是青年人所反感的,因为他们情愿在一位大人物影子下面逍遥自在,听任变化无常的想象力和无拘无束的规矩。因此,这导致一流家族的子嗣很少在军队服役。而军官预备学校会有所帮助,这个培养学校(Pflanzschule)的委托负责人是一位功勋卓著的军官[1],他将毕生的幸福放在了教育贵族青年上面:领导他们的教育、振奋他们的灵魂、给他们灌输富有德性的原则,并且努力使他们成为对祖国有用的人。由于这个机构是为贫困的贵族而设,一流的家族并不把自己的孩子送到这里来。如果某位父亲让孩子去从事财政或者司法事业,他们很快就会和他失去联系。孩子会听凭自己的内心,偶然决定着他的命运。未来的继承人离开大学之后常常不得不回到父亲的封地,而在那里所能学到的一切,对他而言几乎毫无用处。这就是贵族青年教育过程的大概。从中产生了如下弊端。

---

[1] 即布登布洛克少将(Johann Jobst Wilhelm von Buddenbrock, 1707—1781),有军功,后来升中将,先后主管军官预备学校和军事学院(Académie des Nobles,亦称 Académie militaire)。

最初教育颇为柔和,这使得年轻人女子气、懒散、懒惰、思想松弛。人们不会把他们与古日耳曼人相提并论,而是将他们视作骄奢淫逸的迁往北方的侨民。他们变得懒散,无所事事,只想着在世上安逸地享受,他们认为,像他们这样的人是免于尽义务的,是不用有益于社会的。因此,就有了他们的胡闹、蠢行、举债、放荡、挥霍,这些行为毁掉了这里许多家境殷实的家庭。

我承认,这些错误既会给青年人也会给教育造成负担,我也承认,不守规矩的青年在哪里都一样,因为在激情最为强烈的年纪,理性始终无法占据优势。尽管如此,我仍然坚信,可以通过明智、阳刚的教育,倘若必要的话,也可以通过更为严厉的约束,避免出身好的孩子堕落。好家庭风气的败坏在这个国度所带来的恶果远甚于长子权规定的,比如在奥地利或者女皇-女王的其他行省那里所规定的。家族中唯一一个坏家伙就足以把整个家族拖入衰败和贫穷。

在我看来,这些如此有说服力的例子一定会使父亲加倍地重视对孩子的教育,这样,他们才能够延续祖辈的荣光,才能够成为对祖国有用的臣仆,才能够为自己赢得个人的尊敬。人们私下里认为,若为孩子积累了财富,抚养了孩子,为孩子谋得了公务,他们就算为后代做得足够多了。这些操心对于好的父母当然是值得尊敬的,但是,他们不能只满足于此。重要的是塑造孩子的道德,使他们早早地形成成熟的判断力。多少次,我都想大声疾呼:

> 你们这些父亲呦,爱你们的孩子吧,人们督促你们这么做。不过,请以理性的爱去爱他们,这才是对他们真正的好。请把你们亲眼看着来到世上的小小造物看作天意赐予你们的一份神圣财富吧。你们的理性应该在他们年幼无所依靠和虚

弱时作为他们的辅助。他们还不熟悉世界,但是你们熟悉。因此,对他们的教育就靠你们了,就如他们自己的好处、你们家族和整个社会的幸福所要求的那样。我重复如下:请巩固他们的品德,让他们牢记富有德性的思想,振奋他们的灵魂,教育他们要勤勉,仔细地塑造他们的理智,以便他们可以审慎地思考每一个步骤,可以变得理性和周全,可以热爱质朴和节制。以后,当你们离世的时候,你们就可以因他们良好的品德而安心地把遗产托付给他们了。你们的遗产会得到良好的管理,你们的家族也会保持自己的辉煌。倘若不是如此,随着你们的去世,挥霍和放荡也就开始了,倘若你们在三十年后复活,你们会看到自己美妙的财产落入他人之手。

我再次回溯古希腊和罗马人的律法。我相信,必须根据他们的范例去规定,男子直至二十六岁才算成年,父亲在某种程度上必须对他们的行为负责。保险起见,不应把少年托付给仆人这个败坏的伴侣。保险起见,人们应该在选择要将至宝托付的教师和教育者时更加富有洞察力。保险起见,父亲自己要给儿子指出正确方向,必要时要责罚他,以将其恶习扼杀在萌芽中。对此,请您再补充一些学校里必要的改善。主要是在训练记忆力之外对判断力的培养。此外,父母必须在孩子大学毕业后与他们保持联系,从而使他们不至于在坏的交往中被败坏。因为最初的好榜样或者坏榜样会对青年人产生极强烈的影响,这些榜样甚至常常不可挽回地影响了他们的性格。这是必须避免他们遭受的诸多危险中的一个。他们往往会从这些危险中养成无所事事、大手大脚、嗜赌,以及其他所有类型的恶习。

不过,父亲的职责还要更广泛。我认为,他们必须更具批判性地正确认识孩子的资质,从而确定与他们天赋相符合的职业。做任何工作时,无论他们拥有多少知识都不够,因为武器制造需要极其广泛的知识。因此,许多人说"我的儿子不想学习,作为士兵他知道得够多了",这样的说法太过可笑和肤浅。是啊,也许作为一般的步兵是够了,但是对于追求晋升的军官则不够,对此,只有凭靠他的抱负才能追求到。然而,父亲的不耐心和攀比心也造成了另外一种害处。他们希望自己的孩子可以迅速成功。在孩子年龄尚小而不能胜任、理智也不够成熟时,父母便恨不得他们从低级阶段一步就迈向最高的阶段。

对于贵族而言,在司法、财政、外交、军队等部门任职无疑是无上光荣。但是,在一国之内,倘若出身胜过了功绩,那一切就都完了。这个原则是那么错误,那么荒唐,以至于一旦某种统治接受了这一原则,很快就不得不切身体会到它灾难性的后果。这并不是说,规则不容许例外,并不是说不存在早熟的人,他们的功绩和才能才是证据。我们只是希望类似的例子能越来越多。

最后,我还坚信,可以将人塑造为所希望的那样。不容置疑的是,古希腊和罗马人中产生过大量各个方面都伟大的人物,而这得归功于他们的律法所规定的阳刚教育。如果说这些例子显得过时,那就请看看沙皇彼得一世的壮举,他成功地使一个相当野蛮的民族开化。所以说,难道一个有教养的民族不应改正一些教育上的错误吗?人们错误地以为,文艺和科学会令风俗变得软弱无力。其实,一切令精神开明的事物,一切拓展了知识范围的事物,都会振奋人们的灵魂,而不是使之矮化。然而,在这个国度,情形却不是这样的。但愿科学在这里可以得到更多的热爱!教育方法是有缺陷的。要改善它,这样才会看到道德、美德、才能的再次复苏。青年人的柔弱常常让我想到,倘若阿米尼乌斯这位高傲的日耳曼捍卫者看到斯维比人和塞姆诺内斯人的后代如此堕落、衰颓、卑下,①对此他会怎么说。而弗里德里希·威廉,即大选帝侯,会说什么呢?这位阳刚民族的首领曾和自男子汉们一同,将蹂躏自己国家的瑞典人驱逐了出去!他那个时代远近闻名的家族如今如何了,他们的后嗣呢?当今繁荣的家族正在变得如何呢?每一位父亲都必须以类似的思考鼓励自己去践行他对后世负有的所有义务。

我现在谈一谈女性,她们对男性起着极其重要的影响。早年接受过更高教育的妇女,与如今刚来到世上的妇女相比有着显著的差别。她们有知识,有思想上的魅力,也有一种始终恰到好处的开朗。在我看来,她们与年轻妇女的对比如此显著,以至于我不得不向一位朋友请教其中的原因。他的回答是:

> 从前有一些极富天资的妇女,她们会为出身好的姑娘提供膳宿。每个人都试图把自己的姑娘送到她们那里。您所夸赞的妇女们就是在这些机构里教育出来的。不过,这些学校在它们的创办者亡故后都关停了。它们都是无可替代的,因此,大家无奈之下只能在家里教育自己的姑娘。他们遵循的大多数方法都是值得商榷的。他们并不努力去塑造姑娘们的思想,不教给她们知识,甚至不给她们灌输德性和贞操的情感。教育常常转为关注外在的礼俗,即举止和服饰。此外,还包括教她们粗浅地认识音乐,浮泛地学几篇戏剧或者几部小

---

① [译按]关于日耳曼人支脉的斯维比人(Sueven)和塞姆诺内斯人(Semnonen),参塔西佗《日耳曼尼亚志》38-39,中译见塔西佗,《阿古利可拉传·日耳曼尼亚志》,马雍、傅正元译,商务印书馆,2009,页67。

说,或学习舞蹈以及游戏。这样,您一眼就可以了解女性所具有的所有知识了。

我得承认,当看到有些一流地位的人把他们的女儿像戏院的姑娘一样教育时,我大为惊讶。她们简直是在博取众人的眼球,只满足于取悦别人,似乎并不去追求受人尊敬和好的名声。这是怎么了?她们的使命不是成为人母吗?难道她们的整个教育不应该都以此为目标,及时地引起她们对一切可有可无的事物的反感,向她们教导德性的优点?当靓丽的优点凋零和逝去时,德性的优点却是有益和永恒的。难道不应该使她们有朝一日也能够用好的习惯抚养她们的孩子?可是,倘若她们本身没有品德,倘若她们由于怠惰、肤浅、奢靡、挥霍等倾向,甚至由于她们家庭引起的公愤而无法树立好的榜样,又怎能向她们要求这些呢?我向您承认,倘若他们的孩子堕落了,那就是他们的过错。

尽管切尔克斯人①用尽卖俏和淫荡的手段教育他们的女儿,以便以高价把她们卖到君士坦丁堡的皇宫,人们对他们却很宽容,因为他们是野蛮人,这种卖女儿的行为是奴隶贸易。可是,如果一个自由、有教养的民族中地位崇高的贵族似乎也附和这个习惯,如果他由于缺乏自尊而轻视一个毫无德性的姑娘,这种行为会给家族招致万夫所指,未来的后人也依然会一再地指责他。

不过,我们还是谈正题吧。妇女的道德沦丧更多是因为她们闲散的生活,而非热烈的性情。倘若一位妇人花两三个小时在镜子面前思考,如何才有魅力,怎样去提高并令人赞叹它,倘若她一

---

① [译按]切尔克斯人(Zirkassier 或 Tscherkesse)属高加索民族中的一支,自称为阿迪格人。

整个下午都在闲聊中度过,继而逛戏院、晚上去游玩、参加宴会,接着又嬉戏,那么,她还会有时间反思吗?这种娇弱、乏味的闲适生活难道不会激发她去找其他类型的消遣,无论只是出于调剂还是为了熟悉一种新的感觉?

让人们有事可做,意味着使其远离罪恶。朴素、健康、辛劳的乡村生活远比一群游手好闲者在大城市过的生活要清白得多。必须令士兵有事可做,以防止军营里的混乱、放荡以及造反,这是诸多将领的一条老原则。所有人都大抵如此。倘若人们没有笨到以相同的眼光去看邻人无耻的浪荡行为与正派和有教养的行为,那么,就教他们去做事情吧。姑娘家可以把女红、音乐甚至舞蹈当作消遣。但是首先要致力于塑造她们的精神,培养她们对好作品的品味,通过让她们阅读严肃读物来训练她们的判断力并为她们的精神提供养料。她们没必要羞于了解家务事。自行管理财政收支并使之有条理,要远远好过愚蠢地四处举债,而想不到如何给长时间怀着好心借贷的债主还债。

我要向您承认,每当想到欧洲人如何轻视人类的半边天时,我是如此恼火。其轻视程度之甚,以至于他们忽视了能够培育她们理智的一切事物。有许多妇女丝毫不逊色于男子汉!我们的世纪有不少伟大的女性君主,她们远远超过了她们的前任。不过我不敢提她们的大名,这是因为担心这会令她们不悦,并且有损于她们不寻常的谦逊,它使得她们凭才能和德性冠绝天下。更为阳刚、更为有力的教育会赋予女性比男性更大的优势,因为她们已经具备了美的魅力。不过,思想的魅力难道不比美的魅力更可取?

我们还是回到主题。没有合法的婚姻,社会就无法持存,因为社会要通过婚姻进行繁衍和持续。因此,人们必须照顾和塑造将来会成为后世骨干的新生命,这样一来,男人和女人才能够共同践行作为家长的职责。理性、思想、天赋、道德、德性等，都必须以相同的方式作为两性教育的根基，这样，接受如此教育的人们才能够将这种教育传递给他们带来的新生命。

为了不至于忘掉主题的剩余部分，我最后在这里还要指出父亲对女儿所滥用的权力。他们有时候给女儿强加婚姻的枷锁，尽管那两个人并不般配。父亲只想着家庭的利益，在选择女婿的时候，只听凭自己的心情，不管是遇到一位富有的张三，或是一位老朽的李四，还是其他任何什么令他称心如意的东西。他将女儿唤到身边，告诉她："我的孩子，我决定让某某先生做你的丈夫了。"女儿回答道："父亲，听从您的意思。"于是，两个性格、喜好、道德等完全不相契的人结合在了一起。日复一日，不和就会来到不幸结合的新家庭里，很快，厌恶、憎恨、愤慨就随之而来。这样，就有了一对不幸的人，婚姻的崇高目的就被违反了。男人与女人分道扬镳，把财富浪费在漫不经心的生活里，在歧视中沉沦，最终在穷困中了结一生。没有人比我更尊重父亲的权力，我并不反对它。我只是希望，在他们迫使女儿结婚，但两人由于性格和年龄差距而存在抵触时，他们手中的权力不会被滥用。当要给孩子缔结一段将决定她们幸福或不幸的婚姻时，但愿他们可以根据自己的判断为自己着想，但是要征求孩子的意见！这样一来，即便不是每一份婚姻都会变得更好，至少也让那些把放荡生活归咎于父母对他们的逼迫的人少了一个借口。

总的来说，以上是我关于这个国家教育之不足的一些观察。倘若您责备我是关心公共福祉的热心人，那么，我会将这个责难看作我的光荣。对人类有诸多要求的人，至少会达到一些目的。如我所了解的，您这位儿女众多的父亲，您这位智慧且理智的人，一定思考过您作为父亲的义务，而且会在您自己的思想中发现上述文字中所阐发的思想的萌芽。在大千世界里,人很少能有内心的聚精会神,而思考则少之又少。人们会满足于肤浅的观点,依循习惯和甚至在教育中也流行的专断。因此,倘若结果和结论符合了为人们作为行动依照的错误原则,也没有什么惊奇的了。我看到,人们在如此阴冷的气候里花费大力气栽培菠萝、香蕉以及其他异国植物,然而很少花心思在培养人类上面,这令我大为恼火。我心里怎么想就怎么说:与世上所有的菠萝相比,人更宝贵。人是必须栽培的植物,值得我们所有的辛劳和关心。因为,人将为祖国增光添彩,为祖国带来荣誉。

二 对 话

关于道德的对话[*]
——用于贵族青年教育的道德问答手册(1770)

[说明]这篇文章是为军事学院(Académie des Nobles)和军官预备学校(Kadettenkorps)所撰,同时以法文和德文形式发表,德文由拉姆勒(Karl Wilhelm Ramler,1725—1798)翻译。对话可被视为论文《试论作为道德原则的自爱》(1770)的应用说明。

问:什么是美德?

答:它是一种幸福的精神状态,这种状态会促使我们对社会尽职责,这样做对我们自己有好处。

问:为社会所尽的职责在于什么?

答:在于对父母的顺从,在于感激他们为我们的教育所付出的辛劳。当他们年老体弱时,我们应该尽全力帮助他们,以忠诚和温柔回报他们在我们无助的儿时提供的照顾。自然和血缘提醒着我们对兄弟姐妹忠诚的情感依附。由于与他们源出相同,牢不可破的纽带将我们和他们联系起来。作为父母,我们必须尽可能细致地教育我们的孩子,并且尤其要注意他们的教养和习性,因为美德和知识的价值远比我们为他们积累的遗产财富高成千上万倍。作为国家公民,我们的义务在于重视社会整体,将所有人视为同一类

---

[*] [译按]译文根据福尔茨编德文版文集卷8,页268-278译出。

别的成员,把他们看作自然赋予我们的同伴和兄弟,并如我们希望他们对待我们的方式去对待他们。作为祖国的一分子,我们要把自己所有的才能用于对它有利的地方,真诚地爱戴它,因为它是我们共同的母亲。如果它的幸福对我们有所要求,我们应该为它奉献我们的财富和生命。

问:噢,这可真是既美且好的原则呀!不过,我想知道,你是如何把对社会的职责与自己的益处协调起来的?当你不得不根据自己的意志行事时,你对父亲的敬畏和孩童般的顺从,难道不会给你造成困难吗?

答:毫无疑问,顺从偶尔也需要我进行自我克制。但是,对于给我生命的人,我每次的感激又怎么足够?我自己的好处难道不也要求我为我的孩子做榜样,从而使他们也同样听从我的意愿?

问:你的理由的确无可指摘,因此,我不再谈论这个对象。但是,如我们常常看到的,倘若家庭事务或者因继承而产生的纠纷令你与兄弟姐妹产生分歧,你又如何与他们团结一致呢?

答:你难道认为,血缘的纽带那么脆弱,以至于抵挡不了虚妄的自利?如果我们的父亲没有立遗嘱,顺从他最后的意愿就是恰如其分的。如果他去世时没有提及最后的意愿,用来化解我们不和的还有法律。因此,没有什么可以对我造成大的损害。即便内心产生了最为愤怒的嫉妒心和最为放肆的好斗心,我也必须看到,对簿公堂将会吞噬掉我们遗产中的绝大部分。因此,我宁愿善意地和解,这样,我们的家族就不至于因为不和而分裂。

问:我愿意相信,你足够理智而不会主动挑起家庭的不和。可是,不公正可能来自你的兄弟姐妹。他们可能会折磨你,嫉妒你,会败坏你的名声,给你添堵,甚至处心积虑毁掉你。那么,你会如何协调自己对职责的恪守与为自己幸福谋取好处?

答：一旦我克制住一开始对他们行为的愤怒，我就会让自己的名声致力于宁愿做受害者而不做害人者。这样，我就会和他们对话。我会告诉他们，我尊重他们身上流淌的父母的血液，因而无法像对待死敌那样对待他们。不过，我会做好预防措施，不被他们伤害到。这样豁达的做法会使他们归于理性。倘若未能如此，我也可以获得安慰的是，我不用再自责了。由于我的行为必将得到所有理性的人的赞许，我会感到得到了足够的报答。

问：但是，如此的宽厚大度对你有什么好处？

答：这会为我保存我在尘世中最珍贵的东西，即无瑕的名声，我的全部幸福是要建立在这个上面的。

问：他人的看法里会有什么样的幸福？

答：对我来说关键的并不是他人的看法，而是当我像个理性、人道、仁义的人时，我所感受到的难以言表的满足。

问：你之前说，如果你有孩子，你会花更多的心思教给他们美德，而不是给他们积累财富。你为何几乎不考虑给他们建立幸福的基础？

答：因为财富本身并没有价值，只有被正确地使用才会产生价值。因此，如果我培育孩子们的才能，使他们成为具有美德的人，他们就会通过自己个人的功绩给自己带来幸福。但是，如果我不留意他们的教育，只给他们留下财富，他们很快就会把它挥霍一空，无论它有多少。此外，我希望我的孩子是因为自己的品性、仁慈、才能以及知识而受人尊敬，而不是因为财富。

问：这对于社会也许非常有利，但是，对你自己有什么好处？

答：对我是非常大的好处，因为如果我的孩子受到好的教育，这就会是我年老时候的慰藉。他们不会因为社会有害的浪荡而败坏我或者他们祖先的名声。因为他们明智和谨慎，而且具有才能，我给他们留下来的财产足够为他们带来体面的生活。

问:你难道不认为,高贵的出身和名气在外的祖先可以令后人免于自力更生的义务?

答:完全不可以!这反而更应该鼓舞他们超越那些先辈,因为没有什么比堕落的后代更耻辱的了。否则,祖先的光辉就不是用来美化他们的后人,而是更为光亮地显示出后人自己的卑劣。

问:我想请你解释你所说的社会职责。你先前说,你不会给他人施加你自己不愿别人让你做的事情。这一点非常不明确。我想让你解释一下你自己的理解。

答:这个并不难。我只需要通览一切令我恼火或愉悦的事情。一、如果有人夺走我的所有物,我会生气,因此,我不应该夺取任何人的东西。二、如果有人引诱我的妻子,这会给我带来无止尽的痛楚,因此,我不能玷污他人的婚床。三、我憎恶不守信用和发假誓的人,因此,我必须忠实地信守自己的诺言和誓言。四、我讨厌背后说我坏话的人,因此,我不应该诋毁任何人。五、没有任何个人可以触犯我的生命权,因此,我也没有权利剥夺任何人的生命。六、有人对我不知感恩,我会发怒。因此,我怎么会对我的恩人不知恩图报呢? 七、如果我喜欢安静,我就不会破坏他人的宁静。八、如果我在困顿之时想要别人帮助,我就不会拒绝向那些请求帮助的人伸出我的援手,因为我懂得那种充盈一个人内心的美妙感觉,当人们遇到一颗慈善的灵魂,他有一颗乐于助人的心灵,对人的悲苦有同情心,会帮助不幸的人,而且会捍卫和拯救他们。

问:我明白了,你所做的一切都是为了社会。不过,你自己从中会获得什么好处?

答:那种甜蜜的满足,满足于我希望的那样,值得拥有朋友,配得上同胞的尊敬,配得上自己的赞美。

问:你这样做的时候,难道不是以你所有的愿望和兴趣为代价?

答:我会对它们有所克制,当我克制时,对我自己是有利的,对于维护使得弱者免遭强者侵害的法律是有利的,对于维护我的名声是有利的,我可以摆脱触犯法律时所要遭受的惩罚。

问:法律无疑会惩罚光天化日之下的罪恶行为。但是,有多少坏行为被掩藏在阴暗中,并且躲过了敏锐的正义之眼呦!你为什么不愿意站在那些幸福的犯罪者中间?他们都在逍遥法外的阴影中享受着自己罪恶行为所带来的好处啊。倘若你有个可以发财的邪门歪道,你也会轻易放过吗?

答:如果我可以通过合法的途径致富,我当然不会错过。倘若致富只有通过诡诈的方法才可能实现,那么我会立即放弃。

问:为什么?

答:因为没有什么会被瞒起来而不会有朝一日大白于世。时间早晚会揭露出真相。我只会惴惴不安地持有不义之财,始终胆战心惊地等着我的丑恶被揭发、我在世人面前声名狼藉的时刻的到来。

问:即便如此,广大世人的道德还是相当松弛的,倘若要探究每个人的财富在多大程度上是正义之财,那么,会有多少不义、多少欺骗、多少不忠暴露出来!这些例子难道不会鼓舞你去模仿?

答:它们只会令我对人的败坏感到痛心。不过,正如我不想成为驼背或者瞎子那样,我也认为以罪恶为榜样,是对高贵灵魂的有失体面的侮辱。

问:尽管如此,还是存在尚未被发现的犯罪。

答:不得不承认的确如此!可是,犯罪者并不幸福。正如我已经说过的,他们会因担心罪行败露和最强烈的良心谴责而遭受折磨。他们会深刻地感受到,自己在扮演骗人的角色,是在美德面具下遮盖自己的无耻。他们的心灵会对人们对他们表示的虚假尊敬嗤之以鼻,他们在内心会诅咒自己应受最为深刻的鄙视,这才是他们应得的。

问:不过,倘若你处于这样的处境,是不是也会这样想,值得怀疑。

答:我良知的声音和报复性的悔恨难道会窒息?良知就像一面镜子。当我们的激情沉睡了,良知会让我们看到我们整个的畸形。在其中我曾看到自己清白无辜,现在要看它沾染罪责?呜呼!我在自己的眼里也会成为被憎恶的对象!不,我永远都不愿使自己蒙受这样的卑辱、这样的痛苦、这样的折磨!

问:然而,也存在着种种掠夺和压榨,战争似乎需要为它们辩护。

答:如果公民为了祖国而冒生命危险,战争才是正派的事。倘若混入了自私自利,那么,这个高贵的行当就会褪变为纯粹的盗窃。

问:那么,即便你不是一个自私自利的人,你也至少有抱负,会希望脱颖而出,并且对你这样的人发号施令。

答:我在沽名钓誉和竞争心之间作了很大的区别。沽名钓誉常常是无度的,会走向罪恶的边缘,但是竞争心是人们必须追求的一种美德。它促使我们毫无忌妒地超越我们的竞争者,途径是比他们更好地践行自己的义务。它是战争和政治生活中最美好行为的灵魂。它希望辉煌,但是只愿把对它的颂扬归功于与更高的才能携手的美德。

问:倘若你通过损害某人而获得高位,这样的途径对你来说难道不更便捷?

答:高位会激起我的渴望,尽管如此,我永远不会为得到它而想成为杀人犯。

问:你指的成为杀人犯是什么意思?

答:对于被杀者而言,杀了他并不比侮辱他更糟糕。无论是用舌头还是用匕首去刺杀他,其实是一样的。

问:也就是说,你不会毁谤任何人。尽管如此,也会出现这样的状况:你没有谋害某个人,却杀死了他。这并不是说我相信你会做出冷血的杀人行为!不过,当你这个阶层的某个人公开与你为敌、迫害你,当某个无赖青年辱骂你、侮辱你,你的怒火就会蹿起来,甜蜜的复仇感觉就会促使你做出暴力的行为。

答:这不会发生!不过,我是人,天生就有着热烈的激情。我一定会不得不做一番艰难的斗争,才可以克制住刚开始的怒火中烧。尽管如此,我必须战胜它。对伤害个人的行为的报复,是法律的事务,任何个人都没有权利惩罚一个辱骂他的人。然而,倘若一开始的怒火战胜了我的理性,如果这样的不幸发生了,那我会终生悔恨。

问:你是如何将作为士兵的这一行为与荣誉要求有地位的人所做的行为统一起来的?很遗憾,如你所知道的,荣誉法则在所有国度里都与民法处于明显的矛盾之中。

答:为了不给争执任何机会,我会把理性、得当的行为作为我的准则。倘若有人在我无辜的情形下挑衅我,那我就不得不遵从习俗,结果终将证明我的清白。

问:我们刚刚谈到了荣誉感,请给我解释一下,在你看来,它的本质是什么。

答:它在于避免一切会令人卑鄙的事物,并且有责任利用一切正派手段来提高自己的好名声。

问：一个人怎么会变得卑鄙？

答：由于贪图享受、懒散、愚蠢、无知、坏的行为、阴险以及所有的恶习。

问：什么会给人带来好名声？

答：端正的品行、正派的行为、广博的见识、勤奋、警醒、勇敢、战争和政治生活中的美好行为，总而言之，一切使我们超越人性弱点的事情。

问：说到人性弱点，你还很年轻，而且正处在激情最盛的年纪。即便你能抵抗得住占有欲、无度的雄心、报复心，我相信，你仍会沉湎于一个迷人的女性的魅力，它会通过引诱我们，将有毒的箭镞深深射入我们的心灵从而动摇理性，让人受伤害。唉，我得预先抱怨那位有妇之夫了，他的妻子曾一度让你成了她的奴隶呦！你怎么看？

答：我承认，我还年轻而且软弱。但是我懂得自己的职责所在，而且在我看来，若要满足自己的激情，年轻人无需破坏别人家庭的和睦，无需使用任何暴力。他可以通过更为无害的方式去做。

问：我明白了。你是在暗示小卡托（Porcius Cato）的话，他曾经看到一位年轻贵族从一位妓女那里过来，就高兴地大喊道："这样，他就不会破坏任何家庭的和睦了。"不过，这种方法也带来了特别的弊端，引诱女孩子——

答：我可不会引诱任何女孩子，因为我不想欺骗任何人，也不会发假誓。欺骗有损尊严，发假誓则是一种犯罪。

问：但是，倘若涉及你的利益呢？

答：那么，也会有一种利益与另一种相对。因为，如果我不守信用，而另一个人也对我不守信用，我就没有什么可抱怨的，如果我把发誓当作儿戏，也就不会相信那些对我发誓的人。

问：不过，倘若你遵循卡托的原则，你就得面对其他的偶然。

答：让自己听命于激情，那就完蛋了。我对于生活中任何事情的准则都是，可以享受，但是不要滥用。

问：这十分明智。不过，你能确定自己永远不会背离这一规则？

答：我的自我保存的冲动决定了我的健康。我知道，除了纵情酒色之外，没有什么可以毁坏它。因此，我必须谨而慎之，不能穷尽我的力量，并带给我讨厌的疾病，这会有损于我盛放的青春，并使得我软弱无力、恓恓惶惶。否则的话，我就不得不残酷无情地责骂自己成了自己的刽子手。因此，每当冲动促使我去享受肉欲，自我保存的冲动就会对其克制。

问：我无法反驳这些理由。倘若你对自己那么严格，你对别人一定也很冷酷。

答：我并不是对自己冷酷，只不过是理性而已。我放弃的只是那些有损于我的健康、我的名声、我的荣誉的东西。我远非铁石心肠，我对同胞的苦难有着深刻的同情心。然而我并不满足于此。我也会试图去扶助他们，给他们我能提供的一切效劳：当他们陷入窘境，则通过财富；当他们一筹莫展，则通过建议；当他们受人诬陷，则通过展现他们的无辜；抑或如果我有能力的话，则通过引荐。

问：如果你大量地施舍钱财，那会穷尽你的财富。

答：我会根据自己的资财状况来给予援助。这样的资财会因为拯救了一位不幸者所感受到的无比喜悦而成百倍地生息。

问：但是，当为受压迫者辩护时，人们会面临更多的危险。

答：难道我应该对受迫害的无辜者袖手旁观？当我看到控告的荒谬而且能够给出证明并揭发，难道我要沉默，并且无动于衷或者出于懦弱而丢掉一位正派人的所有义务？

问：的确是这样，当人们看到世间的情形如何，道出真理并不总是好的。

答：真理令人讨厌的地方常常在于人们表达它时的生硬方式。倘若人们谦逊、顺带地去说，就很少会被反感。最后，我自己会感受到对帮助和保护的需要。倘若我自己都不去做，我又怎能要求类似的效劳呢？

问：当人们为他人效劳时，收获的常常是忘恩负义。你充满爱意的辛劳会有什么收获？

答：不求回报地做事是好的。但是，忘恩负义则是卑鄙的。

问：感恩是一种沉重的负担，而且常常是一种难以承受的负担。善举永远都无法报答。你难道不认为，一辈子都去承担它很艰难吗？

答：不会。因为这个思想不断地提醒着我朋友们高贵的行为。对他们高尚的行为的印象始终都在我眼前，只是对伤害的记忆特别短暂。没有感恩就没有美德，它是友谊的灵魂，是生活美好的慰藉。它将我们与我们的父母、祖国、恩人联系在一起。不，我永远不会忘记生养我的祖国，我在她的胸怀里吮吸过，抚养我的父亲，教诲我的智慧者，捍卫我的语言，扶助我的臂膀！

问：我承认，别人对你的效劳对你而言非常有用。不过，你因何种利益而有义务心怀感恩？

答：至大的利益，即在危难之际有朋友，因为自己的感恩而能获得仁慈之心的援助，因为任何人都不能没有别人的帮助，人们必须证明自己配得上这样的帮助，最后还因为任何人都憎恶忘恩负义的人，任何人都将忘恩负义之人视作甜蜜的社会纽带的破坏者，他们会危害到友谊，并且损害所有为他们提供帮助的人，因为他们恩将仇报。忘恩负义的人有一副败坏、残忍的铁石心肠。我怎能做这样的无耻行为?我难道要使自己配不上与值得尊敬的人交往?难道要我反对心灵暗自的冲动,它对我呼喊着:"不要逊色于你的恩人!如果可以的话,将你从他们的慷慨大度获得的效劳,成百倍地报答给他们!"?呜呼,我宁愿让死神拿走我的生命,而不愿让那样的无耻行为玷污它!为了欢欣满意地生活,我必须对自己感到满意,当我晚上反思自己的行为时,我必须得发现某种令我的自尊感到得意,而不是使之垂头丧气的事。越是可以发现更多的正义、慷慨大度、高尚、感恩之心、崇高理想的踪迹,我就越发满意。

问:那么,若把感恩推及祖国,你对它负有什么义务?

答:付出一切。我微不足道的才能,我的财富,我的爱,我的生命。

问:祖国之爱的确在古希腊和古罗马产生过最美好的壮举。当人们还遵循着吕库古的法度时,斯巴达凭借这个原则捍卫了它的力量。罗马共和国依据这种对祖国坚定的依赖来教育公民,这些公民使得共和国成为世界的主宰。你是如何将自己的利益与祖国的利益联系在一起的?

答:很容易就可以联系起来,因为任何美妙行为都会带来奖赏。我用自己的利益去奉献,反而会在荣誉上有所获。而且我的祖国母亲也有义务奖赏为她作出效劳的人们。

问:这些效劳的内容都是什么?

答:不可胜数。根据好公民和正派人的原则来教育自己的孩子,完善自己田产上的垦殖,公正无私地进行裁判,无私地管理公共财富,努力用美德和思想歌颂自己的时代,因纯粹的荣誉感而拿起武器,为了警觉和活力而放弃懒散软弱的生活,为了好名声而放弃自己的利益,为了荣誉而放弃生命,获取所有使人在这门困难技艺中脱颖而出的见识,冒生命危险捍卫祖国的军事,通过这些,人们都可以有利于自己的祖国。这些都是我的义务。

问:这意味着承担许许多多忧虑和辛劳!

答:祖国会摒弃无用的公民。对它而言,他们是累赘。每一位成员都必须沉默一致地为祖国的福祉做贡献。正如种树时会剪掉不结果子的坏枝桠,人们也会摒弃贪图享受的人和懒骨头以及那一类败坏的游手好闲的人,他们只为自己考虑,享受社会的好处,却不为它的利益做任何贡献。倘若可以的话,我本人愿意付出比自己的义务所要求的更多的东西。一位高贵的竞争者会促使我模仿伟大的榜样。你为什么会如此看轻我,以至于认为我没有能力跃升达到美德,即使其他人已经为我们提供了如此多的榜样?难道我生来的器官和他们的不一样吗?难道我的心灵没有能力感受到相同的情感?难道我要令自己的时代蒙羞,要用懦弱的行为佐证我们这代人远逊色于祖先的美德这样的怀疑?简言之,我难道不会死去?我知道自己的命途什么时候结束?如果我注定死去,在最后一刻用荣誉包裹我,使我的名声流传千古,难道不好过在一段懒散、默默无闻的生活之后死于远比敌人的子弹更无情的疾病,带着对我个人、我的行为、我的名声的纪念一同进入坟墓?我要配得上人们对我的了解。我要成为有德之人,要为祖国效劳,并且在荣誉的殿堂拥有一席之地。

问:你是这么想的,那么,你也一定会有这一席之地。柏拉图曾说,智慧之人的终极激情是对荣誉的热爱。在你这里发现了如此高贵的情感,我特别高兴。你知道,人真正的幸福在于美德。请保持这一高尚的思想,你的生命里不会缺少朋友,而且在你的身后更不会缺少荣誉。

舒瓦瑟尔大公、施特林泽男爵以及
苏格拉底之间的亡灵对话(1772)*

[弗里德里希二世说明]舒瓦瑟尔大公自从被驱逐之后可以被视作政治上已经死亡。从对施特林泽男爵的判决来看，他已经可以被视作判了死刑。因此，没有什么可以妨碍一位并不特别遵守年代志的作者把他们当作早已死去的人，并在想象中让他们聚首在异教徒、基督徒、伊斯兰教徒以及地球上几乎所有民族神话里亡灵聚首对话的地方。①

舒瓦瑟尔：不，您想说什么就说什么吧。不再身处凡尔赛，不再统治法兰西，不再被人们提起，对我来说非常难过！隐居起来是多么不幸的一件事！

苏格拉底：比起其他事情来并没那么不幸。一个你想要统治的民族并不愿被你统治，竟然会让你如此怒不可遏？你为什么像其他每一位必死的人，对于顺从永恒的自然法则叫苦不迭？

---

* [译按]译文根据福尔茨编德文版文集卷5，页234-240译出。

① 舒瓦瑟尔(Étienne-François de Choiseul, 1719—1785)曾是法兰西宰相，对他的解职和放逐是在1770年12月24日。弗里德里希二世曾作讽刺诗《舒瓦瑟尔亚特》(*Choiseulade*)。

丹麦宰相施特林泽男爵(Johan Friedrich Struensee, 1737—1772)，于1772年1月18日被推翻，4月28日被斩首。

舒瓦瑟尔:我并不像你说的那样在法兰西受人憎恶。作为真正的王者和主宰,我拥有将许多人吸引住的秘诀,无论是通过我给他们的职务,还是通过将要授予的官职,抑或者不用花费我一分一毫的慷慨。人们对我的离开感到难过。整个法兰西无人可以在精神上与我比肩。我扮演了多大的角色!我随随便便就搅浑了整个欧洲的安宁。我超越了黎塞留和马萨林!

苏格拉底:的确不假,你在手腕、恶毒的计谋、流氓行径上的确胜过他们,因为你是地地道道的无赖。不过,你难道不知道,任何人都不会羡慕你这类人的名声?有德性之人会憎恶你们,他们的意见最终会在世上起决定作用,他们的评价会流传后世。你在历史上会被视作声名狼藉的搅局者,被视作虽然闪耀一时,但很快便在自己产生的烟雾中消失的火箭。

舒瓦瑟尔:苏格拉底先生,千真万确,您的脾气真差。不认可我这样一位宰相的,一定是您。法兰西君主国并不是雅典城邦。

苏格拉底:你还妄想着和你的老婆,或者说和你的妹妹格拉蒙夫人①,在凡尔赛被一群卑躬屈膝的奉承者追捧。殷勤面具下的虚伪实实在在蒙骗了你。人们部分出于对你权势的忌惮,部分出于卑鄙的自利心,奉承你,歌颂你的蠢行。而在这里,人们都不会互相利用,不会奉承任何人,只言说更为纯粹的真理。

舒瓦瑟尔:唉,这是多么糟糕的所在!不得不和这么粗鲁的无赖们生活在一起,对于一位凡尔赛廷臣,也即对于一位位高权重的宰相,这是多么让人恼火!我看到什么了?另外一个世界的人送来了什么东西?这是怎样的一个怪物?它没有头!该死的,我认

---

① 格拉蒙夫人(Béatrix de Choiseul-Stainville de Grammont, 1696—1769)于1770年7月被流放。

为这是神圣的狄俄尼索斯。无头人,你是谁?

施特林泽:很遗憾,我配不上被称作神圣之人,我甚至是个异类。我来的时候就没有头,因为砍我头的那个国家需要它,否则就没有其他头可砍了。

舒瓦瑟尔:法国人可没有这么残忍。在我们那里,法律是为了人民而设,而不是为了大人物。我们不会被砍头。不过,你在阳间是做什么的,人们为何如此对你?

施特林泽:我是施特林泽男爵,是众多要将一切归功于自己功劳的人之一,我是自己幸福的锻造师。在冰岛、挪威、荷尔施泰因以及丹麦统治者来到基尔之前,我曾在荷尔施泰因当医生。他当时重病,我很幸运地治好了他,得到他的恩宠,甚至得到女王的宠幸,她对我频频暗送秋波。我后来成了首相,并且想要成为统治者。我就像庞贝那样谋划,不容许身边出现任何像我这样的人。我找到了牵制主子的方法门道。为了让他依赖于我,我让他吞食了许多鸦片,他由此变得迟钝。之后,我打算和女王成为王国的摄政者。人一旦成了一人之下的人,就意图成为那个第一人。于是,我在自己身边聚拢了一众追随者。我们正打算宣告君主没有统治能力,未曾企料,我在夜里就被拘禁锁拿了起来。丹麦人不熟悉马基雅维利,他们看不到我行为中的伟大所在。在我成了实质上的国王之后,人们便砍掉了我的脑袋。不过,问话的人,您是谁?

舒瓦瑟尔:我是大名鼎鼎的舒瓦瑟尔公爵,以前是法兰西的国王,就像您是丹麦国王那样。我也曾是自己幸运的制造者。凭借计谋,我爬到了王座的近旁,或者也可以说爬到了王座上,赋予了它至高的辉煌。我是著名的家族协定的发起人,我用它说服西班牙贡献了一部分舰队和美洲殖民地。我这样做只是为了拥有辅助法兰西的荣耀,它精疲力竭之时在德意志土地上与英格兰之间的战争,无论是海上还是陆上,①都令它元气大伤。在这样的情形下,我成功地签订了最为有利的和约——

苏格拉底:这是你一辈子所做的唯一一件理性的事。

舒瓦瑟尔:很高兴您至少对我有所称赞。自此之后,我将耶稣会士赶出了法兰西,因为我在做罗马使节时和他们的会长成了仇敌。

苏格拉底:我那个时代还没有这帮坏人。不过另外一些死去的人告诉我,他们是些使刀和毒的智术师。难道施特林泽先生也是这一派的?

施特林泽:我属于克伦威尔、博尔贾、喀提林那一派的。不过,公爵,请您继续讲下去。

舒瓦瑟尔:在这次绝妙的计谋之后,我来到了阿维尼翁的领地,将教皇赶走,以使这片伯爵领地永久地归王国所有。同样,我还获取了科西嘉,这是我巧妙地从热那亚人手里骗到手的。②

苏格拉底:也就是说,你是征服者?

舒瓦瑟尔:这些征服都是我从内阁中搞定的。我在搞乱欧洲的安宁的同时,沉浸在愉悦和欢乐之中,胸中充满快感。别的列强越是不安,法兰西就越是安宁。我的前任在位时的战争和治理不善,掏空了我们的财政,国家面临赤字,信誉也没有了。

施特林泽:您是以什么方式搞乱欧洲和平的?

舒瓦瑟尔:从来没有人像我那样想到过如此精明、巧妙、聪明

---

① 在1761年8月15日的波旁家族协定中,系出波旁一脉的法兰西、西班牙、那不勒斯以及帕尔马家族相互确保了对方的领地。关于西班牙对英格兰开战的叙述,参弗里德里希二世《七年战争史》第15章。

② 热那亚通过1768年5月15日的凡尔赛条约卖掉了科西嘉。

的手段。首先，我冒名在英国东印度公司投资了大量资金。我的代理人随意地让行情涨跌。于是，产生了普遍的混乱，正当我通过娴熟的计谋煽动印度地方长官反抗英国人，公司的负责人就发生了争执。他们于是开战，东印度公司面临破产。我差点高兴死。

苏格拉底：高尚的灵魂！

舒瓦瑟尔：另一方面，我唆使纳沙泰尔人反对普鲁士国王，①以使这个不安分的家伙忙于平定国内。不过，就像罗马人驾驭他们的四架马车那样，我一次次操纵的所有这些事情并不能使我满足。通过在议事会上派出大批人马，我使得土耳其与俄罗斯开战，挑拨波兰的巴尔联盟，以便阻止叶卡捷琳娜的计划，并且想要煽动瑞典人来反对她。那一方面的牵利本来会给受制于俄罗斯的山海口地区带来喘息。倘若我的那些敌人不推翻我，也许我已经说服女皇帝-女王陛下为穆斯塔法提供援助了。

施特林泽：这么多如此美好的计划未能实现，太遗憾了！

舒瓦瑟尔：是啊。我本可以搞出许多动静，策划许多阴谋，这样我就会成为整个欧洲的名人。

苏格拉底：想想为了出名而焚烧了以弗所神庙的赫洛施特拉图斯！

舒瓦瑟尔：他只是个纵火者，而我是伟人。我在人世间扮演的是先知的角色。我决定了一切，而不会让任何人注意到如何发生。人们只看到穿梭的梭子，但是看不到后面指挥的手。

苏格拉底：蠢人！你胆敢把自己比作先知，把你的无赖行为比

---

① 纳沙泰尔侯国于1707年成为普鲁士领土；1766年，据说由于当地权益被损害，曾出现了动乱；1768年，争议在调解下被平息。

作全能,把你的罪行比作美德的原型!

舒瓦瑟尔:当然,苏格拉底先生,我敢这么做。但愿您的白发可以让您懂得,搞政变并非犯罪,可以带来荣誉的一切都是伟大的。请您想想看,你们希腊人把那些还不如我的人都举为半神了。

苏格拉底:这个人疯了,发疯发得愈发厉害了。快去找希波克拉底吧,他就在附近,他会治好你的疯狂。

舒瓦瑟尔:施特林泽男爵离得更近些。如果我需要(不过不用鸦片),他会为我效劳。唉,这位沉默寡言的智慧者!他把每个伟人高贵的自豪和合理的自信心看作发狂!

施特林泽:您不需要治疗,您配得上最大的赞颂。马基雅维利会为您戴上政治家的冠冕。不过,您为何被赶走了?

舒瓦瑟尔:某位远比我狡猾的宰相在某位女恩公的帮助下实施了他的计划,对于他那位女恩公,我因为自尊而不愿向她屈服。

施特林泽:您已经如此成功地完成了这么多美好的行动,人们凭什么借口赶您走?

舒瓦瑟尔:人们借口说财政遭受了损失。路易大王不愿被视作国库空虚的始作俑者。为了把经济崩溃激起的公愤留给孙子,① 他就想要把这些烂摊子转移到别处。因此,人们谴责我在统治期间挥金如土。不错,我鄙视这卑鄙的金属,我很大方,我天生就具有王者的高贵思想,王者本来就应该慷慨,甚至好挥霍。

苏格拉底:我的天,你这个令祖国颓败的大傻瓜。

舒瓦瑟尔:我的精神追求的是伟大事物。当一个像法兰西这样的君主国破产了,其中必有某种伟大性。这并不像某个商贩的破产,而是事关数十亿的财产。这样的大事会产生轰动,让有的人

---

① 即后来的国王路易十六。

目瞪口呆,还让有的人精神崩溃,他们一下子就会损失巨大的财富。多么出人意料!

苏格拉底:恶棍!

舒瓦瑟尔:哲人先生,告诉您吧,要统治世人,就不能有太偏狭的良知。

苏格拉底:滚开!要令成千上万的公民陷入不幸,人得像虎狼一样并且有铁石心肠!

舒瓦瑟尔:以您那样的想法,您可以在凯拉米克斯广场①上惹人注目,但是您只会成为一位可怜的宰相。

施特林泽:无疑。伟大的头脑通过果断的举动来展现自己。这必须有新意。他会完成前无古人的计划,会把小家子气的瞻前顾后留给老太婆,会径直地企及目标,而不问使他达到目标的手段。并不是任何人都可以衡量我们的功绩,与他人比起来,哲人更不能。然而,我们常常成为宫廷阴谋的牺牲品。

舒瓦瑟尔:我是这么被搞垮的:在我们的宫廷里,任何功绩都敌不过娼妇的心情,此外,某个身披法衣的学究还会给她煽风点火。我们知道,除了拨弄那位耳朵根子时时刻刻都软乎乎的君主几乎熄灭的火焰,她自己能干得了什么?

施特林泽:如果您用鸦片把您的君主麻醉了,所有的阴谋都将是徒劳。您今天也许还是宰相甚或国王,因为拥有权势并使用它的人,才是真正的统治者,而把权势交到他手上的那个人,最多是他的奴隶。

舒瓦瑟尔:鸦片是多余的。我的主子天生就是您利用药物使

---

① 凯拉米克斯(Kerameikos)广场是雅典的陶工广场,苏格拉底经常在此地辩论。

您的主子变成的那样。被驱逐是多么不幸呦,而且是被怎样一群人所赶走的呦!

苏格拉底:不,这是永恒正义的结果,这样就不会让所有犯罪者都幸福,至少可以让其中一些受到惩罚——对于罪恶的人来说是警示性的榜样。

舒瓦瑟尔:尽管如此,我还希望您可以对我的下台表示惋惜,因为倘若我继续统治,我就会用我的思想构想出大事并付诸实践,来使整个欧洲感到惊讶。

苏格拉底:这样你会继续做无与伦比的蠢事。如果欧洲有疯人院的话,你就应该被送进去。而丹麦人,就你而言,针对你对主上阴险的忘恩负义和你出于肆无忌惮的野心而犯的罪行,伊克西翁和普罗米修斯的折磨都显得太轻!

舒瓦瑟尔:而这就是我所期待的荣誉!

施特林泽:而这是我为自己许诺的名声!

苏格拉底:你们这些不幸的人,滚吧!在别人而不是我这里去找伴儿吧。去和喀提林还有克伦威尔团聚,不要再用你们不洁的驻足玷污智慧者的处所。

舒瓦瑟尔:让我们远离这个无耻的饶舌者。他让我感到厌烦。

施特林泽:让我们远离这个闷闷不乐的道学先生。不过,去哪里呢?我想去找我们德意志同胞的圈子,我要对华伦斯坦抱怨我的不幸。保重,无国的国王!

舒瓦瑟尔:而我则要去找我们法兰西人的圈子,去找我们的管事丕平。保重,无头的首相!

欧根亲王、马尔博罗以及列支敦士登
大公之间的亡灵对话(1773)[*]

马尔博罗:喀戎很快就要饿死啦。他的小船再也不渡人了。我们好多天都没有收到另一个世界的邮件。倘若再这样下去,我们就没法儿知晓那里发生了什么,这样就太遗憾啦。

欧根:并不是所有死去的人都可以来到我们栖身的乐土,许多人会去往塔尔塔罗斯。这样,人间就不再会遭受瘟疫、鼠疫、饥馑的困扰。您再耐心等等,迟早还会有人来的。

马尔博罗:英格兰人更习惯在后半年绞人,但是我还看不到任何人过来。也许我的同胞们被议会法案禁止用绞刑了。

欧根:您才刚刚迎来了切斯特菲尔德伯爵①,所以您不应该抱怨啦。而我也迎来了我的亲戚撒丁国王②。并不是每天都在死人。就让人们活着吧,这样他们就会有时间放完自己在死之前必须结束的蠢行的线团。不过,我似乎看到了一个影子。

马尔博罗:是的,是个新来的。他走过来了。

---

* [译按]译文根据福尔茨编德文版文集卷5,页241-248译出。

① 切斯特菲尔德伯爵(Philipp Dormer Stanhope Lord Chesterfield,1694—1773),英国政治家、文学家。

② 撒丁国王即埃马努埃莱三世(Karl Emanuel III,1701—1773),萨伏依公爵,1773年1月21日去世。

欧根：我应该认出他了。您是文策尔·列支敦士登大公①不是？

列支敦士登：是啊，正是在下。我刚刚被十分痛苦的死亡抓离了我的家人、巨额的财产以及荣耀和显赫地位。

欧根：这是每一个人的命运呵。既然您刚从远处来，那就交一下您的入场券，给我们讲讲您的国家所发生的新鲜事儿吧。

列支敦士登：太多啦。沧海桑田呐。当下已经彻底消灭了过去。你们一定再也认不出欧洲了，人们在所有事物上都取得了进步。

欧根：我再也认不出欧洲？我所壮大和巩固的皇族势力一定取得了巨大进步，一定比我那时强大了太多。

列支敦士登：恰恰不是如此。自从您死后，土耳其人、普鲁士人、法兰西人都击败了我们，我们丧失了半打儿行省。不过这都是些区区小事。

欧根：我没有明白您的意思。既然丧失了这么多，那取得了什么进步？

列支敦士登：我们完善了我们的财政。查理六世手上的那不勒斯王国、伦巴第、塞尔维亚、西里西亚以及贝尔格莱德所取得的收入，远没有如今剩下来的行省取得的多。就军队而言，我们可以养16万军人，在您的时代，是无法养这么多人的。我本人为炮兵投入了很多。我从财产中拿出30万塔勒，以使他们保持优秀的水准。这样，携带少于四百门加农炮的军队，是不会贸然开战的。您不会理解我们炮兵的用途，这会将营地变成堡垒。而您当时的军

---

① 列支敦士登大公（Wenzel von Liechtenstein, 1696—1772），在军事方面有才华，曾追随欧根亲王四处征战。

队中只有不到三十门火炮。

欧根：话虽如此，不过，我用这几门火炮可以打败敌人，而不会被打败。

列支敦士登：人是有可能吃败仗的。这些不幸虽微不足道，却是可能发生在每一位正派人身上的。

欧根：是的。不过不是由于自己的过失。

列支敦士登：对了，您知道吗，今天人们的判断力比以往好多了。我们的理智变成纯粹数学式的，几乎不会犯错。不过，我不敢告诉您，人们如今如何评价你们。

欧根：请您尽管大胆讲。虽然我们已经亡故，但是您仍然可以给我们讲讲。

列支敦士登：既然您要求了，那就请听：世人把那位被打败的道恩元帅的名气提得很高，以至于完全盖过了您的。

马尔博罗：您是死于高烧还是在讲疯话？我永远也不会相信，人们对欧根的纪念会被降到这么低，以至于一位被打败的道恩会超过比查理六世更像皇帝的英雄人物，他设计了睿智的作战计划，只通过自己大名的威望就可以集结起必要的人员来调动军队，随后便独力使计划付诸实践，消灭敌人，进而征服广阔的行省。

列支敦士登：我没有发烧，是世人发疯了。他们谴责欧根亲王，说他无法给宫廷军事委员会提交有关其胜仗的详细报告。

马尔博罗（对欧根说）：人们责备您不是个好的文秘呦。我认为，英雄人物的特点是，完成了伟大壮举，把搜集细节的东西留给闲人。

欧根：说的没错，我的确避免去作事无巨细的报告。只要把行动战果告诉整整齐齐坐在另一个军事委员会的敌人就足够了。倘若我能够写得更为简略，我的战役也许会更为成功。

马尔博罗:我也是如此对待安妮女王和她的议会的。我的主子都是纯粹的提线傀儡。简洁明了地告知他们军事行动的战果,就完全够了。他们既无法评价我们的意图和计划,也无法评价我们这么做而不那么做的理由。

列支敦士登:这并不是我个人的看法,我只是将公众的思维方式告知两位,我只不过是个通讯员。不过,公爵先生,您与欧根亲王的处境差不多。我很担心,如果告诉您英格兰人是怎么看您的,您会大发雷霆。

马尔博罗:尽管讲出来! 听到刚才您所讲的,已经没有什么可以让我吃惊的了。

列支敦士登:那我就尴尬地告诉您,那些既不懂得什么是连队,更不知道什么是营队的人竟然说,您并不是一位伟大的将军,说您的所有名气都得归功于卡多根将军[①]。人们说您既不是一位伟大的将军,也不是机智的外交家,只会在议会中间搞阴谋手段,以便拖长战事,并通过这种方式为自己搜刮早已堆积起来的巨量财富。

马尔博罗:我如今可是孤独无依了。我虽非不朽,但是敌人的嫉妒却比我长寿。是的,我得请卡多根做我工作的助手,并且把他当作一个干练的人来用。哪个人能凭一己之力动员整个军队? 他需要助手。辅助他的人越多,事情办得就越好。我朋友众多,甚至在议会还有一个党派。必须如此,否则,内部的分歧和缺乏支持会令我们失败,而最美妙的计划也会流产。我针对安全通行证收取钱财,那是在敌国,而这是正当的税收,是任何高级将领都

---

① 卡多根将军(William Cadogan, 1672—1726),西班牙王位继承战期间,曾任马尔博罗的参谋部主任。

可以收取的。任何一位在我这个位置上的人也许都会收得更多。

欧根:怎么？难道赫希施泰特、拉米伊、奥登纳德、马尔普拉凯等战役都未能庇护这位伟人的名声？维多利亚女王自己也没能为他抵挡嫉妒的恶毒攻击？倘若没有这位真正的英雄,英格兰能扮演什么样的角色？是他令英格兰崛起并获得威望,甚至可以说,如果没有那些法兰西用来扳倒他的卑鄙妇人的阴谋,他也许会令英格兰达到高峰。倘若马尔博罗的威望还可以多延续两年,路易十四就完蛋了。

列支敦士登:我承认,安妮女王倘若没有马尔博罗,查理六世倘若没有欧根亲王,都会黯然失色。两个国家的荣耀和威望都得归功于你们两位。对于这一点,理性的人看法一致。但是,在人世上,人们不得不指望成千上万个呆子和成百上千个傻子里有一个灵光的头脑。因此,后世对你们做出这样的评价,你们就无需惊讶了。

欧根:不得不承认,我们很不幸。后世对于亚历山大、斯基皮奥、凯撒、保卢斯的看法一致,却对我们的名声吹毛求疵。尽管我们和他们一样都做出过伟大的事业,但是,他们的名声始终不变,每一位颂扬者为了尊重被他颂扬的人物,都喜欢把这位人物和他们进行对比!

列支敦士登:那些人的幸运在于,他们的时代没有百科全书分子①。

马尔博罗:百科全书分子？这是什么东西？多么粗俗的名字！这是易洛魁人吗？我闻所未闻。

---

① 参本编"对《试论偏见》的审查(1770)"和"对《论自然体系》的批判性检查(1788)"两篇文章。

列支敦士登:噢,我相信,您那个时代还没有这些百科全书分子。他们是一批所谓的哲学家,形成于我们这个时代。他们自认为超越了古人在这个种类上所产生过的一切。他们把玩世不恭的无耻态度与纯粹的厚颜无耻联系起来,以最佳的方式表达他们所能想到的悖论。他们洋洋得意于自己的数学,并且声称没有研究过数学的人就不是真正聪明的人。也就是说,只有他们才有正确思考的禀赋。他们最为普通的言辞都充满了博学的表达。比如,他们会说,颁布的某某法律反过来的话就会无比明智,还会说,想要与另外一个强国结盟的某某强国,是受其吸引力的吸引,很快两国就会融合在一起。如果提议和他们一起散步,他们会一边散步一边解决曲线问题。如果他们得了肾绞痛,他们就会按照流体静力学规律来自我诊治。如果一只跳蚤咬了他们,折磨他们的就会有无限小的量。如果他们跌倒了,他们就会失去重心。如果某位写手放肆地攻击他们,他们就会让他淹死在笔墨和诽谤的洪流中。Crimen laesae philosophiae[污蔑哲学]是罪不可恕的。

欧根:但是,这些愚人与我们的名声和别人对我们的评价有什么关系?

列支敦士登:远比你们想象的厉害,因为他们诽谤除了自己的算术之外的所有科学。在他们看来,诗歌只是一门肤浅的消遣,古老的寓言必须从中剥离。诗人只应该热情洋溢地押代数等式韵。[①] 人们应该倒着学习历史,从当下开始,至大洪水为止。他们将会彻底修改宪法。法兰西应该成为数学家而不是立法者统治下的共和国。数学家要通过使共和国里发生的一切都服从于微积分来统治这个共和国。这个共和国会带来永久和平,不用军队便

---

① 参本编"对数学家有关诗艺的观察之观察(1762)"一文。

可以维护自身。

马尔博罗:我刚才听到的这些太奇妙了。可是,这些百科全书分子岂不是罹患了野人、贵格派、宾夕法尼亚人的幻觉?

列支敦士登:您这样的说法会令他们深深地受伤害。他们对自己的原创性深感自豪。

欧根:如果我没有记错的话,永久和平曾是某个名叫圣皮埃尔神父的人的梦想,他在我们那个时代成了大笑话。

列支敦士登:他们也许是要避免使他被遗忘?因为他们给人们呈现了一幅战争的恐怖画面。

欧根:没法儿否认战争是件坏事情,但是战争不可避免。因为并不存在一个裁决统治者的法庭。

列支敦士登:当然,对军队和享有荣誉的将军的憎恨,并没有妨碍他们打笔仗,他们常常像市场叫卖的泼妇那样互相敬以污言秽语。倘若他们握有军队,一定会互相打起来。

马尔博罗:抛洒墨汁比抛洒鲜血要便宜多了,可是,侮辱比伤口更为糟糕。

列支敦士登:就军事艺术来说,我在你们两位如此伟大的英雄面前完全不敢说,他们试图多么恶劣地贬低你们,并用怎样的话来谈论你们。

马尔博罗:您尽管说,无需担心。既然那些人要把一切都打碎,我们也不得不得到我们的一部分。

列支敦士登:他们说,你们只不过是匪盗头目,某位暴君把待价而沽的刽子手托付给你们,以他的名义对无辜的民族去干一切罪行和一切可能的恐怖勾当。

欧根:这是喝醉酒的车夫的胡话。苏格拉底、亚里士多德、伽桑迪、培尔的说法是完全不同的。

列支敦士登:他们不仅喝醉了,而且常常如饥似渴。他们的钱袋不足以让他们过上好日子。按照他们的风格,这些美妙言论是哲学的自由。他们认为,应该大声张扬地思考,把每一个真理传扬出去。由于在他们看来,他们是真理的唯一守护者,他们就自以为是地胡扯些他们想到的所有蠢话,他们认为这是合情合理的,认为自己一定可以获得赞许。

马尔博罗:很显然,如今在欧洲再也没有疯人院了。如果还有的话,我的委员会一定会前去将这些先生带到那里,让他们为那些疯子——他们的同类——立法。

欧根:我会建议他们成为应被惩罚的行省的总督。他们在那里颠倒了乾坤之后,就会从这个经验中懂得,自己是无知的人,会懂得批评容易而改善难,尤其是会懂得,倘若人们大谈自己丝毫不懂的事物,就会有讲蠢话的危险。

列支敦士登:自负的人们永远不会承认自己没有道理。根据他们的原则,智慧者永远不会错,只有他自己是明白的。光芒应该从他身上散发出来,驱散盲目和愚钝之人在其中艰难度日的沉沉雾霭。天知道,他们会如何启蒙那些人!他们很快就会向人们揭露偏见的来源,很快就会出现一本论精神的书,很快就会出现一本论自然体系的书,诸如此类,以至于无穷。一伙不学无术的人,出于炫耀或者跟风,将自己看作他们的学徒,故意模仿他们,以一副人类助教的形象示人。由于批评比给出理由更为容易,因此,这些学徒的惯常做法就是,任何时候都以不正派的武力解决。

欧根:小丑始终都可以遇到一位钦佩他的更大的小丑。不过,军队难道会静静地忍受这些诽谤吗?

列支敦士登:他们会让疯狗吠叫,然后走自己的路。

马尔博罗:可是,他们为什么要怨恨这最为高尚的职业?在它的保护下,其他职业才可以和平地蓬勃发展。

列支敦士登:他们由于对军事艺术两眼一抹黑,就认为可以通过贬低它而令人鄙视它。不过,如前面说的,他们推倒所有科学与文艺,在废墟之上建起数学,以便消灭其他人的荣耀,将所有光辉照在自己身上。

马尔博罗:然而,我们既没有瞧不起过哲学,也没有瞧不起过数学,更没有瞧不起过文艺,只是满足于在我们的分内做些有益的事。

欧根:我做的更多。在维也纳,我为所有学者提供庇护,表彰他们,即便其中没有一个人搞出过大的名堂。

列支敦士登:这个我相信,因为你都是伟大的人物,而那些伪哲学家只是沽名钓誉的虚伪无赖。然而,这并不妨碍他们不断重复诽谤而有损于伟人的威望。即便在推理时得出错误的结论,他们也把自己看作哲学家,即便得出了悖论,他们也会以为赢得了桂冠。我常常听到你们最伟大的壮举被滑稽的闲话歪曲,你们被描写成蒙昧时代里不合法地为自己攫取荣誉的人,那个时代缺少真正懂得什么是功劳的鉴赏家!

马尔博罗:我们的时代是蒙昧的时代!哈哈,我再也无法容忍了!

列支敦士登:而现在的时代是哲学家的时代。

欧根:这个被人击败、丧失国土、自以为胜过古代的时代。就让你们的哲学家们信口开河吧。我更倾向于我们的蒙昧时代,而不是你们的。

马尔博罗:英格兰也被你们的百科全书分子污染了吗?

列支敦士登:略受污染,不过不像法兰西那么厉害。

马尔博罗:法兰西难道有领导头子吗?倘若他们被骂得那么

厉害,怎么还会有呢?

列支敦士登:他们活该被骂。这些领导是——

马尔博罗:在我之后,英格兰产生过某位伟大的军事领袖吗?

列支敦士登:坎伯兰公爵。

马尔博罗:他赢得过多少次战役?

列支敦士登:他在丰特努瓦、哈斯滕贝克吃过败仗,在施塔德连同整个军队成了战俘。

马尔博罗:大公,您难道是在开我们的玩笑吗?某个被打败的道恩,某个被俘的坎伯兰,这难道就是被人们置于我们之上的人?

列支敦士登:不只是他们,还有其他许多虽然上过战场,但是没有带过兵的人,这些人既不会逊色于凯撒,也不会逊色于你们。这些未来的英雄有向上爬的纯粹的厚颜无耻。他们的狂妄极其强烈,以至于将其传染给了公众。公众都可以预计到他们未来的壮举。

马尔博罗:我们曾经费这么多气力操心做什么?那么努力做什么?

欧根:呜呼,虚空的虚空!呜呼,荣誉也是虚空!

三 悼 词

纪念伏尔泰(1778) *

——1778 年 11 月 26 日宣读于科学院

先生们!

在所有的时代,尤其在那些最富有思想、最为文明的民族中间,天赋异禀且超迈之人在其有生之年就已经备受尊崇,死后更是哀荣备至。在人们眼中,他们好似非同寻常之人,可以将光芒广播到祖国之外。最早的立法者们教会人们在社会中生活,最早的英雄们捍卫着同胞,最早的哲人们深入自然的深渊,去揭示某些真理,最早的诗人们则将同侪的伟大壮举流传给后世——所有这些人都被视作高人一等的存在,人们相信,他们尤其受到神性的启迪。因此,人们为苏格拉底建造圣坛,赫拉克勒斯被视作神灵,希腊人敬拜俄尔甫斯,七座城邦围绕谁是荷马的故乡而争吵不休。受到最佳教育的雅典人可以默诵《伊利亚特》,并且在咏唱中虔诚地尊崇他们古老英雄的荣耀。同样,在剧场斩获桂冠的索福克勒斯也因其天才享有崇高的声望,雅典城邦甚至对其委以至高的要职。每个人都知道,埃斯基涅斯、伯里克利以及德摩斯梯尼受到多大的尊崇,伯里克利曾两次救下狄阿戈拉斯的性命,一次是使之免于智术师们的怒火,另一次是通过自己的仁慈给他以支持。在希腊,谁若赋有天才,就一定会受到钦佩,甚至受到人们的欢呼。这

---

* [译按]译文根据福尔茨编德文版文集卷 8,页 232-247 译出。

就是催生出天才并赋予思想家以振奋的强大刺激,通过这种振奋,他们超越了平庸的限制脱颖而出。著哲人们听闻马其顿的腓力任命亚里士多德为亚历山大唯一受尊崇的老师时,这对他们而言会是一种怎样的竞争性激励!在那个美好的时代,任何贡献都有回报,任何天才都有其荣誉。优秀的作家会受到表彰。修昔底德和色诺芬的作品人人捧而读之。总之,每个邦民似乎都参与到了那些伟大思想家的声名远播中,当时,是这些思想家使希腊的名声超越了其他所有民族。

此后不久,罗马人为我们提供了类似的演出。西塞罗凭借其哲学思想和雄辩翱翔在荣誉的峰顶。卢克莱修因太过短命而未能享受自己的名声。不过,维吉尔和贺拉斯则在那个王者般的民族的掌声中受到尊崇,与奥古斯都交谊颇深,他们所受的奖赏,远胜过这位娴熟的君主分发给所有颂扬他的德性而粉饰他的恶行的人。

当西方的科学再次繁荣的时候,人们满怀喜悦地纪念美第奇家族的人们和那些满腔热情关心作家的教皇。人们知道,彼特拉克成了桂冠诗人,塔索捐生只是为了能够获得在那座城池成为桂冠诗人的荣誉,世界的胜利者曾经在那里凯旋。

渴望各种各样荣誉的路易十四,同样也不会忘掉如下荣誉,即赏赐那些在他治下涌现出的出类拔萃之人。他不仅对波舒哀、费奈隆、拉辛以及布瓦洛施加了恩泽,而且将他的慷慨也扩大到了所有作家身上,无论他们身处哪个国度,只要他们的名声被他听闻。

所有时代都是如此对待那些幸运的思想家,他们似乎使人类显得高贵,他们的作品会令我们振奋,使我们从生活的艰难中获得慰藉。因此,我们向这伟大的亡灵——欧洲因失去他而惋叹——

致以赞美和赞叹,①是正当和公允的,这是他理应获得的。

我们并不想细数伏尔泰私人生活的种种细节。一位国王的历史应该在于他赋予人民的善举,一位武人的历史在于他所经历的战役,一位作家的历史则在于对他作品的阐释。逸事能够娱乐人们的好奇心,而行为则给人以教诲。然而,要细细地检审伏尔泰高产的一系列作品,则是不可能的。因此,先生们,请容许我在这里为你们勾勒一个粗略的概貌。倘若我只探究涉及他出身的事情,那就是在侮辱他。与那些一切都凭靠先人而非自己的人不同,伏尔泰的一切都归功于天性,他自己就是他的幸福和荣誉的锻造者。他那些做司法公务员的亲人们让他受了了不起的教育,②知道这一点就足够了。他曾在路易大王的耶稣会士学校学习,主管的神父是波雷(Porée)和图内敏(Tournemine),他们最先发现了后来遍布于他作品中的耀眼光辉的闪光点。

幼年时,尽管年龄尚浅,但伏尔泰并不被看作一个一般的儿童,他思想的活力早已经显露了出来。他因此而进入了吕佩蒙德(Rupelmonde)夫人的家庭。这位女士陶醉于这个青年诗人的思想活力和天才。她将他引入首屈一指的巴黎交际圈。对他而言,广阔天地成了一所学校,他在其中获得了他的写作趣味和手法,举止的熟练和周到,这是任何不谙世事的学者所无法企及的,因为后者无法判断什么才会在好的社交里受欢迎,对他们而言,社交太过迷人眼目而无法将其认清。伏尔泰作品的大受欢迎要归功于好的交

---

① 伏尔泰卒于1778年5月30日。
② 伏尔泰的父亲弗朗索瓦·阿鲁埃(卒于1722年)曾是公证人,后来当上了巴黎审计署的诉讼费出纳员。有关伏尔泰笔名的来源并无确切信息。改名首次出现在题献给奥尔良大公夫人的《俄狄浦斯》中。

际氛围和那份耀眼的光鲜。

一篇针对当时的法国摄政王奥尔良大公的谐谑讽刺诗出现在巴黎时,伏尔泰的肃剧《俄狄浦斯》①和几首颇受欢迎的社交诗作已经潜入公共视野。这篇阴暗拙劣的作品出自某位名叫拉格朗日②的人,他懂得将嫌疑转嫁到他人身上,宣称该诗是伏尔泰的作品。当政者的行动过于草率。我们的青年诗人无辜地身陷囹圄,被投入巴士底狱中,在那里度过数月之久。③ 真相最终还是大白于天下,有罪的人受到了惩治,而伏尔泰则被判无罪而释放。

先生们,有人说我们的年轻诗人正是在巴士底狱里写下了《亨利亚特》(Henriade)的前两歌,你们认为这是可能的吗?事实的确如此。囹圄成了他的帕纳斯山,缪斯们在这里赋予了他灵感。确定无疑的是,第二歌现在的样子就是它当初所构思的那样。在纸张和墨水短缺的情况下,他记诵了那些诗行,并将它们牢记在头脑中。

由于对侮辱性的待遇和在祖国遭受的责骂感到恼火,伏尔泰在被释放之后重返英格兰,④他在这里不仅受到公众最为善意的接纳,而且不久便拥有了热情的支持者。他在伦敦完成了《亨利亚

---

① 伏尔泰的《俄狄浦斯》从 1712 年开始创作,于 1718 年 11 月 18 日在巴黎上演。

② 指拉格朗日(La Grange,1677—1758)反对摄政王的《反腓力辞》。参《驳马基雅维利》第 8 章。

③ 弗里德里希二世在这里搞混了伏尔泰初次入巴士底狱(1717/18)的情形,这次被捕的原因是他写了一首针对摄政王的极其有失体统的拉丁文讽刺诗,题为《幼主》(Puero regnante)。

④ 伏尔泰直到 1726 年 5 月才前往英格兰,也就是"二进"巴士底狱之后,这次被捕是被他辱骂的罗昂(de Rohan)骑士所要求的结果。

特》，出版时的题目为《同盟之歌》(Poème de la Ligue)①。

这位青年诗人懂得在勾留英格兰期间将一切都为其所用，他尤其投身于哲学研究。最为智慧且思想深刻的哲人在当时朝气蓬勃。他抓住了洛克曾经审慎摸索着穿过形而上学迷宫的红线，克制着自己火热的想象力，使自己屈从于对不朽的牛顿进行的艰辛思考。的确，他将这位哲人的发现啃得那么透，取得了那么大的进步，从而可以在一篇精短的论文中如此清晰地将其体系呈现出来，以至于人人都可以领会。在他之前，丰特奈尔是唯一一位为枯燥的天文学播撒鲜花，并使之成为女性的消遣的哲人。英格兰人很高兴看到，一个法国人不仅赞赏他们的哲人，而且还把他们的作品翻译成了文雅的语言。伦敦最有教养的圈子争先恐后地想将他据为自己的座上宾。除了他，没有哪个外国人在这个国度享受过如此友善的接纳。不过，不论胜利对于他的自爱而言多么讨人欢喜，对祖国的爱还是在我们诗人的心中取得上风，于是，他回到了法兰西(1729 年)。

看到像英格兰人这样一个严肃和明智的民族给予这位青年诗人的赞许，搞清原委的巴黎人才开始明白，他们中间诞生了一位伟人。随后，《英国通讯》②(Lettres sur les Anglais)出版，该作品以迅疾、有力的笔触，描绘了英格兰人的风俗、对文艺的努力、宗教以及统治。继之而来的是肃剧《布鲁图》③(Brutus)，它最适于讨这个自由民族的欢心，同时问世的还有《玛丽安》(Mariamne)以及其他大量剧作。

---

① 《同盟之歌》(La Ligue ou Henri le Grand)早在 1723 年就已出版。

② 《英国通讯》另一个更有名的叫法是《哲学书简》(Lettres philosophiques, 1733)。

③ 《布鲁图》于 1730 年上演，而《玛丽安》则于 1724 年就已上演。

当时在法国生活着一位因对文艺和科学有好感而出名的夫人。先生们,你们一定可以猜到,我指的是夏特莱侯爵夫人(Marquise du Chatelet)。她遍览了这位青年作家的哲学作品,不久也与他本人熟悉起来(1733)。对教诲的渴望,意欲探究某些深藏于属人灵魂领域中的真理的热望,牢不可破地联结起了他们友谊的纽带。很快,夏特莱夫人便抛弃了莱布尼茨的"神正论"以及这位哲人富有思想的想象,用洛克小心谨慎的方法替代了它,这种方法满足的与其说是强烈的求知欲,毋宁说是严谨的理性。她习得大量的数学知识,以便跟得上牛顿的抽象思考。确实,她是那么坚持不懈,以至于她为自己的孩子撰写了一部分牛顿体系①。西雷(Cirey)不久后就成为这对友人的哲学避难所。在那里,他们各自书写不同类型的作品,互相分享这些作品,努力通过互相批评使对方的成果趋于所能企及的至高完美性。在那里产生了如下作品:《扎伊尔》(*Zaïre*,1732)、《阿尔琪儿》(*Alzire*,1734/36)、《梅洛普》(*Mérope*,1737)、《塞米拉米斯》(*Sémiramis*,1748)、《喀提林》(*Catilina*,1749)、《厄勒克特拉或奥瑞斯特斯》(*Électre ou Oreste*,1749)。

写作无所不包的伏尔泰并不满足于通过肃剧来丰富剧院。他还特意撰写了《论普遍历史》②(*Essai sur l'histoire universelle*)以供夏特莱夫人之用。此前,《路易十四时代》和《查理十二传》已经出版。③

---

① 参《牛顿诸原理》(*Les principes de Newton*)。

② 《论普遍历史》(*Essai sur l'histoire universelle*)即《风俗论》(*Essai sur les moeurs et l'esprit des nations*)初稿。该作品在伏尔泰不知情、不情愿的情况下于1753年出版于柏林和荷兰,题为《普遍历史纲要》(*Abrégé de l'histoire universelle*)。直至1769年,伏尔泰才以《风俗论》的最终形式将其出版。

③ 《路易十四时代》1751年出版于柏林,两卷。《查理士二传》出版于1731年。

法兰西科学院不会错过具有如此天才的一位作家,他不仅是个多面手,而且无可指摘。科学院要求他成为他们所属的财富。于是,他成为这个显赫体制的一员(1746)和最为优美的一个点缀。而且,路易十五通过任命他为侍从官(1746)和法兰西国史编撰者(1745)——其实,他凭借《路易十四时代》早已成为这样的史家——来褒奖他。

虽然伏尔泰并不反感这些耀眼的崇敬,但是,他心中的友情的声音却更为强烈。由于与夏特莱夫人无法割舍的纽带,他并未被深宫大院的光芒所迷惑,更钟情于吕内维尔(Luneville)的居所①,甚至西雷那乡野般的偏僻,而非凡尔赛的豪奢。这对友人在那里宁静地享受着人所能享受的幸福,直至夏特莱侯爵夫人的逝世(1749年9月10日)为他们美妙的联合画上了句号。这对柔情的伏尔泰是一次可怕的打击。为了抵抗这样的打击,他不得不求助于他的整个哲学。

就在这个时候,在他使尽所有气力要克服自己的悲痛时,普鲁士宫廷向他发出了召唤。曾在1740年与伏尔泰相遇的普鲁士国王希望能够占有这位出类拔萃和稀罕的天才。1750年,伏尔泰来到了柏林。他的见识是那么广博,他的谈话既富有教义又令人惬意,他的想象既耀眼夺目又丰富多彩,他的思想在领会问题时那么迅疾,始终都是那么灵敏。他会通过优雅的描述来美化枯燥的对象。简言之,他是所有社交场合中令人迷醉的那个人。伏尔泰和莫佩尔蒂之间爆发的一次不幸的争吵,使这两位思想家失和,本来

---

① 路易十五的岳父,失去王位(1735年)的波兰国王斯坦尼斯拉夫寓居于此。

他们两位应该互相爱戴,而非憎恨。① 七年战争的爆发使得伏尔泰燃起定居瑞士的愿望。他去了日内瓦,随后前往洛桑,不久之后购得德利斯(Les Delices),②最后定居在了费尔奈(Ferney)(1759)。他的闲暇时光都用在了研究和劳作上。他阅读,写作,用自己多产的思想令那个州的所有书商忙忙碌碌。

伏尔泰的存在,他活跃的思想,他轻而易举的产出,令他周围的人们陷入一种妄想,以为想要成为伟大思想家,只要有这个意愿就足够。其实对文雅之士并不感兴趣的瑞士人,已被一种传染病侵袭。他们于是只用对句和讽刺诗来描写日常的事物。日内瓦尤其深受传染。日内瓦公民无一例外地自视为吕库古,乐此不疲地为他们的城邦制作新的律法,但是没人愿意服从已存在的律法。被误解的自由热望带来的这种躁动不安,导致了某种动荡和只有在谐剧中才会有的战争。伏尔泰不失时机地将这一事件永远地留存了下来,他以荷马《蛙鼠之争》的口吻咏唱了这场所谓的战争。③

他多产的笔端时而带来戏剧作品,时而伴有哲学和历史文章,时而产出寓言-道德小说。不过,他通过新颖的创作如此丰富着文学的同时,也致力于农业。我们可以看到,一位优异之人是如何能够在所有领域里有所作为的。我们的哲人购得费尔奈时,它几乎是一块不毛之地。他不仅对其垦殖并使之有了居民,而且为它引来许多迁移的手工业者。

---

① 在克莱维的莫伊兰宫殿与莫佩尔蒂初次会面之后(1740年9月11日),伏尔泰在1740年末和1743年都曾造访普鲁士宫廷。1750年7月10日,伏尔泰来到波茨坦,与莫佩尔蒂争吵之后,于1753年3月25日离开。

② 伏尔泰于1755年春就已经开始移居德利斯。

③ 参《日内瓦内战——一首英雄诗作》(1767)。

我们还是不要太快地唤起我们痛苦的根源。我们还是让伏尔泰安宁地待在费尔奈,以仔细、深入的目光来审视他的一系列思想产物。据称,维吉尔将要离世时,想烧毁他的《埃涅阿斯纪》,因为他无法赋予它以心仪的结尾。伏尔泰则因为长寿而能够不断润色、修改他的《同盟之歌》,并且使之臻于完美,这就是它如今以《亨利亚特》之名所达到的程度。嫉妒他的人谴责说,这部作品只不过是对《埃涅阿斯纪》的模仿,的确,不得不承认的是,某些歌咏对象与后者具有相似性。但是,它们绝非毫无创见的摹写。

如果说维吉尔描绘的是特洛伊的毁灭,那么,伏尔泰呈现的则是圣巴托洛缪之夜。与狄多和埃涅阿斯的爱相对应的,是亨利四世与美好的德斯特蕾(Gabrielle d'Estrees)之间的爱。埃涅阿斯下降到阴间,安喀塞斯(Anchises)在那里向他预言了他的后代,与之成对比的是亨利四世的梦境以及圣路易的预言,后者向他预示了波旁王朝的命运。如果允许我表达自己的观点的话,我会在这两篇歌咏中间承认法国人占上风,也就是他对圣巴托洛缪之夜和亨利四世的梦境的描述。维吉尔只是在狄多的爱情方面胜过了伏尔泰,因为拉丁人意在使人们着迷并且感人肺腑,而法国人则是以寓意的方式在诉说。

不过,如果我们真诚地审视这两部诗作,不对古人和今人抱任何偏见,我们就不得不承认,《埃涅阿斯纪》的许多细节在我们同时代人的作品中是无法被容忍的,比如,埃涅阿斯为其父亲安喀塞斯奉献的生祭,哈尔皮的神话,以及这种神话动物的预言,即特洛伊人还将遇到不得不吃光碟子的窘境,而这个预言后来也应验了,带着九只小猪的母猪代表着埃涅阿斯的辛劳结束的地方,他的船只变成了山泽女仙,被阿斯卡尼乌斯猎杀的鹿引致了特洛伊人和鲁图利亚人之间的战争,诸神置于阿玛塔和拉维尼亚心中的对埃涅阿斯的憎恨，这个拉维尼亚就是最后解救了埃涅阿斯的那个人。或许，维吉尔正是因为对这些错误不满意，从而想要烧毁他的作品。

无论如何，在富有判断力的艺术评论家看来，它们使得《埃涅阿斯纪》逊色于《亨利亚特》。倘若一位作家的功劳在于克服上述种种困难，那么可以确信的是，相较于维吉尔，伏尔泰克服了更多困难。《亨利亚特》的题材是，通过亨利四世的教导来使巴黎屈服。作者无法自如地使用奇迹这个系统。他局限于基督教神话，与异教徒的神话学相比，基督教神话在明媚如画的图像方面更为贫瘠。尽管如此，读者在读到《亨利亚特》第十歌时也不得不承认，该诗歌的魔力能够美化其题材。伏尔泰是唯一一个对自己诗作不满意的人。他认为他的主人公比埃涅阿斯经历了更少的巨大风险，因此无法像后者那样引人入胜，因为后者总是跌入一个接一个的危险。

倘若同样不偏不倚地审视伏尔泰的肃剧作品，人们就得承认，他在某些地方超越了拉辛，而在有些地方又逊色于这位著名的剧作家。他的处女作戏剧是《俄狄浦斯》，当时，他的想象力充盈着索福克勒斯和欧里庇得斯的美妙，他的记忆力始终提醒着他拉辛作品的流畅优美。凭借这双重的优点，该剧甫一登台便成为杰作。稍显严厉的批评者吹毛求疵道，衰老的伊奥卡斯特几近熄灭的激情在看到菲罗克泰特时竟能重新燃起。倘若诗人把菲罗克泰特一角删去，那么，他也就剥夺了菲罗克泰特与俄狄浦斯之对立性格所带来的诸多美好的乐趣。人们认为，伏尔泰的《布鲁图斯》更适合在伦敦而不是巴黎的舞台上演，因为在法国，一位父亲倘若冷漠地判自己儿子死刑，会被视为野蛮人；而在英格兰，一位执政官倘若为了祖国的自由而献出自己的骨肉，则会被奉若神明。伏尔泰的《玛丽安》以及其他诸多剧作也证明了他创作的技艺和多产。不过，我们也不应该避谈，有些也许过于严格的批评者责备我们的诗人说，其肃剧的结构不如拉辛的自然和真实。他们批评说，在《伊菲格涅》《斐德拉》《阿塔利亚》的演出里，情节自然地在人们眼前展开，相反，在《扎伊尔》的表演中，人们则不得不无视其或然性，并忽略某些明显的错误。在他们看来，第二幕完全脱离了整体。人们不得不忍受老吕西尼昂（Lusignan）的喋喋不休，他回到了宫殿，但是不知道自己身在何处，大谈自己早年的武功，纳瓦拉军团的中尉是如何成了佩罗讷的总督。人们也不是很清楚，他如何就再次认出了自己的孩子。为了使自己的女儿改信基督教，他告诉她，她身处亚伯拉罕曾将或曾经想将自己的儿子以撒奉献给上帝的山上。在沙蒂永（Chatillon）已经见证了他为女儿洗礼之后，他仍在说服她接受洗礼——这就是全剧的关节！吕西尼昂在这个冰冷、平淡的情节之后死于中风，而并非死于他人之手。由于这部剧的情节需要一位神职人员和一个圣体，所以洗礼本可以用圣餐仪式来代替。不过，无论这些批评多么有理有据，人们在第五幕都会将它们抛诸脑后，因为诗人精通于激发兴趣、恐惧与同情，会将观众裹挟，并用强烈的激情将其震撼，这些巨大的美妙之处会令观众忘掉微不足道的缺陷。因此，人们会承认，拉辛在戏剧结构上具有更大的自然和真实之优势，他的遣词造句具有一种连续的优美、柔和以及流畅，这些迄今没有任何诗人可以企及。另一方面，人们也必须承认，伏尔泰能够娴熟地在一场场、一幕幕中把张力推向高潮——除了他剧作中一些叙事方面的冗长和《喀提林》的第五幕之外，而这才是艺术的顶峰。

伏尔泰万能的天才涉足了各种艺术种类。在与维吉尔竞争并且也许超过后者之后，他又想要与阿里奥斯特一较高下。伏尔泰用《疯狂的罗兰》的风格写成了《奥尔良的少女》（*Pucelle*），不过后者并不是对前者的模仿。寓言、奇迹故事、插曲,这些都是原创的,一切都散发着耀眼想象力的明快光芒。

伏尔泰的酬赠诗令所有有品味的人着迷。对此,作者本人并不大在意,尽管无论阿那克里翁,还是贺拉斯、奥维德以及提布卢斯,甚或其他古代的文人雅士,在这个文类上都未能给我们提供任何他无法企及的模范。他的思想毫不费力地生产出了这些作品,但是它们并未令他满足。伏尔泰相信,必须克服最大的困难才能配得上伟大的身后之名。

在简单细数过他作为诗人的天才之后,我们再来说说他作为史家的天才。《查理十二传》(1731)是伏尔泰的史著处女作。他成了这位亚历山大的库尔提乌斯(Quintus Curtius)。他在素材上播撒的花朵并没有改变真理的根基。他以最为耀眼的色彩描画了那位北方英雄耀眼的勇气、在一些事迹上的娴熟、在另一些事迹上的敏锐,以及他的幸运与不幸。在以查理十二世为例一试自己的力量之后,伏尔泰挑战了"路易十四时代"(1751)。我们在这里看到的不再是库尔提乌斯浪漫的风格,而是西塞罗的风格,后者的《为玛尼利乌斯法案辩护》(*Pro lege Manilia*)演说成为对庞贝的颂词。作为法国人,伏尔泰以极大的热情突出了那个伟大时代的著名事件,并揭示了当时那些使他的民族超越其他民族的优越性,比如,路易十四治下涌现出的伟大思想家,文艺和科学在宫廷卓越保护下的统治地位,各式手工业的进步,以及令法国国王同时成为欧洲裁判者的国内力量。仅仅这一部作品就必定会给伏尔泰赢得整个法兰西民族的爱戴和感激,他为他们创造的名声比任何一位法国作家都要大。在《试论世界史》中,伏尔泰再次转变了风格,它变得朴实、有力。比起他的其余作品,在他探讨历史的方式中,他的思想类型更好地显露出来。人们可以从中注意到一位思想家的过人之处,他从大的方面来观察一切,只关注卓越的事物,并略去琐屑之事。作品之写作并非为了教导那些没有研读过历史的人,而是为了使那些已经熟悉历史的人回想起主要原因。他遵循的是史家的最高法则,即言说真理。插入性的观察并非次要的,相反,它们与素材有着最为紧密的关联。

摆在我们面前的还有许多其他论文,进一步深入探讨几乎是不可能的。一些是批评性的,另一些则解释了形而上学问题,还有一些则关注天文学、历史、物理、演说术、诗学以及数学。即便是他的小说,也具有独创性的特点。《查第格》《微型巨人》《老实人》等作品,都是在貌似肤浅的外表之下掩藏着道德隐喻或者对现代哲学体系的批判,教诲与乐趣携手并进。

诸多天才与各色知识竞集于一人,这常常使读者对其混杂惊喜和讶异之情。先生们,请检阅一番我们所知的古代伟大人物,你们会发现,他们每个人都只局限于一种天才。亚里士多德和柏拉图是哲人,埃斯基涅斯和德摩斯梯尼是演说家,荷马是叙事诗人,索福克勒斯是戏剧家,阿那克里翁是缪斯女神的殷勤侍奉者,修昔底德和色诺芬是史家。在罗马人那里同样如此,维吉尔、贺拉斯、奥维德以及卢克莱修都只是诗人,李维和瓦罗是史家,克拉苏斯、大安东尼和赫尔滕西乌斯则是演说家。只有西塞罗这位执政官、演说家和祖国的捍卫者,集不同的天才和知识于一身。凭借超越所有同侪的言辞的力量,西塞罗打通了深刻的——那个时代人们所认识的——哲学研究。这体现在他的《图斯库鲁姆论辩集》、奇妙的论文《论神性》,以及我们也许能看到的最佳道德作品《论义务》。西塞罗甚至还是一位诗人。他将阿拉托斯(Aratos)的作品翻译成了拉丁文,而且众所周知,经过他的润色,卢克莱修的诗歌才臻于完善。

我们必须快快走过十七个世纪的时间,才能在诸多有朽的人类中间找到唯一一位西塞罗,只有他的知识才能与我们著名的作者相提并论。倘若允许的话,人们可以说,伏尔泰一人抵得上整个科学院。他写了一些东西,人们认为从中可以辨识出培尔的整个逻辑手段,另外一些东西则让人们误以为读到了修昔底德。他时而以物理学家的身份发现自然的奥秘,时而以形而上学家的身份,基于类比和经验,以稳健的步伐跟随洛克的足迹。在其他一些作品中,人们又可以看到一位索福克勒斯的竞争者,有时他懂得将一个枯燥的主题制作得富有魅力,有时他在愉悦地侍奉缪斯女神。不过显而易见的是,他在高高的思想翱翔中并不单纯追求与特伦斯或者莫里哀一较高下。人们不久就可以看到他跃上佩加索斯,后者张开其双翼,载他攀上赫利孔山巅,在那里,缪斯神灵安排他跻身荷马和维吉尔之列。

这位天才如此多样的创作、如此巨大的劳作,最终有力地影响了有思想的人们,整个欧洲都对伏尔泰卓越的天资致以赞许。我们不应该以为,他的嫉妒和忌恨因而就远离了他。那些人射来箭镞,意图使他失败。人们天生的独立精神也促使他们反感最为正当的权威,这种精神使得他们心怀更大的嫉恨去反对别人才能的优势,而这种优势是他们由于自身的弱点而无法企及的。不过,赞许声压过了嫉妒的吵闹声。学者们与这位伟人相交可以令自己感到荣幸。但凡是个足以认可他人功绩的热爱智慧者,都会认为伏尔泰超越了那些仅由祖先、头衔、傲慢以及财富构成其唯一功绩的人。伏尔泰是哲人里极少数能够说 Omnia mea mecum porto[我的一切财富皆在一身]的人。亲王、侯爵、国王、女皇,无不对他示以尊崇和钦佩。然而,我们并不愿因此就说,尘世的上流人物就是功绩的最佳评判者,但是,这很大程度上证明了,我们作者的名气得到普遍坚实的确立,各民族的头面人物不会违背公共的看法,而是认为必须赞同这样的看法。

正如人世间的福祸总是相倚，因此，伏尔泰一方面容易受到他所中意的世人的赞扬的感染，另一方面对于那些以缪斯源泉的泥浆为生的臭虫的叮咬也丝毫未显麻木。不过，他没有惩罚他们，而是通过将那些人的臭名写入作品使他们"永垂不朽"。但相比于神职人员对他更为残忍的迫害，那些人对他只是轻微的辱骂。就本职工作来说，作为和平之仆役的神职人员本应促成仁慈的事工和善举，却被虚假的热望所蒙蔽，因狂热而愚昧，对伏尔泰大加指责，想要通过恶言毁谤来败坏他的名声。然而，他们的无知令他们的计划落空。由于缺乏洞见，他们搞错了最为清晰的概念，把作者传布宽容的段落解释为无神论的教义。因此，令人极为惊讶的是，这位用其天才的所有源泉极力证明上帝存在的伏尔泰，竟被痛责为否认上帝的存在。

不过，倘若那些拥有虔敬心灵的人们很拙劣地表露自己对伏尔泰的敌视，那么，他们只会因此收获他们那伙人的掌声，而得不到哪怕只有一丁点儿逻辑感的人的赞同。他真正的过失在于，他在传记中没有因胆怯而隐瞒众多教皇的罪孽，这些人令教会蒙羞；他的过失在于，他曾像萨尔皮、弗勒里以及其他人那样谈到，[1]激情而非圣灵的感召经常决定了教士的行为；他的过失还在于，他在作品中诱使人们厌恶那些出于错误热情而进行的令人发指的屠

---

[1] 萨尔皮(Fra Paolo Sarpi, 1552—1624)，意大利史家，撰有《特伦托会议史》。

弗勒里(Claude Fleury, 1640—1723)，教会史家，代表作为20卷本的《教会史》(*Histoire ecclésiastique*, 1691—1720)。弗里德里希二世曾编选了该著作的选辑，并为之撰写了"编者前言"(1766)，详见德译本卷八，页103-112。

杀；最后，他的过失还在于，他鄙视那些难以理解和虚妄的争吵，而所有教派的神学家却赋予它们重要的意义。作为补充，我们可以再完善一下这幅图画，伏尔泰的所有作品刚被销售一空，主教们就满腔神圣怒火地看到，他们的通告已成蛀虫的腹中物，或者腐烂在书店里。请愚蠢的教士评判吧！人们将会原谅他们的蠢行，倘若他们错误的逻辑不会搅扰人民的安宁。倘若人们还尊重真理，那么缺乏思维能力这个说法就足以形容这些可怜可鄙的人，他们认为自己的职责在于，束缚理性并公开与健康的人类理智决裂。

由于我们在这里是要给伏尔泰正名，所以就不能放过任何给他造成负担的指责。那些假圣人们还谴责，他宣传了伊壁鸠鲁、霍布斯、伍尔斯顿、博灵布鲁克勋爵以及其他哲人的观念。不过让人疑惑的是，他为何并未用其他任何人都会夹带的私货去加强他们的学说，而是满足于只扮演转述者的角色，并将审判的决断权交予读者？其次，倘若宗教是基于真理的，那么，它就无需惧怕谎言针对它所杜撰的一切。对此，伏尔泰深信不疑。某位哲人对上帝启示的怀疑就能够战胜启示，伏尔泰认为这是不可能的。

我们继续。让我们对比一下他在作品中所支持的道德和他的迫害者的道德。他说，人们应该像兄弟般相爱，当苦难的总量超过欢乐的总量时，他们的义务在于相互扶助，承担生活的重担。他们的意见就像他们的脸庞一样迥异。由于并不是每个人都有同样的想法，他们不应该相互迫害、求助于剑与火，而应该仅限于用种种道理去纠正深陷谬误中的人的判断。简言之，他们对待身边人应该像他们想让别人对待自己那样。那么，这么说的是伏尔泰吗？是使徒约翰吗？抑或，它是福音书上的字句？请让我们对比一下伪诈者或者假热心的人的实践性道德吧。他们这样说：

让我们把那些心思不同于我们的希望的人斩尽杀绝。让我们制服那些揭露我们的野心和罪孽的家伙。上帝是我们不正义的盾牌。但愿人们相互残杀,鲜血横流,但是我们的声望与日俱增,所以这些与我们有何相干?就让我们把上帝打扮得不可和解、残酷无情,这样一来,涤罪所和天堂的税收将大大充盈我们的收入。

宗教就是这样常常被用作激情的幌子,由于他们的败坏,最纯粹的善的源泉变成了恶的源泉。

正如我们所看到的,伏尔泰的事业那么美好,他获得了所有法庭的赞同,在那里得到理解和支持的是理性,而不是不可思议的诡辩。尽管他被神职人员憎恨得那么深,他始终区分着宗教和令宗教蒙羞的人。他总是公正地对待那些用自己的美德真真切切为教会带来光彩的神职人员,他所责备的只是那些因道德败坏而为世人所憎恨的人。

伏尔泰就是这样生活在嫉妒者的迫害与仰慕者的热爱之间,并没有因为前者的讥刺而沮丧,也没有因后者的赞许而觉得高人一等。他乐此不疲地启蒙世人,用自己的作品向人们广播对科学和人性的爱。他不满于颁布道德律条,便以自己为榜样传布善行。他勇敢地支持着不幸的卡拉①一家。他替西尔旺②撑腰,使之摆脱

---

① 卡拉(Jean Calas),图卢兹的新教商人,1762年受车裂之刑,因为教会控告他杀害了自己的儿子,后者实为自杀。由于伏尔泰的不断奔走,卡拉于1765年得到平反,其家人也获得赔偿。

② 西尔旺(Sirven),卡斯特雷的新教徒,被控因其女信天主教而将其溺死,1764年获刑。伏尔泰置个人安危于不顾,1771年促成西尔旺及其家人被判无罪。

了法官们野蛮的魔爪。倘若他有施奇迹的禀赋,那么,他也会将拉巴雷①骑士从死亡中唤醒。若退隐的哲人发出自己的声音,若他为之辩护的人道迫使法官们推翻不义的判决,会是多么美妙的一件事!即便伏尔泰仅仅具有这一个特点,他也配得上跻身于为数不多的真正为人性行善的人中间。因此,哲学与宗教一致地教导人们走向德性之路。请你们自己来判断,更符合基督徒做法的,究竟是残暴地将一个家庭驱逐出祖国的机构,还是接纳并支持这个家庭的哲人?是以正义之剑谋杀行事欠考虑之人的法官,还是想要拯救一个青年的生命并使之改进的智者?是卡拉的刽子手,还是他绝望家人的保护者?对于所有天生充满情感的心灵和同情人类命运的人而言,这些特点将会令对伏尔泰的纪念变得珍贵无比。无论思想和想象力的禀赋多么宝贵,无论天才可以飞扬得多么高,无论知识多么广博,自然很吝啬地分配的所有这些馈赠,都绝不会使我们超越博爱和慈善的行动。前者令人惊赞,而后者令人敬仰和称颂。

先生们,永远地与伏尔泰分离,对我来说无论多么艰难,都让我仍然感受到在不断接近的不得不再次痛苦的眼下,这是他的离去给大家带来的。他曾安宁地驻留在费尔奈。经济上的琐事又将他呼唤到巴黎,他希望尽早地赶到那里,以免残余的财富破产。伏尔泰不愿意空着手返回故国。通过将时间时而用于哲学,时而用于文艺,他生产出大量的作品,并且不断酝酿着新的。他写作了一部题为《伊蕾娜》(*Irene*)的新肃剧,想让其在巴黎上演。他已经习惯于让自己的剧作经受最为严格的批评,然后再将它们公之于众。

---

① 青年骑士拉巴雷(de La Barre)及其两位友人于 1765 年被指控毁坏耶稣受难像,并于 1766 年受绞刑。伏尔泰想要为其同伴戴塔隆德(D'Etallonde)平反,但以失败告终。

忠实于这个原则的他,在巴黎与那些他熟识的有品味的人们一起商讨,将纯粹的自爱寄希望于让作品配得上自己身后的名气。他抱着好学的态度听取别人给出的明智建议,继而用独特的热情润色他的肃剧。他通宵达旦地进行着修改。为了赶走睡意或者振作精神,他就饮用过量的咖啡,每天至少五十杯。① 这种饮料令他的血液激烈地翻腾,使之激动,以至于他为了镇定狂热而吸食鸦片,但剂量之大,不但没有减轻他的痛苦,反而加快了他的死亡。就在不那么谨慎地使用了这种药剂之后,他出现了某种麻痹症状,继而中风,这便夺去了他的生命。

虽然他体格瘦弱,苦闷、忧愁以及艰辛的劳作削弱了他的体质,但是他仍然活到了八十四岁高龄。在他这里,精神始终主宰着躯体。他强大的灵魂将自身的力量分享给几乎如一丝气息的身体。他的记忆力令人惊叹。直到生命的最后一息,他的精神仍然完全清晰,想象力依然活跃。先生们,我怀着何等的喜悦向你们回忆那些赞叹与感恩的证明,它们都是巴黎人在这位伟人最后一次逗留祖国期间奉献的。② 世人如果可以做到公允,那么自然吝啬地生产出的特殊之人就能够在有生之年得到公正待遇,如同在后人那里可以确定无疑地收获的赞许那样,他们也能够获得同侪的赞许,这样的事既美好,却也罕见。人们完全有理由期待,曾将全部天才洞见奉献给其民族之光荣的伏尔泰,仍会得到光芒的

---

① 达朗贝尔——弗里德里希二世根据其说法来描述伏尔泰的死亡——只是提到"许多咖啡"。

② 1778年3月30日,伏尔泰在法兰西学院盛大的欢迎会之后观看了《伊蕾娜》,对他来说,该剧受到的欢迎无与伦比。表演过后,他的半身像在舞台上被冠以桂冠,而他本人头上也被冠以月桂花环。

照耀。法国人感受到了这一点,并因他们对荣光的热爱而显得可敬,这份荣光是他们伟大的同胞慷慨赠予他们和那个世纪的。然而,人们岂能相信,这样一位伏尔泰——异教的希腊会为其建造祭坛,罗马会为其塑造雕像,彼得堡伟大的女皇①,这位科学的保护人,想要为其竖立纪念碑——在自己的祖国却差点儿连一捧埋藏骨灰的泥土都没有?为什么?在18世纪,在这个知识比以往传播得更为广泛,哲学精神取得如此进步的时代,难道还有比赫鲁勒人更为野蛮的假圣人?赫鲁勒人这样的造物更应该与泰波本人,而不是与法兰西这样的民族生活在一起。难道还有因虚假的热望而盲目、醉心于狂热的人?他们在这样的时代里妨碍着人们对法兰西产生的最著名的人物致以人性最后的敬意。然而,欧洲人难过且震惊地目睹了这一切!② 不过,无论这些狂人多么憎恨他,无论他们面对尸骨时如何倾泻自己的报复,他们嫉妒的呼喊和肆虐的嚎叫都不会玷污人们对伏尔泰的纪念。他们所能期待的最为柔和的命运便是,他们及其可怜的阴谋会永久地陷入遗忘的阴暗之中,而伏尔泰的荣誉则会世世代代增长,他的大名将会永垂不朽。

---

① 达朗贝尔1778年8月16日致信弗里德里希二世说,叶卡捷琳娜二世购买了伏尔泰的藏书,准备在一座小殿堂里安放,并在殿堂中心为伏尔泰树立雕像。

② 由于法兰西教会禁止伏尔泰葬于巴黎,他只得落葬于香槟省塞利埃尔(Scellières)的修道院,其院长为伏尔泰的侄子米尼奥(Mignot)。特鲁瓦主教禁止落葬此地的禁令来晚了一步。1791年,在国民大会的决议下,伏尔泰遗骨得以迁往巴黎,并且声势浩大地迁葬先贤祠。

纪念拉美特利(1752)*

——1752年1月19日宣读于科学院

拉美特利(J. O. de La Mettrie)生于1709年12月25日,父亲为于连(Julien Offray de La Mettrie),母亲为玛莉(Marie Gaudron)。他的父亲是一位大商人,能够给自己的儿子提供良好的教育。拉美特利在库唐斯学院(College von Coutances)接受了初级的教育,紧接着来到巴黎的杜普莱斯学院(College Duplessis),并在卡昂接受了修辞学训练,因为有着伟大禀赋和想象力,他在这里获得了无数的奖励。他是一位天生的演说家,是诗艺和纯文学热情的拥趸。不过,他的父亲认为,比起诗人,教士更有前途,于是安排他去教会发展。第二年,他父亲再次把他送到杜普莱斯学院,他在科尔迪耶门下修完了逻辑学,而这位老师与其说是一位逻辑学家,不如说是一位冉森派教徒[①]。

充满活力地领悟观念事物,是炙热想象力的一个标志,正如将最初记忆下来的观点视作福音是青少年的标志那样。其他所有学生都会吸取老师的看法,但青年的拉美特利并不满足于此。他成了冉森派教徒,写了一部受到该教派热烈欢迎的作品。

---

* [译按]译文根据福尔茨编德文版文集卷8,页217-221译出。
① 冉森派教徒,指的是荷兰神学家冉森(Cornelius Jansen,1585—1638)的拥护者,教皇于1719年将他们革除教会。

1725年,他在阿尔古学院(College Harcourt)学习物理学,并在这里取得了巨大进步。他返回圣马洛后,当地的医生于瑙①建议他当医生。人们建议他父亲准许这个提议,并且给出保证说,一位普通医生的药剂所带来的远胜于一位优秀教士的宽恕。青年拉美特利首先学习了解剖学,两个冬天都在练习解剖,于1728年在兰斯(Rheims)获得博士头衔以及医生证书。

1733年,拉美特利为了在著名的布尔哈夫(Hermann Boerhaave)门下学习而前往莱顿。对于学生而言,这位老师是配得上的。不久,这位学生也使老师脸上有光。拉美特利将自己的全部机敏用于对人之痛苦的认识和救治,自从抱有这样的决心起,他便成为一位伟大的医生。1734年,他在闲暇中翻译了布尔哈夫论火的论文及其关于性病的论文,并且自己动手写作了一部论花柳病的论文。法国年长的医生群起而攻击这位新人,他竟然胆敢像他们一样博学。令他感到自豪的是,巴黎最为著名的一位医生针对他的作品写了批评文章,这明确地表明,它是一部好作品。拉美特利接着写了一篇反驳文章。为了切切实实地让他的对手无力反驳,他于1736年写了论眩晕的论文,所有不抱成见的医生都对该论文给予了重视。②

令人遗憾的是,由于人性的不完美,卑鄙的嫉妒心成了学者的标志。功成名就的人对有抱负的人物取得的进步感到恼火。这块锈斑附着在他们的天赋之上,虽然不会毁灭它们,但是偶尔对它们

---

① 于瑙(F. J. Hunauld,1701—1742),著名解剖学家。

② 几篇译文及论文题目分别为 Traité du feu(1734), Système sur les maladies vénériennes(1735), Nouveau traité des maladies vénériennes(1739), Traité du vertige(1737)。

有害。在学术道路上取得长足进步的拉美特利备受嫉妒之苦,而他的活泼性格使他对此加倍敏感。

回到圣马洛之后,他翻译了布尔哈夫的《箴言录》《医学》《化学过程》《化学理论》以及《医学学说》。① 几乎在同时,他还发表了西德纳姆②作品的节译。我们年轻的医生从早期的经验学习到,翻译要比自己创作来的方便。不过,天才的标志是执拗。如果他感觉到自己的力量——倘若可以如此表述——并且内心充满以极其娴熟的方式进行自然研究时所取得的结论,他会想要向世人宣告自己有用的发现。他发表了《论天花》③的论文、《实践医学》④,以及针对布尔哈夫《生理学》⑤的六卷本评注,这些作品全部在巴黎出版,尽管都写于圣马洛。他将医学理论与实践联系了起来,并且这些实践都很成功,这对于一位医生来说是不小的成就。

1742年,在其老师于瑙逝世之际,拉美特利来到了巴黎。莫罗和希多布尔两位先生为他在格拉蒙公爵那里谋得一份差事,不久,公爵帮他取得了近卫军军医的委任状。拉美特利陪同公爵一同上了战场,参与了德廷根(1743)、冯特诺瓦(1745)战役,以及对弗莱堡的围攻(1744)。他的保护人在冯特诺瓦战役期间中弹身亡。

拉美特利之所以对此次事件感到特别痛苦,是因为他的好运也同时丧失了。原因如下。围攻弗莱堡期间,他重度高烧。疾病

---

① 法文题目分别为 Aphorismes sur la connaissance et la cure des maladies (1738), Traité de la matière médicale (1739), Abrégé de la théorie chimique (1741), Procédés Chimiques, Institutions de médecine (1740)。

② 西德纳姆(Thomas Sydenham,1624—1689),英格兰著名医生。

③ Traité de la petite vérole (1740)。

④ Observations de médecine pratique (1743)。

⑤ 指的可能是 Institutions et aphorismes, avec un commentaire (1743)。

对于一位哲人而言始终是一部自然学说教科书。他认识到精神能力唯独依赖于我们身体机器的特质,这台机器的紊乱会对我们自身的零件产生巨大影响,形而上学家称这个零件为"灵魂"。在康复期间,他满脑子都是这些观点。他手持经验的火炬,大胆照亮了形而上学的晦暗,试图借助解剖学理清他的理智之网,他在其他人以非物质的更高事物为前提的地方,看到的只是机械作用。他发表了以《论心灵的自然史》为题的哲学假说。军团的战地牧师声嘶力竭地对他发出了抗议,所有善男信女也立即喧闹了起来。

  一众教士就像在司空见惯的事中窥见了奇妙探险的唐吉诃德,或者佛拉尔骑士①,他满脑子都是自己的体系,以至于在阅览过的所有书籍中都能看到进攻军队。大多数教士如同审查神学论文一般审查文学成果。由于他们除此之外什么都不想,所以,他们的嗅觉所到之处无不是离经叛道。因此,他们就作出了如此多错误的判断,对作家们发动了如此多总不恰当的攻击。所以说,对于一部物理学作品,必须以物理学家的思维去阅读。它必须在自然和真理的审判席前得到开释或者受责罚。同样,对于天文学作品也是如此。倘若一位可怜的医生证明了剧烈棒击头部会令精神错乱,或者理智在人体高烧到一定度数时会变得模糊不清,那么,人们就必须向他证明相反的结论,否则就要保持沉默。倘若一位娴熟的天文学家证明了与约书亚所言相反的东西,即地球和所有天体都绕着太阳旋转,那么,人们就必须在天文计算上胜过他,否则就得容忍地球自转说。

---

  ① 参弗里德里希二世为佛拉尔(Jean Charles de Folard,1669—1752)骑士的珀律比俄斯《罗马兴志》评注选辑所撰写的"编者前言"(1753),见德译本卷 6,页 351-352。

不过,那些能够持续让软弱的灵魂忧心忡忡从而相信自己的事业岌岌可危的神学家,毫不理会这类事情。即便在这里,他们也想从一篇物理学论文中找到异端邪说的谬种。于是,作者就会受到残酷迫害,而僧侣则安然无恙,被指控为异端的医生就不得为法兰西近卫军诊疗。

除了善男信女的仇恨之外,还有竞争者的嫉妒心。拉美特利发表了《医生的政治》①一书后,上述嫉妒心再次剧烈地爆发了。工于心计、野心勃勃的某君当时企图得到法国国王首席御医的职位,为了达到目的,他认为只要令那些竞争者在同行中间显得可笑就足够了。于是,他写了一篇针对他们的谤文,为了自己的目的而利用了拉美特利亲切的友情。他指使拉美特利用其笔端轻松的创造力和多产的想象力助他一臂之力。这足以彻底毁掉一个像拉美特利这样不那么知名的人,外在的迹象都不利于他,他除了有功劳之外却没有保护伞。

他拥有作为哲人过于伟大的坦诚和作为友人超出常规的殷勤——这二者的酬劳却是,拉美特利不得不背井离乡。杜拉斯公爵和谢拉子爵建议他摆脱教士们的憎恨和医生们的报复。因此,他于1746年离开赛谢尔先生曾委派他就职的军队医院,来到了莱顿,以哲人身份在这里安静地生活着。他在那里写下了《佩涅洛佩》②,这是一部针对医生的檄文,他在其中以德谟克里特为榜样,将自己职业的虚荣性嘲弄了一番。其中最引人注目的是,医生们的江湖骗术被如实刻画,而他们却也在读到这部作品时不得不捧腹。这证明了这部作品所包含的欢乐远多于恶意。

---

① 法文题目为 *Politique du médecin de Machiavel*(1746)。

② 法文题目为 *Ouvrage de Pénélope, ou le Machiavel en médecine*(1748)。

拉美特利自从远离了医院和病人,就全身心地投入思辨性的哲学中。他写了《人是机器》,或者不如说,他书写了有关唯物主义的一些强劲思想,无论如何,这都是为了以后继续钻研。这部作品必定不会讨那些因职责之故而公开与人类理性进步为敌的人的欢心。它使得莱顿所有僧侣群起而攻击书的作者。加尔文派、天主教、路德宗突然把他们关于变体论、意志自由、安魂弥撒、主教权威等的争论统统抛到脑后,一同携手迫害一位本就很不幸同时又是法国人的哲人——当时,法兰西君主国针对荷兰联省的战争取得了胜利。

拉美特利以哲人和受迫害者的身份在普鲁士得到了庇护,从国王那里得到了一份年金。1748年二月,他来到柏林,成为王家科学院院士。医学界认为他对形而上学没有发言权,于是,他就痢疾和哮喘各写了一篇论文,①它们是人类就这些可怕疾病所写的绝佳之作。此外,他还就抽象的哲学对象构思了许多作品,打算对它们进行进一步的审视。然而,由于他遭受了一系列命运的变故,这些作品落入他人之手,在它们被发表时,②他不同意它们流通。

拉美特利死在他曾救治过的法国大使蒂尔孔奈尔勋爵家中。疾病似乎知道它在对付谁,一开始就狡猾地攻击了他的大脑,以确保将他击倒。他的高烧伴随着精神错乱。这位病人不得不向同行们求取知识,然而,他在他们那里得不到任何帮助,无论是用来自救还是常常可以在他的知识中找到的对公众的裨益。

他卒于1751年11月11日,享年41岁。他的遗孀是德雷亚诺

---

① 即 Mémoire sur la dyssenterie(1750) 和 Traité de l'asthme et de la dyssenterie(1750)。

② 题为 Œuvres philosophiques(1751)。

(Luise Charlotte Dreauno），他给她留下的只有一个五岁多的小女儿。

　　自然赋予拉美特利的一笔财富是不竭的天然风趣。他思想活跃，想象力丰富，从而可以从贫瘠的医学土壤中培育出花朵。他是天生的演说家和哲人，不过，另外一种更为宝贵的禀赋则是他澄明的灵魂和孜孜不倦的心灵。对神学家虔敬的指责毫不在意的人们，也会哀悼拉美特利这位正直之人和学识渊博的医生。

附　录

弗里德里希二世时期的邦国爱国主义*

胡伯(Ernst Rudolf Huber)

一

尽管人们做了种种尝试，意图再次复兴帝国观念，并在更深的层次上把它与新时代的精神力量融合起来，然而，这一观念在18世纪已经日薄西山。[1]彼时，与之相对立，邦国爱国主义(der staatliche Patriotismus)正在发展——尤其在普鲁士土地上，它赖以维系的并不是正在没落的帝国，而是新近崛起的独立王权-君主制领土邦国势力。这种新的爱国主义思想所源出的邦国概念滥觞于法兰西，法学家的学术工作为其提供了准备条件，[2]后在博丹伟大的理论构想中脱颖而出，[3]靠着伟大的红衣主教黎塞留和马萨林在思想

---

* ［译按］原文题为Der preußische Staatspatriotismus im Zeitalter Friedrichs des Großen，载 *Zeitschrift für die gesamte Staatswissenschaft/ Journal of Institutional and Theoretical Economics*, Bd. 103, H. 3. /4. (1943)，页430-468。

① E. R. Huber, Reich, Volk und Staat in der Reichsrechtswissenschaft des 17. und 18. Jahrhunderts. *Zt. f. d. ges. Staatswiss.* Bd. 102(1942) S. 593ff.

② C. Schmitt, Die Gestalt des französischen Juristen (in: *Deutschland-Frankreich* Jg. 1 Heft 2).

③ J. Bodin, *Les six livres de la Republique* (1577). -Dazu neuerdings K. Bud-

和政治上得到完全发展。人们经常描述该邦国概念源出的政治-论战环境,从而确立法兰西民族在与皇帝、教皇以及内部阶层多元主义的斗争中的独立和统一。① 处于该理论中心的是主权概念,它的本质意义并不仅仅在于赋予了君主在邦国中至高和不受限制的全权(summa potestas),而且首先在于,邦国形式的民族体(Nation)与君主一道,作为一种联合体——其标志是独立和统一——得到认同和自我主张。故而,尤其关键的是制度性的邦国主权,因为王国被证明是唯一能够独自取得民族独立和统一的力量,制度性的邦国主权只有在君主人格性的主权下才能获得具体的形象。法兰西民族的独立和统一由法兰西邦国及其主权所创造,这一点奠定了长久以来代表法兰西思想的民族和邦国的一致性。在法兰西产生出这种直接的邦国和民族一致性的,并非较晚的法国大革命,而是在此之前的君主制的独立王权。

这种邦国概念的真正对手是帝国概念,即便在17、18世纪,并存的皇帝、教皇、等级划分仍然决定着帝国的内在结构,依据自身的观念,帝国仍然不得不死守习传的涵盖各民族体(nationenübergreifend)的权威。新的邦国概念被德意志诸领土吸收,用来实现独立自由以对抗皇帝和帝国,如此一来,帝国在欧洲的影响就受到来自法兰西的新的邦国概念的挑战,它也同时面临来自内部的威胁并且最终被毁灭。只有帝国成功地为自身获得了邦国属性,才能够避免这种解体。然而,将帝国重塑为邦国的所有尝试,在这

---

deberg, Souveränität und Völkerrecht bei Jean Bodin, *Arch. ö. R. N. F.* 32: (1941), S. 193 ff. -C. Schmitt, Staatliche Souveränität und freies Meer (in: *Das Reich und Europa*, 1941, S. 79 ff.).

① H. v. Srbik, *Deutsche Einheit* Bd. 1(1935), S. 48 f.

个关键时刻都以失败告终。发展出邦国品质的不是帝国,而是各个领土,这些品质包括首脑的主权、常备军、官僚体制、中央集权和行政的普遍性。① 为这类历史抉择感到惋惜或者追究过失和责任,几乎毫无意义可言。唯一重要的是弄清政治现实,而其实质恰恰是,在17、18世纪的世界政治秩序里,帝国概念被最先在法兰西政治意识中形成的邦国概念所替代,在与古老帝国的斗争中为自己赢得这一邦国性的,恰恰是德意志诸领土。

我们已经习惯于用"接受"概念来理解这些过程,这里的意思是说,德语的帝国(Reich)概念一旦服从于外来的、西方的邦国概念,就被摧毁了。只需要顺带提及,早在人们将这个帝国概念追溯至对罗马帝国(Imperium)概念的挪用时,②它就已经面临过类似的异议,完全相应的是,对于遥远的过往岁月,人们试图借用外来的统治(Herrschaft)概念去弄清日耳曼的共同体思想(Genossenschaftsgedanken)与前者的重合性。③ 倘若上述观察恰切的话,那么,德意志的宪法史就会贬值为一种接受链,要在层层叠叠中揭示原初、根本的德意志本质,一定会显得毫无希望。倘若如此,只有"前史"才会与德意志本质和纯粹的形象有关系。④ 实际上,在上述所有所谓接受的情形中,外来范例只是一种外在力量,它会在创造性的交汇中,

---

① E. R. Huber, *Bau und Gefüge des Reiches* (1941), S. 5 ff.

② 比如关于中世纪皇帝政治著名的西贝尔-费科(Sybel-Ficker)论争,相关富有启发的概貌见 F. Schneider, *Die neueren Anschauungen der deutschen Historiker über die deutsche Kaiserpolitik des Mittelalters* (4. Aufl. 1940)。关于主题参 H. Heimpel, *Deutsches Mittelalter* (1941)。

③ O. v. Gierke, *Genossenschaftsrecht* Bd. 1 (1868).

④ 对于这种观点的批评,参 O. Höfler, *Das germanische Kontinuitätsproblem* (1937)。

激发寓于德意志本质中的政治生长力根据自身法则去发展。

如果说法兰西造就的制度,包括其精神前提,促使德意志的政治活跃力量取得属己的成就和形塑而不是纯粹的模仿,那么上述说法也适用并恰恰适用于邦国概念。只有这样才可以解释,以邦国概念为标志在德意志领土上产生的一些势力,为何成功抵御了法兰西在欧洲的霸权——即便路易十四似乎极为接近这个目标;并且保存了德意志——即便不是古老"帝国"——这个欧洲秩序独立和具有发言权的要素。在面临极度威胁的几个世纪里,德意志领土——无论是特蕾莎和约瑟夫的奥地利,还是弗里德里希二世的普鲁士——的邦国性,都是德意志民族体(Deutsche Nation)在争取政治和精神自我主张的斗争中的有力武器。在战斗中使用对手的武器,并不总是代表着服从,而是显示出一种优越性。人们只需学会独立地使用这样的武器并发挥其作用。这种使邦国新式"武器"适应于德意志的可能性、对这一武器广泛的普及以及精湛的运用,是领导性的德意志领土——普鲁士和奥地利——在18世纪取得的伟大成就。通过创造"邦国",它们摧毁了"帝国",同时又维持了德意志的存在,重新确立了德意志在欧洲和世界的影响。①

因此,这种德意志——尤其普鲁士——的领土性邦国(Territorialstaat)首先是纯粹人为的政治形塑产物,并且在此意义上——倘若可以富有意味地使用如下备受批评的反题的话——并不是一开始就有机生长的,而是机械构建的政治单位。② 这既适用于寄附在

---

① H. v. Srbik,前揭,页103f.。

② 参 W. Dilthey, *Friedrich der Große und die deutsche Aufklärung* (*Ges. Schr.* Bd. 3), S. 132:"自从霍布斯以降,理论使邦国脱离了它寓于各个民族独特生活中的根基。根据这一学说,邦国并不是历史地、自觉地产生于民族生活的塑造

不属于帝国的东部地区的普鲁士王国,也适用于常备军和官僚体系,它们作为有意识、有计划地创造出来的影响邦国的制度,诞生在普鲁士。① 不过,这一成就之所有具有决定性,就在于它成功地将这种一开始人为创造的王国、常备军、官僚体制等政治机制,与自然的生长力融合起来,从而将源自"机器"的"邦国"发展为一种涵盖广泛的单位和独立的存在。这恰恰就是邦国概念在弗里德里希二世治下的普鲁士所获得的伟大且真正德意志式的运用,即邦国似乎成为独立的存在,一切——王国、军队、官僚体制——都得为它服务,它成了整体人格,而王国、军队、官僚体制以及人民,作为肢体嵌入其中。18 世纪,爱国主义不理会变得空洞无权的帝国,而是将注意力转向了具有独立实体意义的邦国人格。邦国成了"祖国之爱"的对象,由此成为"祖国"。邦国成了普遍福祉的承担者,这是自然正当的正当性所赋予的。由于帝国式民族体(Reichsnation)衰落,邦国成为新的民族体概念的承担者。"邦国式民族体"(Staatsnation)概念,即着眼于邦国的人民躯体(Volkskörperschaft),在德意志领土兴起,而泛德意志(Gesamtdeutschtum)则倾向于退化为"文化民族"(Kulturnation),即着眼于人类的精神-道德实质。

显而易见,这种"邦国爱国主义"(Staatspatriotismus)作为独特

性力量,它是智性和利益的产物,因此,它服从于调节性的理性的全能。邦国不是有机体,而是个别力量的体系,即机器。" G. Beyerhaus(*Friedrich der Große und das 18. Jahrhundert*,1931)也指出了普鲁士邦国思想与霍布斯的关联(页 11),但是 Beyerhaus 认为,七年战争之后,霍布斯在普鲁士被"精神生活的自律性感觉"所克服。

① 关于普鲁士邦国发展中军队和公务员的宪法政治意义,参 E. R. Huber, *Heer und Staat in der deutschen Geschichte*(1938),S. 103 ff. 以及 *Die verfassungsrechtliche Stellung des Beamtentums*(1941),S. 5 f. 。

的普鲁士成长特征,①倘若没有弗里德里希二世的人格和壮举,是不可能产生的。1740年以前,普鲁士在德意志的威望微乎其微。在帝国为自身生存进行的艰苦斗争中,勃兰登堡-普鲁士常常身处边缘,甚或与帝国的敌人联手。② 一如大选帝侯的做法,弗里德里希二世也不会拒绝与帝国为敌的计划和联盟。普鲁士一直被视为一个只专注于自身利益的强权和福利邦国,一个由严格的新教正统观念和清醒的计算所决定的军事和官僚体制。直至具有自由精神和政治-军事天才的弗里德里希二世的出现,整个邦国才超越了自身及其偏狭,成为更为广阔的德意志空间的中心。③ 其中,居首位的是伟大国王一人的人格,是它以这种方式产生了超出领土界限的影响。歌德(Goethe)承认,

> 这样,我的心也是倾向普鲁士,不如更正确地说,倾向于弗里德里希王了:我们跟普鲁士人有什么关系呢?打动我的乃是这伟大的君主的人格。④

---

① 参 G. Wünsch, *Evangelische Ethik des Politischen* (1936), S. 268:"为之赋予灵魂的并非民族的,而是邦国爱国主义,国王有意识地给公务员、军队以及人民教育这种爱国主义。"

② H. v. Srbik,前揭,页94ff. 。

③ 亦参 Paul Joachimsen, *Vom deutschen Volk zum deutschen Staat* (2. Aufl. 1920), S. 40:"一位在所有政治活动中仅仅以扩张和维护邦国为目标的统治者,一下子成为德意志邦国主义兴趣的中心,这是我们历史诸多奇事中的一桩。——一位展示过力量的男子汉走进了老生常谈和公法谎言的世界。这就是弗里德里希二世赢得民族芳心的东西,一如他自己的事业那样。"

④ Goethe, *Dichtung und Wahrheit* (*Sämtl. Werke*. Inselausgabe, Bd. 3, S. 53);[译按]中译参歌德,《歌德文集·卷四:诗与真(上)》,刘思慕译,人民文学出版社,1999,页42。

不过,寓于绝对君主制本质中的国王与邦国的一致性,带来了必然的结果,即这种"弗里德里希倾向"日渐发展为一种普鲁士-邦国立场。将弗里德里希奉为德意志英雄的举动,远非仅限于普鲁士国土之内,这必然导致,对于国王所代表的普鲁士邦国而言,它可以从本国臣民的联合以及德意志民族体的广阔领土之中获取新力量。

于是,普鲁士成了民族体(Nation)。当然,这并不意味着,它变成了一种如由默瑟(Justus Möser)和赫尔德所建立、浪漫主义和唯心主义进一步发展了的有机生命单位意义上的"人民"(Volk)。这是无稽之谈。不过,说普鲁士成为"民族体"的意思是,它从一开始只是以自外向内-强权的方式通过纪律和强权粘合在一起的众多(Vielheit)领土、等级以及臣民,如今变成了一个自信的、融合为具有共同思想和立场的单位(Einheit)。这种邦国思想从王国以及直接附属于它的军官和官僚的伦理(Ethos)中迸发而出,进而蔓延到更广泛的民众阶层。纯粹的臣民联合变成一种融于普鲁士邦国理念之中的整全,它通过独特的普鲁士风格——这成为普鲁士邦国意识的内核——获得了持久和独具一格的特征。不仅军队和行政部门,还有学校和教会,甚至经济和市民生活本身,都充溢着普鲁士邦国的这种风格法则并受到它的塑造。受到如此塑造的普鲁士民族体远不只是一种众多臣民单纯在法律上的统一。邦国的道德观念、对王国的忠诚、自律的义务概念以及理所当然地着眼于邦国的立场,所有这些构成了普鲁士邦国独特的爱国主义的力量,使普鲁士民族体成了一种在思想和立场上统一并且牢固的整体秩序(Gesamtordnung)。赫尔茨贝格(Hertzberg)副首相在他的科学院演讲中谈到故去的国王时说道:

> 普鲁士人会继续拥有自己的名声,每当这个名字响起时,

它会像曾经的马其顿人或者罗马人被自己的称号所鼓舞那样鼓舞人们。①

只有人们认识到,这种普鲁士邦国爱国主义被赋予了辐射德意志整体意识的内在力量,他们才会完全理解它。民族自由主义的历史撰述一度赞扬过 17、18 世纪勃兰登堡-普鲁士的政治,说它有意识并且目标明确地为 19 世纪时即便只是在小德意志意义上成功的帝国改革做了预备,这无疑是年代错位的误解。由于毫无顾忌地热衷于领土性独立邦国(Sonderstaatstum)及其强权-福利利益,这一世纪的普鲁士政治断不会有意识、有计划地着手于这样一项泛德意志使命。尽管如此——普鲁士命运的实质悖论即寓于此间,普鲁士这种不同于帝国思想的利益政治,恰恰超逾了其担纲者直接的意识,服务于德意志思想的再次强化和重建德意志的统一。② 斯尔比克(H. von Srbik),这位泛德意志历史观的前驱人物强调说:

> 弗里德里希的人格——是它完成了创造整体邦国这一使命——为时至今日甚至更遥远的德意志未来赢得了象征力。③

在弗里德里希二世的时代,就已经有人预感到普鲁士的德意志使命,即便在国王及其仅限于普鲁士政治的冷静现实的政治计算中找不到立足点,即便他不得不令一开始的支持者——无论是莫塞尔(Carl Friedrich von Moser),还是克洛普施托克(Klopstock)和莱辛(Lessing)——中有德意志民族感的人(die national-deutsch

---

① W. Dilthey,前揭,页 201。
② B. Erdmannsdörfer, *Deutsche Geschichte*, Bd. 1, S. 685.
③ H. v. Srbik,前揭,页 104。

Empfindenden)失望。弗里德里希和他的邦国首次向德意志民族再现了一个英雄的视死如归和坚定的自主意志的典范。自施陶芬王朝没落以来,人们第一次可以直接亲身感受什么是伟大,而不是仅仅从古典榜样身上揣摩。只有德意志人才有可能做出伟大的历史行动并具有唯一的历史人格,这种感受使得普鲁士邦国超越了它受领土限制的现实和现实政治的权力追求,并赋予它泛德意志的地位。普鲁士在这个世纪开启其德意志使命的方式不只是,在普遍解体的时代,伴随普鲁士邦国的兴起,在德意志内部形成了一个新的政治势力核心,还以一种更为深刻、更为持久的方式,在德意志内部赋予整个民族体一个建国典范。德意志人民在这个罕见的伟大榜样身上看到,只有通过视死如归的决心、舍命的力量、服务的坚忍、将整体秩序化的内在纪律,朝向政治统一和独立的重新崛起才有可能实现。于是,在一个更为深刻的层面上,未来泛德意志政治的根基,作为有意识计划的根基被确定下来。在所有同时代人中,赫尔德(Herder)最为清晰地认识到普鲁士的这一德意志使命,他尽管激进地批评普鲁士独立王权的机械主义结构,还是认可了伟大国王的德意志成就,并且预言了普鲁士形塑德意志未来的使命。

二

弗里德里希时期的这种普鲁士的——然而却是那么地符合德意志本质——邦国爱国主义,最早在阿普特(Thomas Abbt)作品中以邦国理论的形式得到表达。[1] 生于施瓦本的阿普特,经过普鲁士

---

[1] 关于他对同时代人及社会环境的影响参 Nicolai, *Ehrengedächtnis Thomas Abbts* (1767); Herder, *Über Thomas Abbts Schriften* (1768), *Werke*, Hrsg. v. Suphan Bd. 1 S. 249 ff.。晚近的研究值得一提的是 Claus, *Thomas Abbts historisch-*

哈勒大学和奥德河畔法兰克福大学的教育，完全融入了普鲁士的邦国思想之中。在《论为祖国而死》(1761)、《论功绩》(1765)这些著名作品中，普鲁士邦国爱国主义获得了最为重要的形式。对于阿普特而言，普鲁士邦国伦理的深刻内涵体现在弗里德里希二世这个高贵的典范身上，在他看来，普鲁士国王英雄式的义务意识是新的邦国原则的直接表达。不过同时，从他与默瑟亲密朴实的私人友谊中可以看到，阿普特并不把普鲁士理解为从德意志特殊的离析，而是认为普鲁士为德意志赋予了代表性的意义。由于他目睹到，只有在弗里德里希二世的邦国中，才具有对政治生存进行现代的、有时代必要性的形塑，他就必须与这个邦国融合，就像后来所有德意志出身的政治家、士兵以及思想家那样，他们致力于从政治上巩固并全面发展德意志本质，并都在普鲁士找到了发挥效力的空间。

《论为祖国而死》①一书第一次将该主题——它同时在克洛普施托克、克莱斯特（E. v. Kleist）以及莱辛的祖国诗作中不断发出回响——当作政治哲学，同时直接以普鲁士当下的处境为参照的表述对象。这种双重目标，即统一地服务于理论认识和政治行动，可以解释该作品中哲学反思和决定了作品风格的激情认信的融合。作者在开篇说：

> 有这样一些时刻，那些想着安宁地扶犁的人，却不得不手握戈矛；本来要奔向温柔婚姻的农人，却不得不直面死亡；一

---

politische Anschauungen（1906）; Bender, *Thomas Abbt*（1922）以及 R. Höhn, Der Soldat und das Vaterland während und nach dem Siebenjährigen Krieg（*Festgabe f. E. Heymann*, 1940, S. 250ff.）。

① Th. Abbt, *Vom Tode für das Vaterland*（*Vermischte Schriften* Teil II 1783）. ［编按］后文引用此书时仅注页码。

位老父的依靠被召去支援邦国,一位高龄老母的慰藉也从颤抖的拥抱中被拖向血腥的战场。(页 10)

那么,我们中间的每一个人难道不应该成为勇敢的布道者,向其他人呼喊:祖国有权据有你的生命?(页 13)

根据这种"新的伟大思考方式",阿普特敦请人们从内心准备好为祖国而牺牲:

在对祖国的颂扬中呈现的死亡,把我们王者一般的灵魂从囹圄中唤出,而不是把它像奴隶一样地扼杀。它最终用我们动脉中流淌出的鲜血滋润奄奄一息的祖国,使它重焕生机。(页 41-42)

为了产生这种为祖国自愿牺牲的爱,"强烈激情的风暴"和"高昂的热情"是必要的。只有如此,每个人才能够意识到,"为祖国战斗而死,是高贵的"(页 126)。以这种信仰而战斗的战士遵循的是"完善的法则,该法则——如有必要——通过失去部分而赢得整全"(页 127)。

就阿普特的立场而言,尤其值得指出的是,启蒙理性主义的哲学反思与对邦国的激情-本能的认信是如何在这个论证中融合在一起的。献身于祖国的士兵符合一种普遍有效的理性规定,即"完善法则",它要求牺牲肢体以保全整体的生存。狂飙的激情与这种普遍且抽象的理性法则统一起来,在狂飙激情驱使下的个体在自身获得具体和富有个性的甘愿为祖国牺牲的精神。通过对激情的辩护——比他更早的是友人默瑟的表述①,阿普特超越了对祖国之

---

① J. Möser, *Der Wert wohlgewogener Neigungen und Leidenschaften* (1756), in: *Sämtliche Werke* (1843) Bd. 9 S. 3 ff.

爱和邦国思想的纯粹启蒙-理性的论证。于是,与哲学理性主义一道,一种非理性英雄主义成为邦国思想的根基。倘若在这种两极立场中只看到思想一致性的缺乏,那就太过肤浅了。事实上,只有融合理性主义与非理性主义,才能产生普鲁士邦国伦理富有生机的影响力。

当然,要为这种对祖国的激情和热情——其璀璨夺目的表现即牺牲——创造空间,在阿普特看来,邦国的政治秩序品质必须能够赋予个人以内在的可能,使人有效地参与邦国的整全,自愿作出至高的投入。个人只有在并非只是单纯的臣民,即不只是邦国强权和救济事业的对象,而是政治性的公民——邦国共同体中完全合法的、积极的成员——时,才会存在这种激情奉献的内在前提。为了使真正的祖国之爱充盈并承载邦国,邦国必须是公民-邦国,而非臣民-邦国,其前提并不是某种邦国法制度(无论是民主制的还是拥有自由主义特征的),而是一种政治观念,个人懂得自己在其中是通过积极参与而与他的邦国紧密相连。对阿普特所辩护的邦国爱国主义来说,这里就存在一大困难,因为他所参照的独立王权领土邦国,既不能放进传统的帝国观念,也无法植入作为这种"新思维方式"的内在动力的泛德意志民族意识,这种思维方式将个人作为共同参与的力量置入邦国共同体,并因此赋予他政治性的公民地位和功能。另外,由于古希腊城邦之古典形象似乎完全建基于自由邦民在邦国中的个人参与之上,该形象——传统上很喜欢被拿来当作受激情的祖国情感决定的政治秩序典范——也阻碍着一种试图将君主制领土邦国建立在积极的爱国主义之上的邦国理论的形成。

因此,阿普特作品的本质部分都致力于证明,无论是具有古希腊特征的古典民主制,还是绝对君主制领土邦国,都可以为祖国之爱提供空间和自由，这种爱不只是理性主义的福利思想，而且是激昂、热烈的爱国主义。个人因出生或者自由选择而从属的每一个邦国，在阿普特作品中都被视作祖国（页21-22）。这位出生在施瓦本、自愿献身给普鲁士邦国的人，必然会强调这种对祖国的自由选择。公民心中的祖国之爱被高贵的"君主榜样"唤醒，君主将自己作为祖国的牺牲（页55-56），"为了让臣民获得安宁，他自己许久以来未得安宁"（页63）。

为国王效劳的"竞争"意识唤醒了公民对祖国热烈的爱，国王和祖国在公民的这种爱中成为一个统一体。与此同时，与国王并肩作战的人和国王一道结合为民族体，它将会上升为"整个后世夺目的典范"（页42-43）。上述说明中每时每刻都可以清晰看到，作为直接参照的是弗里德里希二世——即便没有明确提到名字——的人格。王者英雄的榜样，使个人超脱出纯粹被动的臣民地位。个人所感受到的对国王毫无保留的忠诚，使之有可能献身于邦国的全部。将国王与公民统一起来的人格纽带，使机械式的邦国转变为有生命的"民族体"。

以这种方式，可以获得这样一个"民族体"概念，它并不是产生于有机的人民（Volkstum）单位，相反，它决定性的中心位于王国之中。因此，决定个人从属于"民族体"身份的不应该仅仅是出生，还有对国王人格的自愿献身。这样一来，这位施瓦本人也可以把自己算作普鲁士"民族体"的一分子。这恰恰是这篇作品关键性的根本思想：从献身于国王，发展为内在积极地融入到以国王为代表的邦国，以及甘于为诞生于邦国的祖国而牺牲的爱，从而，一个新的Nation［民族体］概念——正是Staatsnation［邦国式民族体］概念——得以形成。因此，古老的帝国爱国主义被邦国爱国主义所克服。普鲁士邦国民族体（Preußische Staatsnation）替代了莱布尼茨(Leibniz)曾经全力革新的德意志民族体(Deutsche Nation)。不过,创造了这种着眼于邦国的爱国主义和民族主义的,唯独是国王耀眼夺目的榜样性力量,他毫无保留地投身于为邦国效劳,在他似乎首先成为"最大的终极目的"时,他实际上成了服务于共同至善的"最大介质"(页64)。由此,邦国、祖国、民族体就变得一致,邦国不再是必须服务于作为"大个体"的君主的"工具",相反,它被视作独立的存在,君主、在他身后竞争着的贵族、士兵以及公民,都时刻准备着为之牺牲。

倘若赫恩(R. Höhn)在论"法学邦国人格"的作品中与上述观点相反,将独立王权邦国描述为"个体主义的君主国",[1]那么,他的解释就很难与作为七年战争将领和军队指挥的弗里德里希二世这样的人物取得一致,并且尤其会受到如阿普特《论为祖国而死》这样的作品的反驳。因此,对于赫恩而言,他有必要检验自己对弗里德里希二世独立王权制本质的看法。他援引了七年战争时期的防卫制度和当时的祖国文学。[2] 赫恩在那里并没有逃避这样的认识,即七年战争将普鲁士国王和他的军队融为一个"战斗和命运共同体"。祖国思想,尤其是阿普特赋予其特征的那种祖国思想,成为这一关系的决定性原则。但是赫恩认为,在战争之后,祖国思想再次沉没到"市民和平生活的洼地",军队再次成为"邦国机构",战斗和命运共同体再次成为"个体主义的邦国"。因此,无论对于军

---

[1] R. Höhn, *Der individualistische Staatsbegriff und die juristische Staatsperson* (1935), insbes. S. 117 ff.;关于细节参下文。

[2] 参 R. Höhn, *Der Soldat und das Vaterland während und nach dem Siebenjährigen Kriege* (Festschrift für E. Heymann, 1940)。笔者的书评见于 *Z. f. d. ges. Staatswiss.* Bd. 101 S. 737ff.,这是本文的基础,并在此得到扩展。

队系统还是对于邦国概念而言,祖国思想在七年战争中仅仅意味着"独立王权体系的一次突破"和"例外现象",弗里德里希二世的邦国就其常规形式而言,仍然是纯粹的"权力工具"。

以上述方式把如弗里德里希二世七年战争的"战斗与命运共同体"——在阿普特的作品中可以看到其文学上的反映——这样一种历史现象,解释成仅仅证明了规则的例外情形,从而剥夺其重要性,这是不可理喻的。在任何时代,在激情涌动的内部革新或对外捍卫自我的相对短暂的时期,都会出现某种政治秩序完全且纯粹的形象。不过,这种朝向纯粹和无瑕的政治存在形式的升华,并不是一个彻底的他者超越与之相对立的常规秩序的"例外情形",相反,是真正的根本力量在这样一种生存处境中突破了日常躯壳。在政治体系的表面之下可以看到真正承载性的结构。因此,七年战争无论对于弗里德里希大王而言,还是对于普鲁士而言,都是彻底决定性的事件,它让人们看到普鲁士邦国的个体本质和具体结构的特色。这里显露出来的力量和观念,不仅确保了普鲁士邦国的大国地位,而且为它创造了有效的制度。赫恩本人称其为"伟大国王的邦国观的鲜明特点,他把这个邦国视为他受命效劳的属己存在"。[①] 直至经过战争的洗礼,这种在弗里德里希二世作品中预先成形的理论性观点,才转化为完全的现实。自此之后,即便在高扬的祖国之爱变得疲弱之时,它仍然是普鲁士邦国思想恒久的基本特征。

赫恩虽然认可普鲁士邦国是"属己存在",却仍然试图坚持认为,对于弗里德里希二世而言,邦国首先是"权力工具",[②]倘若这样的话,两种说法就处于完全无法统一的对立之中。原因在于,邦

---

① R. Höhn,前揭,页 296。

② R. Höhn,*Der individualistische Staatsbegriff*,前揭,页 294。

国要么是君主用来实现个人目的的"权力工具",要么是君主为之效劳的"属己存在",两者不可能同时存在,或者说,只有在偷换概念的术语中,同一个"邦国"概念才可以被用来表达迥异的现象。把邦国的军事、行政组织称为君主设立和驾驭的"工具",在某种意义上来看也许是可行的。但是,不容忽视的是,通过这样的用法,人们只能理解供邦国支配的外在权力手段,而不能领会邦国本身,后者在残酷战争的自我捍卫中,超越了一切外在的权力组织,现实化为属己的存在和独立的精神原则,阿普特的《论为祖国而死》为此提供了永不过时的记录。

现在可以确定的是,阿普特作品中表达出来的高昂情绪,在消耗性的漫长战争岁月中已经消退,在国王所投身的乏味、令人精疲力竭的和平事业的战后年月里,越发被疲软的感情所遮盖。在直面牺牲和激情献身的时代逝去之后,"祖国之爱"又成为更为平庸化的实用、福利思想的对象,尤其如教育大臣蔡德利茨(K. A. von Zedlitz)在著名的关于爱国主义的科学院演讲中所表述的那样。[①] 关于这种开明爱国主义,人们不无道理地认为,它出自独立王权的法治邦国和福利邦国原则,"在这样的邦国中,一个稳定的法律秩序确保了个人对幸福的追求"。[②] 不过,阿普特的祖国立场与蔡德利茨的开明爱国主义之间的差别不应被过分抬高。从阿普特基本的哲学态度来看,他也是启蒙运动的一分子,他的作品与蔡德利茨宰相的演讲一样,充满了理性主义的思考和论据。阿普特所使用

[①] Zedlitz, *Über den Patriotismus als einen Gegenstand der Erziehung in monarchischen Staaten* (1777),参 W. Dilthey, *Friedrich der Große und die deutsche Aufklärung* (*Ges. Schr.* Bd. III) S. 158 ff. ;亦参 R. Höhn, a. a. O. S. 282 ff. 。

[②] 见 W. Dilthey,前揭,页 182。

的普遍至善和政治美德概念，自由、法律概念，义务、荣誉概念，都是不折不扣的启蒙式邦国和法权理论的表达。在阿普特思想中，哲学启蒙因素也同时起着决定性作用，这使得人们无法将他颂扬为解放战争观念的革命者和精神先驱——如赫恩所做的那样。①使阿普特不同于同时代人的是，在他那里，激情和热烈的非理性力量在体验了战争和国王壮举后，穿透启蒙运动的理性概念世界，他的作品于是从理性化论辩与非理性激情最为奇特的融合中迸发出来。② 不过，不足为奇的是，激情的火焰在战争的伟大时代过后，退化为福利邦国思想的柔弱火苗，如在蔡德利茨那里可以感觉到的那样，这一点也表现在弗里德里希二世本人关于祖国之爱的作品中。③ 早在著名的瑞士人齐默曼（J. G. von Zimmermann）——他后来尤其以在汉诺威和普鲁士行医而闻名——的作品《论民族自豪》④中，就已发展出了这种福利邦国的爱国主义，出版家索南费尔斯（J. von Sonnenfels）的作品《论祖国之爱》⑤也受其影响。觉醒时的激情将会转变为受理性决定的教育和行政事务中更为有节制的氛围，这是得到保障的权力状态和不受威胁的秩序的本质使然。倘若阿普特经历了和平年代，在他的作品中也会出现这种转变。

---

① R. Höhn，前揭，页 274f. 。

② 参 H. H. Jacobs，*Friedrich der Große und die Idee des Vaterlandes*（1939）S. 48：" 在弗里德里希二世的英雄气概直接的光芒下产生的作品，通过如下方式超越了其他启蒙时期的爱国文学，即这里表达的无条件献身和英勇牺牲的情感，也在实际上实现了的语言形式上突破了普遍-爱人类、抽象的祖国思考。"

③ 见下文。

④ J. G. v. Zimmermann，*Von dem Nationalstolze*（1758）.

⑤ J. v. Sonnenfels，*Über die Liebe des Vaterlandes. Gesammelte Schriften*. Bd. 7（1785）S. 1 ff.

因此,如果有人想要在他的作品中看到在 19 世纪勃发的德意志民族主义的孤独预演,那就搞错了。这之所以不可能,是因为他的民族主义明确维系于处于领土事实中的邦国(Staat),而不是作为超出领土邦国范围的德意志单位的人民(Volk)。他的爱国主义恰恰在这里完全植根于 18 世纪启蒙运动,从而在尝试中渴望,从特殊邦国的人为产物而非有机的人民(Volkstum)的自然力量中将民族体(Nation)发扬光大。

三

在与特殊领土邦国想象世界的上述勾连中,阿普特作品与弗里德里希二世本人的邦国理论-政治作品完全一致。[1] 从《驳马基雅维利》(1740)到历史著作和《政治遗嘱》(1752,1768),以及《论爱国书简》(1779),国王的思想和追求都在于,将处于领土和特殊事实中的邦国提升为欧洲政治体系的根本力量和中心,并使作为持久和承载性力量的民族体归属于邦国。[2] 因此,被弗里德里希二

---

[1] 这里使用的是如下版本:*Oeuvres de Frédéric le Grand*(Berlin 1846), *Die Werke Friedrichs des Großen*(in deutscher Übersetzung) herausgegeben von G. B. Volz(Berlin 1913),以及 Friedrich der Große, *Die politischen Testamente*(übersetzt von F. v. Oppeln-Bronikowsky, 2. Aufl. München 1936)。一般的引用来自 Volz 版,《政治遗嘱》根据更为完整的单行本进行引用。

[2] 参晚近的研究 G. Ritter, *Friedrich der Große*(1936);W. Elze, *Friedrich der Große*(1936);F. Meinecke, *Die Idee der Staatsräson*(3. Aufl. 1929) S. 340 ff.;R. Höhn, *Der individualistische Staatsbegriff und die juristische Staatsperson*(1935) S. 117 ff.;G. Wünsch, *Evangelische Ethik des Politischen*(1936) S. 253 ff.。此外还有如下专门研究 W. Dilthey, *Friedrich der Große und die deutsche Aufklärung*(*Ges. Schr.* Bd. 3, S. 83 ff.);E. Heymann, *Über die Bedeutung der Philosophie Friedrichs des Großen für seine Rechtspolitik*(1934);Derselbe, *Über Staat und Volk*

世视为祖国的,不再是帝国或者人民和空间的自然单位,而是邦国这个被有理性-有意识、有计划-有目的地创造出来的政治单位。①倘若弗里德里希二世的出发点是君主与邦国理所当然的一致性,那么,他绝不是为了由此提升自己个体性的存在,而是为了以最高的自我奉献为邦国效劳。狄尔泰恰切地注意到,君主若代表邦国,就必须在邦国的荣耀中寻找自己的光荣。②

探究弗里德里希二世政治学说中的人民、邦国、法权等概念之意义的各类尝试,尽管有细节上的出入,但是让人们看到了一个共同的结果,那就是,对于国王而言,在理论和实践上,邦国具有至高的决定性价值,所有政治力量,无论国王还是民族体,似乎都有义务以毫无保留的奉献精神为之效劳。

如果国王的所有作品都强调服务普遍福祉是至高的道德义务,国王、贵族、军官、公务员以及所有臣民都同样服从这一义务,那么,这里的普遍福祉概念与邦国福祉③、邦国利益概念④就是相一致的。邦国福祉是不容打破的铁律,无论国王还是个人都应全

---

im Staatsbegriff Friedrichs des Großen (1938); H. W. Büchsel, *Das Volk im Staatsdenken Friedrichs des Großen* (1937); J. v. Prott, *Staat und Volk in den Schriften Friedrichs des Großen* (1937); Eb. Schmidt, *Recht und Staat in Theorie und Praxis Friedrichs des Großen* (1938); H. H. Jacobs, *Friedrich der Große und die Idee des Vaterlandes* (1939)。

① 参 H. H. Jacobs,前揭,页 17。
② W. Dilthey,前揭,页 184。
③ Friedrich der Große, *Politisches Testament von 1752* (a. a. O. S. 18). -*Geschichte meiner Zeit* (Werke Bd. 2 S. 13,14). -*Regierungsformen und Herrscherpflichten* (Werke Bd. 7 S. 229).
④ *Politisches Testament von 1752* (a. a. O. S. 37). -*Politisches Testament von 1768* (a. a. O. S. 220).

心全意服从于它。即便国王的作品强调说,国王和政府都必须为人类福祉①、人民福祉②,或者臣民福祉效劳③,这些概念也都可以毫无困难地与邦国福祉概念等同起来。在这里不存在邦国与人类、邦国与人民,或者邦国与臣民之间的张力和对立。在统一了邦国、民族体、臣民的单位中,邦国的权力和福利思想具有绝对支配性的优先地位。因此,弗里德里希二世在 1768 年的《政治遗嘱》中说:

> 每个好的邦国公民的义务是为祖国效劳,并且意识到,他来到世上不是为了自己一人,而是需要为社会的福祉作贡献,是自然把他置于这一社会中。④

倘若如此,那么,这里的邦国和社会所指的也是作为普遍的权力和福利目标之载体的邦国。祖国福祉和邦国利益的一致性,也在 1769 年的个人遗嘱中得到表达,国王在其中恳请家族成员,把他们的个人利益牺牲给"祖国的福祉和邦国的利益"。⑤ 因此,与人民和臣民一样,国王和王朝完全被吸收到邦国强大的整体影响中,所有个人利益在邦国福祉压倒性的地位面前无足轻重。

---

① *Anti-Machiavell* (Werke 7, S. 4).

② *Anti-Machiavell* (ebenda) S. 6, 74. -*Denkwürdigkeiten zur Geschichte des Hauses Brandenburg* (Werke Bd. 1, S. 67, 118, 136). -*Fürstenspiegel für Herzog Karl Eugen von Württemberg* (Werke Bd. 7, S. 202).

③ *Denkwürdigkeiten zur Geschichte des Hauses Brandenburg* (ebenda Bd. 1 S. 149).

④ *Die Politischen Testamente* S. 117.

⑤ Werke Bd. 7 S. 290.

国王的作品比任何政治理论都更为鲜明地表达过这种观念，即在邦国和人民构成的不可分的单位中，邦国思想是支配性和规定性的原则。并不是人民创造了邦国，而是邦国从个人的总和中塑造了民族体。诚然，在国王作品中的许多地方都可以找到关于"人民精神"（Volksgeist；[译按]或译"民族精神"）的说法，它似乎是决定人民特质、独特品性以及自然且不朽本质（le caractère indélébile de chaque nation）的内在原则。不过，绝然不同于默瑟、赫尔德、费希特以及黑格尔等人后来的理论，这种人民精神在弗里德里希二世那里并不是邦国之发展和历史之进程所源出的推动性力量。这里所理解的"人民之精神"毋宁是自然天生和受气候和环境、历史经验、好的或者坏的习惯所影响的人民及其部族的本质特点。它指的是"灵魂和道德品质的总和，而不是一种活跃的、关乎价值的创造性整体"。① 因此，这里所理解的"人民之精神"其实不是指人民精神，而是人民品性。②

弗里德里希二世的《政治遗嘱》正是在这个意义上探讨了esprit de la nation[人民之精神]。对于君主而言重要的是，认识人民及其诸部族的品性，从而懂得用什么方法去统治，用什么方式、在

---

① H. H. Jacobs，前揭，页6。

② [译按]关于德意志当时的状况，作为萨克森人的德意志诗人莱辛曾在《汉堡剧评》尾声（第101-104篇，1768年4月19日）感叹："下面谈谈为德意志人创造一个民族剧院的好心设想吧，因为我们德意志人（wir Deutsche）还不成其为一个民族（Nation）！我不是从政治状态上谈这个问题，而只是从道德品性（sittlicher Charakter）方面来谈。几乎可以说，德意志人不想要自己的品性。"（中译参莱辛，《汉堡剧评》，张黎译，华夏出版社，2017，页462；译文改动根据 G. E. Lessing, *Werke und Briefe in zwölf Bänden*, Bd. 6. Hg. K. Bohnen. Deutscher Klassiker Verlag 1985, S. 684）。

什么时候去影响、驾驭、支配人民的品质。① 因此,把受"人民精神"影响的人民之品性用于政治目的,通过教育和教化使之摆脱附带的缺陷,将其从野蛮的源头提升到文明的阶段,就是内部政治事务。而且,法律也必须契合人民精神,②这并不是——从历史法学派意义上——说,它们来自人民精神,而毋宁只是说,立法者在制定法律的同时必须顾及人民的本性。正如有人说,对于弗里德里希二世而言,关于人民精神的知识是 arcanum imperii[统治秘术],这种说法不无道理。③ 对他来说,人民精神并不是政治的整体意识得以形成的内在中心,而是治国术为了普遍政治使命而倚借的工具之一。

就如在这一理论中,人民和个体的臣民完全被吸纳到为邦国效劳中来,弗里德里希二世的政治理论和实践立场中的君主与邦国关系,也完全决定了君主应毫无保留地为邦国之整全的献身。弗里德里希二世在这里所拥护的邦国伦理,最为精彩的证明就是他对与他一起奔赴第一次西里西亚战场和七年战争战场的两位首相的两篇训词。1741 年 3 月,他致信波德威尔斯(Podewils):

> 倘若我不幸被生擒,我要最为严厉地要求您,您必须以您的人头保证,当我不在位的时候不可违逆我的任何命令,要以谏议辅佐我的兄弟,邦国不许为我的释放做任何事情,这有损它的尊严。相反,对于此种情形,我的意志和命令是,要比以

---

① Testament von 1752 (a. a. O. S. 31 ff.); Testament von 1768 (a. a. O. S. 187 ff.).

② Über die Gründe, Gesetze einzuführen oder abzuschaffen (Werke Bd. 8 S. 22, 20).

③ H. H. Jacobs,前揭,页 7;类似的,参 H. W. Büchsel,前揭,页 41。

往更为毅然决然地进攻！只有当我自由的时候，我才是国王。①

因此，国王的人格完全融入了他的王位。他只有在自由时才能够履行这个职责，一旦被俘，他就不再是国王。他必须把自己的人格牺牲给邦国利益。在给芬肯施泰因（Finckenstein）的训诫（1757年1月10日）中，说法也如出一辙：

> 倘若我不幸落入敌手，我禁止对我个人有哪怕最微不足道的照拂，以及绝不能把我在被囚期间所写的东西当真。如果我遭到这样的不幸，我会为邦国献身。人们应该服从我的兄弟，他应该像我的所有其他部长和将军那样，以人头保证，不能为我献出任何州省、任何赎金，要不惜一切代价推进战争，就像我从未存在过。②

莱辛在同一时期的《费罗塔斯》中以同样的意义处理了相同的主题，可谓独特的巧合。③ 在莱辛那里，被俘的王子牺牲了自己，以免邦国因顾及他的人格而有所损失。同样，倘若被俘，弗里德里希二世想要被视为就好像自己从来没有存在过。他在两篇训诫文中要求的对君主职责真正的考验，正是最高程度上对邦国整全的奉献。

弗里德里希二世在作品中对君主职责的伦理进行了简洁、晓

---

① *Schreiben an Podewils*（*Werke* Bd. 7 S. 273）.
② *Instruktion an Finckenstein*（*Werke* Bd. 7 S. 282）.
③ ［译按］中译参莱辛，《莱辛剧作七种》，李健鸣译，华夏出版社，2007，页200—223。

畅的表达,即君主是邦国的第一仆人。众所周知,弗里德里希二世作品中的这个说法在文字上也有并非微不足道的变化形式。他在《驳马基雅维利》中使用的关于君主职责著名说法的原始版本里承认,君主并不是"邦国"的第一仆人,而是他所统治的 Völker[人民]的仆人:

> 可以发现,统治者远不能成为他治下的人民的绝对主宰,相反,只会是他们的第一仆人。①

君主在这里似乎被称作"民族(Volk)的第一仆人",不过,这样的理解很明显是不正确的。实质上,这里说的不是 nation[民族体],而是 peuples[人民]。尤其重要的是,这个词是复数形式。因此,它指的不是作为政治单位的民族(Volk),而是众多的部族、等级、居民。主流的德语译文把上述段落翻译为"君主是臣民(Untertanen)的第一仆人",与其真实意思完全相符。② 不过,正如弗里德里希二世思想中的臣民的福祉只不过是邦国福祉的另一种说法一样,为臣民效劳所指的意思也不过是为邦国效劳。由于邦国里充溢着普遍福利思想,没有比他完全献身于为邦国效劳从而为臣民福祉操劳更好的了。

倘若上述说法在后来的作品中改换为更为著名的版本,即君主是邦国的第一仆人,这并不意味着原则性立场的改变,甚至不是思想的进一步发展,实质上只是更为透彻的确切表达。《勃兰登堡家族史备忘录》(51)中的说法是,Un prince est le premier serviteur et le premier magistrat de l'Etat[君主是邦国的第一仆人和第

---

① *Oeuvres* t. 8, p. 65/66.
② *Werke* Bd. 7 S. 6.

一行政官]。① 这个表述与《驳马基雅维利》中该思想的第一个版本之间并不存在内在矛盾,从中也可以看出,弗里德里希二世在后来仍然会时不时称君主是 seines Volkes 或者 seiner Völker[他的人民]的第一仆人。《为我的政治行为一辩》(1757)实录文字中的说法是,君主是首脑或者人民的第一仆人。② 同样,他在写给萨克森选帝侯夫人玛丽亚(Maria Antonia von Sachsen)的信中使用的说法是,君主因其职责而被指定为其人民的第一仆人。③

因此,倘若偶尔有人从上述说法的不同表述中得出结论说,弗里德里希二世在《驳马基雅维利》中还是从人民出发来思考,后来才过渡到纯粹邦国性的思考,那就完全错了。④ 诚然,对于弗里德里希二世而言,人民——无论在他写作《驳马基雅维利》的时期,还是后来——绝不仅仅是"从属性"(Pertinenz)的,不只是国土上"纯粹的附属",毋宁说是邦国活生生的一部分,因为人民在邦国整体中积极、乐于献身的投入至关重要。但是,对于他而言,历史的塑

---

① Oeuvres t. 1 p. 123. -Ebenso im *Testament von* 1752(a. a. O. S. 154), in der Schrift *Regierungsformen und Herrscherpflichten*(1777), *Werke* Bd. 7 S. 226,235.

② *Werke* Bd. 3 S. 209.

③ *Werke* Bd. 2 S. 152.

④ 尤参 F. Meinecke, *Die Idee der Staatsräson*, 3. Aufl. (1929) S. 350,此外,页 386 及以下不无道理地强调,比起第二个表达,最初的表达并不"更摩登",而是更过时。因为,《驳马基雅维利》的表达形式中的"人民只是群体(Population),还不是真正的人民,还不是个体-历史概念,而是纯粹具有人道、唯理性感觉的概念"。此外参 Eb. Schmidt, *Recht und Staat in Theorie und Praxis Friedrichs des Großen*(1938)S. 15,他恰切地强调说,表达上的这种转变并不意味着从"人民性"向邦国性思考的过渡,而是说弗里德里希二世始终都在进行纯粹邦国性的思考。亦参页 18 及以下。

造者和承担者不是人民,而是邦国。因此,倘若晚近有人尝试把"弗里德里希二世的邦国概念呈现为由绝对君主邦国向 19 世纪民主邦国(Volksstaat),继而进一步向今天的领袖邦国极其显著的过渡的产物"①,就会站不住脚。弗里德里希二世的人民和邦国概念,尤其是他的君主职责观,更多的是对具有普鲁士特征的独立王权制的纯粹和不折不扣的表达。如果试图令他疏远他身上体现得最为高贵的政治风格,企图把他的政治秩序世界解释为一种只有在生成中才能得到理解的朝向新体系的摸索性过渡,而非基于自身、完全有效的秩序,那么,人们就是在给伟大的国王帮倒忙。

此外,也不应把君主是邦国的第一仆人这个说法理解成好像君主因此就像"邦国工具"(即军官和公务员),并把人民本身理解为纯粹的"邦国机构"。无疑,在弗里德里希二世的邦国观中,君主、邦国工具以及人民,都有义务共同为邦国牺牲和效劳。但是,君主是邦国的第一仆人,由此,他不仅仅是 primus inter pares[邦国中的第一人],而且相对于所有其他邦国仆人,他具有优先地位和一种赋予了他绝对独特和无与伦比地位的优越性。为了获得并维持这个地位,君主自然不应满足于身居邦国高位这个装饰性的角色,并且让部长和将领替自己做事。君主必须自己统治,②必须亲自率领队伍上战场,③这样,作为真正的政治家和将领,他才真正是邦国中的第一人。故而,君主不是诸多邦国机构之外的一个,相反,他是邦国唯一的代表,也就是说,在他身上,邦国的存在浓缩为

---

① 见 E. Heymann, *Über Staat und Volk*(a. a. O. S. 5),相反,表述恰当的是 Eb. Schmidt, a. a. O. S. 12 f.。

② Testament von 1752(*Die politischen Testamente* a. a. O. S. 41).

③ *Anti-Machiavell*(*Werke* Bd. 7, S. 49).

具体、肉身性的形象。构成君主主权本质的,不仅仅是君主塑造邦国意志、为邦国采取行动,不仅仅是独立地支配邦国权力手段,而毋宁是邦国观念和存在在他身上得到人格化的表现。因此,若君主是邦国的第一仆人,他就能够同时感受到自己与邦国的同一。若他完全献身于为邦国效劳,他就与邦国完全融为一体。

因此,如果常常把(据说是)路易十四的名言"朕即邦国"这个绝对对立和另类的政治基本立场的表达,与弗里德里希二世关于君主作为邦国第一仆人的说法对立起来,无疑是一种误解。普鲁士的服务型君主职责概念和太阳王高傲和高要求的话语中迸发的灵魂气息,当然存在巨大差异。不过,就其邦国理论的实质而言,两种说法的差别并不像坊间将两者作为论题上的对立所以为的那么大,因为"朕即邦国"这句话所表达的无非是,国王把人格与邦国完全等同起来,也就是说,他放弃自己的私利,完全献身于邦国的生存。正是在这个意义上,费奈隆在其《特勒马科斯纪》中说到法国国王时,才能够说他是"邦国的奴隶",这一说法不仅在字面上,而且也在实质上直接引向了弗里德里希的说法。[①] 这也就是说,伟大的法国国王——无论他们周围笼罩了多大的荣光,无论他们受多大名声欲的推动——认为他们职责的真正意义在于为法兰西邦国赢得更多的荣誉、成就、权力,而不是增加他们的一己之私,倘若有人意图否认这一点,那他就会因为渺小的成见而未能认清对手。弗里德里希二世也可以说他即邦国,这同样表现在如下意义上,即他完全投于邦国的生存,正如反之,邦国的本质在他身上得到最为强烈的浓缩,在最广泛的意义上得到体现。《政制与统治者义务》(1777)一文就是这样说明的:

[①] Fénelon, *Les aventures de Telemaque* (1699).

统治者代表邦国,他和他的人民只是构成了唯一的身体,只有一个个肢体和睦一致地团结,它才可能幸福。君主之于他所统治的邦国,正如头脑之于身体的意义。他必须为公众观察、思考、行动,从而为它创造一切值得向往的利益。①

在这句话中可以清楚看到君主制代表(monarchische Repräsentation)真正的意义。构成君主职责本质的,不仅是君主为整体观察、思考、行动,而且,正是作为整个身体之首脑的他,创造了邦国的政治单位和形体。

四

邦国是唯一的整体,君主和人民在其中不可分割地融为一体,这一学说奠定了弗里德里希二世的政治理论在法兰西独立王权论邦国观面前的真正优越性。这种优越性恰恰在于,邦国在伟大的普鲁士国王思想中被理解为独立的本质。根据普鲁士的基本观念,邦国虽然并不意味着人民精神的流溢,但是也不被视为君主为了达到自己的目的而可以肆意利用的纯粹的工具。它似乎更多的是独立的政治实质和力量,它上升为一种具有独立人格性质和地位的属己本质。当然,这种将邦国理解为"人格"的观念与后来的"邦国法人"学说并不相同。不过,同时也可以清楚地看到,邦国人格学说在自然法巨大的体系里,不仅仅意味着与规则相悖、自身被现代邦国所克服的中世纪古老团体观之残余。② 如果说从格劳秀

---

① *Werke* Bd. 7 S. 229.
② 不同的观点见 R. Höhn, *Der individualistische Staatsbegriff*, 前揭, S. 146。

斯、普芬道夫、霍布斯再到托马修斯和沃尔夫的整个自然法学说，都将邦国称作 persona moralis［道德人格］，那么，这并不是纯粹表面上老生常谈的术语，相反，新的邦国概念的本质由此才得到表达。这个人格概念囊括的不仅是"个体的总和"，而且是邦国的整全，即国王和臣民、领土、机构和公职、官僚和军队、教会和学校、贸易、手工业和农业等。诸多的邦国相关功能都在人格概念中融合为一体。对于这一概念而言具有决定性意义的是，若人们把邦国理解为人格，它就成了具有理性、意志和行为能力的整体，这一点在莱布尼茨的邦国观中凸显得尤为清晰。① 对于邦国概念来说，本质上关键的是政治整体独立的意志和行动能力，这样一种观念只有从现代邦国思想的土壤出发才可以得到理解，因此，它不可能纯粹是某种没落的早期共同体概念的遗迹。在这里可以尤为清晰地看到邦国"权力工具"（君主、官僚、军队）与全体臣民之间危险的分离得以弥合，以及把物质和精神生存的一切力量融合为一个活生生的意志和行动单位的努力。②

---

① 参 E. R. Huber, *Reich, Volk und Staat in der Reichsrechtswissenschaft des 17. und 18. Jahrhunderts*, 前揭, S. 605 ff.。

② 在笔者看来，赫恩在其《个体主义的邦国概念》一书中没有给予邦国人格概念足够的重视，后者是一个满足了独立王权邦国理论的活生生的意志和行动统一体。他在一个针对笔者的论争（Reich, Großraum, Großmacht 1942, S. 32 Anm. 2）中引证了如下说法——"他在早期的专著中指出，早期团体人格学说的'残余观念'在自然权利的邦国理论中仍然存在"——而这个提示无疑没有抓住笔者的批评。因为，笔者关心的是，作为一种有意志和有行动能力、历史-个体人格的邦国学说——当然，它在中世纪或者等级邦国的政治理论中还未能臻于发达——处于 18 世纪邦国理论的中心位置，因此，也就不是残余观念和边缘观念，而是现代邦国理论的核心。

如莱布尼茨把邦国理解为人格,即一种活生生、具有意志和行动能力的整体,弗里德里希二世也把邦国视为一种具体的、历史-政治性的整体人格①,它根据自身内部蕴含的精神原则,从自身生机勃勃的内在力量出发,享有一种独立的存在。弗里德里希二世借助反复出现的用法,把邦国称为"身体",②,其真正所指,可以最为清晰地从《论爱国书简》中得知:

> 就把邦国比作人体。它的健康、力量、强壮,都来自所有部分的活动以及一致合作。……这个躯体就是邦国。它的关节就是您(引按:即虚拟的收信人阿那匹斯忒蒙),是所有依附在它身上的公民。因此,您可以看到,每个人都必须践行自己的使命,来使整体得以繁荣。

把邦国比作分工良好的有机体这种比喻,可以追溯到阿格里帕(Menenius Agrippa)于公元前494年通过讲故事劝说罗马平民返回城邦的比喻。自此,把邦国类比为身体就成为政治理论的固定组成部分。不过,无论这一传统脉络已经有多久远,无论这一对比在汗牛充栋的邦国理论论文和通俗的长篇大论中被如何滥用,对于弗里德里希二世而言重要的是,他绝不仅是随便地,而是以着重的强调来使用这一幅古老的图像。倘若说发自赫尔德思想范畴并被浪漫派和唯心主义继承的批判,将弗里德里希的邦国描述为"机械"和"工具",并且与之斗争,倘若说19世纪自由主义和民族主义理论仍坚持这一毁谤,那么,这种对古老的普鲁士邦国的机械论解

---

① 参 J. v. Prott,前揭,页43,他恰切地区分了作为"法权人格"和作为"历史-政治人格"的邦国。

② *Werke* Bd. 8 S. 286.

释,也许可以在某些军事和官僚组织中找到某种依据,但肯定不是在弗里德里希二世心中的邦国观念中。邦国对他来说并非机械,而是身体、活生生的实体、独立的形象。属人秩序的现实永远无法完全地符合,而只能无限接近在那里获得形制的纯粹理想,这是在历史中一再重复出现的命运。这当然也适用于弗里德里希二世时代的邦国现实,它必然逊色于伟大国王的邦国理想。不过,普鲁士人在当时——此外,还通过考验和创造性成就的严酷检验——证明了,它不是国王手中纯粹的工具,相反,它不仅在理念上,而且在能动和行动的世界中,都是一种自主独立的形象。只有身处邦国顶层的伟大国王具有推动性的、鲜活的力量不再发挥效力,邦国结构中的机械主义特征才会弥漫开来,并且愈渐掩盖健康的邦国状态生机勃勃的本质内核。

因此,弗里德里希二世邦国理论的关键特征在于,对它来说至关重要的是将邦国发展为一种"独立的实质"。① 基于耶路撒冷(F. W. Jerusalem)思想阐发"个体主义君主国"理论的赫恩,同样未能认清这一点。② 独立王权邦国,也包括普鲁士邦国,在该理论中显得是一种"权力工具",由作为献身权力和名望的个体君主所创造,被用于达到他的个人目的。根据这种观点,"某些关乎共同体的功能"在邦国内只不过是边缘性的,也就是说以史前的形式同时得到实现。赫恩也把弗里德里希二世的邦国置于这种"个体主义

----

① 参 W. Dilthey,前揭,页 190。页 193 指出在赫尔茨贝格的科学院演讲中,邦国同样显得像"一个整体,一个个体"。此外,参 G. Wünsch, *Evangelische Ethik des Politischen* (1936) S. 251。

② 参 F. W. Jerusalem, *Der Staat* (1935) S. 213 ff. , R. Höhn, *Der individualistische Staatsbegriff und die juristische Staatsperson* (1935) , S. 251。

君主国"模式之下。倘若这个时代的邦国只是由王国、军队以及官僚等人造的机械构成的话,那么,这一理论也许不错。但是,若它成功地将王国、军队、公务员系统与自主生长的人民力量粘合起来,把王国与继承性的选帝侯国、军队军官与封建贵族、公务员系统与贵族以及市民粘合起来,此外,若它有可能把来自一种纯粹目的性的权力学说的"邦国理性"观念改造为一种义务性的政治伦理,而王国、军队以及公务员系统懂得通过这一伦理融为一体,那么所产生的邦国就不再是"工具",而是一个独立的实质。① 作为工具理论主要代表的赫恩,也未曾看走眼,即弗里德里希二世将邦国看作"属己的量"和"更高的实质",而自视为其仆人。② 但是这样一来,工具学说就无法自圆其说,因为工具并不是人们所效劳的"属己的量",而是人们所使用的一个工具。邦国既不是为了人民

---

① 赫恩为自己的理论尤其引征了梅涅克及其"权力邦国思想"学说(见 *Der individualistische Staatsbegriff* S. 128),然而,梅涅克明确拒绝了"权力工具"理论,参 Fr. Meinecke, *Die Idee der Staatsräson in der neueren Geschichte*. 3. Aufl. (1929) S. 386,"邦国已经不再是一个王朝单纯的权力工具,而只是一个巨大的活生生的统一体,即便这个统一体是由王朝手段创造的,也会超越这些手段"。在相同意义上反对赫恩的工具学说的是 J. v. Prott, *Staat und Volk in den Schriften Friedrichs des Großen* (1937) S. 33 ff., auch S. 50 ff.; E. Heymann, *Über Staat und Volk im Staatsbegriff Friedrichs des Großen* (1938) S. 9.; H. H. Jacobs, *Friedrich der Große und die Idee des Vaterlandes* (1939) S. 66/67 Anm. 40。同样,就这个主题而言(也参 G. Wünsch,前揭,页 255),他称弗里德里希二世的邦国是"具有属己的,也就是说最终支配性,亦即主权意志的属己和自身必然的产物",以及 H. W. Büchsel,前揭,页 9, 18, 20。与之相反的是 G. Ritter, *Friedrich der Große* (1936) S. 59,他称弗里德里希二世的邦国是"抽象的权力产物",Eb. Schmidt(前揭,页 16)同意这种说法。

② R. Höhn,前揭,页 123、125。

也不是为了君主而存在,相反,人民和君主都得去为它效劳。因此,邦国在这里并不像一个"工具"那样,只是为达到目的的纯粹手段,相反,它在最高意义上成为目的本身。它是自主独立的形象,即政治整体,它在历史中从自身力量出发,并根据自己特有的观念享有一种属己的超个体的生命。

然而,作为"机构",这个邦国并不能与君主的人格相分离,相反,君主与他所代表的邦国在本质上是统一的。凭借这种一致性,他与邦国都负有至高的责任,他凭借它同时也获得至高的权力。有论者称,国王与邦国相一致的这种观点和由此得出的对君主的个人义务与对邦国观念制度性的义务相一致的看法,是一种"奇特的建构",它"因憧憬和意识形态之故而忽略了细致的研究",[1]这种说法本身就是有预设意识形态局限的异议。然而,在这类异议中发挥作用的对立性(antithetisch)思考,无法认识到,在一个活跃的政治秩序中,直接的个人忠诚义务如何与充满价值的制度融合为一种不可分割的整全,对某个人的忠诚如何以这种方式与对事业的忠诚取得一致。它也无法领会,在笔者所捍卫的解释中,作为观念的"邦国"并不是在君主与公务员系统、军队与臣民之间摇摆,相反,国王与邦国毫无保留的统一、个人统治与制度性的邦国观念的内在一致,决定了普鲁士独立王权的强力和饱满。普鲁士统治者真正的立国成就恰恰在于,他们懂得在一个最受个人影响所决定的系统中,同时去塑造一种具有最高密度和强度的体制性制度。这些统治者获得的法权与深刻体现在大规模的法典编纂和独立司法权中的法权之间的独特关系尤为显著地表明,个人统治与充满价值的制

---

[1] 见赫恩学派的一篇文章,H. Muth, in: *Reich*, *Volksordnung*, *Lebensraum*, Bd. 3,1942,S. 328 f.。

度在这里明显既存的张力,能够在一种更高的统一里得到扬弃。

弗里德里希二世作品中一再表露的这个思想尤其产生出《论爱国书简》这样的作品,作为弗里德里希二世晚年最为重要的邦国理论作品,《书简》可以与国王的少壮之作《驳马基雅维利》并驾齐驱。重复出现在作品——给人印象特别深刻的是《论爱国书简》——中的邦国与家庭之对比尤其表明,即便在晚年作品中,弗里德里希二世也离一种纯粹的机械论邦国观如此遥远。正如在他看来,邦国和法权产生于家庭,①现代邦国究其本质而言,也是一个由君主像父亲般领导的大家庭联盟。论爱国的作品这样说道:

> 一个统治得好的王国必须像一个家庭,其父亲是君主,而子女是公民。大家共同分担幸福与不幸,因为倘若人民处于水深火热之中,统治者就无法幸福。②

这里明显透露出的家长制邦国观,是路德宗遗产的一部分,这份遗产并不因为普鲁士王朝转向加尔文宗而消失,尽管弗里德里希二世抱有自由精神思想,它仍然发挥着持续的影响。改革宗的"职责"伦理在这里持续保持着生命力,即便是以一种此世化了的、在邦国性上祛魅化了的形式存在。③ 于是,父亲权力中特有的仁慈和严厉被纳入了国王的职责。自由的决断权和负责性的义务等基

---

① Über die Gründe, Gesetze einzuführen und abzuschaffen. *Werke*, Bd. 8, S. 22.

② *Werke*, Bd. 8 S. 281. 类似的还有其他作品,比如 Regierungsformen und Herrscherpflichten(1777), *Werke*, Bd. 7 S. 236, 以及 Denkwürdigkeiten zur Geschichte des Hauses Brandenburg(*Werke*, Bd. 1 S. 67)。

③ 恰当的说法见 H. H. Jacobs,前揭,页 3。

本原则,渗透到作为"人民之父"的国王职能之中。

负责性的义务——邦国的所有成员,即国王、军官、公务员、贵族、人民等都统一在其中——原则,也决定了弗里德里希二世思想中社会契约学说所获得的独特解释。如果认为弗里德里希二世与理性主义邦国理论相一致,始终以社会契约学说为基础,①把他的邦国观划归到当时的开明个体主义,那么,就完全搞错了。对弗里德里希二世而言,社会契约是这样一种关系,它并不是向个人分派了主观权利,而是赋予他对于同胞和邦国的义务。在《论爱国书简》中可以读道:

> 社会契约粘合起来的文明民族体,相互之间应该协助。他们自己的利益、共同福祉要求他们这样做。一旦他们不再相互帮助、提供协助,就会产生种种普遍的混乱,这会导致个人的衰败。②

这里提及的并非当时在邦国层面得到统一的大多数民族体——它们相互之间处于一种万民法关联之中,而是一个邦国之中,通过一种社会契约统一起来的族群、部族、等级以及臣民,因此,它指的是相互间的协助义务,邦国共同体成员为了他们自己的和普遍的利益而担负起这样的义务。

这尤其清晰地体现在弗里德里希二世给社会契约所下的定义:

> 它实质上是所有公民默许的协议,以相同的热情共同参与普遍的福祉。从中产生了每个人的义务,他们根据自己的

---

① 参 Eb. Schmidt,前揭,页 7。
② *Werke*, Bd. 8, S. 280 f.

资材、天赋、等级,为共同的祖国之福祉作贡献。自我保存的必要性和自己的利益,对人民之精神产生影响,并推动着它为了自身利益之故而服务于同胞之福祉。①

因此,国王弗里德里希二世并不是从社会契约中派生个人的诸种权利,而是从中推导出邦国公民为普遍福祉而发挥才能与能力的义务。在他看来,订立社会契约并不是为了确保个人最大程度地享有安全、权利、利益,而是为了获取为邦国效劳的一切力量,这里的邦国完全是古典意义上的 res publica[公共事务]。因此,对于弗里德里希二世而言,个体主义的社会契约概念只不过是他在当时的语言中找到,并用来表达一种完全反个体主义思想的术语手段。当然,需要清楚的是,弗里德里希二世在这里,以及在他的整个思想中,运用的是一种明显理性主义的论证方式。通过提醒个人注意自己的个人利益,也会使个人注意公共福祉,相信只有奉献于公共福祉,才能更加有利于自己。不过,这里关键的并不是完全以理性主义实用性考量的风格进行的论证方式,而是凭借这种方法所追求的目标。这个目标就是,造就一种政治伦理,它完全由个人对于公共福祉、邦国以及祖国的效劳、义务以及自我牺牲原则所决定。

弗里德里希二世在《书简》中阐发出的爱国思想即由这种思考所承载。在这里重要的毋宁是在思想上建构一套政治-邦国伦理的新体系,而非激起爱国激情。当然,与阿普特完全一样,国王弗里德里希二世号召公民要以"温柔爱意"和"爱国热情"热爱祖国。② 同

---

① *Werke*, Bd. 8, S. 290.
② 同上,页 295。

样,与阿普特一样,对他来说,牺牲性命也是这种爱国心所赋予的至高义务。① 不过,唤醒每个人身上内在的乐于奉献的精神的力量,不应该是爱国热忱的迷狂,而是对于责任和义务的清晰意识,作为邦国整体的一分子的公民即置身于这种义务之中。我们完全有理由强调,提出上述要求的国王,在人民身上所看到的不仅仅是"具有人道精神的权力工具的被动对象",实际上,"人民中的一切成员都有彻底为邦国使命进行协作的政治义务"的思想与这一观点相抵牾。② 此外,在《论爱国书简》中,一种原初-整体性的邦国概念随着粘合上自君主下至臣民的所有邦国成员的整体义务感思想而产生;虽然启蒙-个体主义的思维和语言方式无法完全表达这种概念,但是身处那个时代的弗里德里希二世也不得不借助这些方式。指出这一点也是完全恰当的。③ 正如他本人性格中"恒久的终极核心"是他"英雄的义务意识",④人民也应该服从这一义务概念,正是通过这种方式,他们的地位会从单纯的邦国权力对象,上升为邦国支配性整体中活跃的一分子。因此,《论爱国书简》就是对臣民的一种召唤,令其献身邦国,作为政治性的公民与之产生关联,这恰恰就像二十年前阿普特在其祖国学说中所要求的那样。

五

因此,弗里德里希二世的邦国在上述意义上成为"目的本身"。邦国利益、ratio status[邦国理由]、邦国理由(Staatsräson),成为政

---

① *Werke*, Bd. 8, S. 310.
② 参 E. Heymann, *Über Staat und Volk*, 前揭,页 10。
③ 参 H. H. Jacobs, 前揭,页 31。
④ 参 W. Dilthey, 前揭,页 129。

治行动的决定性原则。人们把这种观念称为"权力邦国思想",而且使其带有消极色彩,公民的和平与安全需求以这种色彩点缀着魔鬼般的"权力"概念。① 另一方面,人们一再回想起,通过宣扬臣民的"普遍福祉"、幸福、福利、权利保障、和平等启蒙运动的人道理想,国王本人不仅仅在《驳马基雅维利》,而且在诸多著作中,终其一生地批评着赤裸裸的权力观。于是,有论者贸然持如下老生常谈的说法,即国王灵魂中藏有两种并行的邦国思想,一种是人道的法治邦国思想,一种是权力邦国思想。② 他们认为,国王并没有将启蒙理想与邦国理由融为一体,伦理与权力政治的对立、反马基雅维利与支持马基雅维利的二元对立撕裂了他的邦国观念。不容忽视的是,乍看上去,某些方面为这种解释提供了支持,最为强有力的是如下事实:作为储君的他曾写下《驳马基雅维利》,而在统治时期,他则丝毫无惧于在必要时根据那位伟大的佛罗伦萨人的规则去行事。然而,进一步的检验则让人们看到,这种对弗里德里希二世的二元论解释,只不过是把自由主义在 19 世纪一贯的对立组合——如权利与权力、伦理与政治、正义与权宜等——穿凿附会到弗里德里希二世的立场中。上述众所周知的对立,表达的并不是无忧宫哲人与普鲁士政治家的分裂,而是自由主义时代本身的分裂。

  人们应该一开始便从个体伦理意义上理解弗里德里希二世的

---

① 关于权力概念的魔力参 G. Ritter, *Machtstaat und Utopie* (1940),笔者对该书的书评见 *Z. f. d. ges. Staatswiss.* Bd. 102 (1942) S. 168 ff.,亦参 Reinhold Schneider, *Macht und Gnade* (1940)。

② 比如 Fr. Meinecke, *Die Idee der Staatsräson* S. 354 ff.,423,相同意义上亦参 R. Höhn, *Der individualistische Staatsbegriff*, S. 118; E. Heymann, *Über Staat und Volk*,前揭,页 5; Eb. Schmidt,前揭,页 52。

人道理想,即"普遍福祉"在他那里似乎只关涉个人的福利和安全,正义只关涉个体的公民权利,道德只关涉公民的忠诚和正派,只有这样,对弗里德里希二世邦国观的二元论解释才是可能的。事实上,这位开明的国王明白自己及其行为对之负有义务的"普遍福祉"首先是邦国的福祉,这也是臣民应该为之献身的。相比于正义,"促进公共福祉的权利和义务"享有优先权,"邦国成员的个人权利和利益"都要为其让步——对此,著名的《全国通用法》导言第七十四章说得足够清楚。道德的最高原则是甘于为邦国牺牲的效劳,这高于所有个体的或者与阶层相关的义务。于是,福利思想、权利观念、人道道德理想便获得了一种完全超个体的、以邦国为参照的意涵,与市民性的法治国基本价值则毫无共通之处。

　　施密特(E. Schmidt)虽然指出,① 普鲁士通过弗里德里希二世走上了"法治国"的道路,但他也补充说,"当然,这并不是从后来19世纪为法治邦国概念所附加的意义上来讲"。实际上,法治国概念的意义极其多样。正如存在一种极端自由主义的法治国思想,也存在一种浪漫派-保守主义的法治国思想(穆勒[A. Müller])和一种民族性的法治国思想(科尔罗伊特[O. Koellreutter])。为某个政治体系塑造一种君主制-独立王权的法治国思想,在逻辑上完全是可能的,享有职责赋予的全权的君主懂得在那样的体系中为法权理念负责。然而,在历史-政治方面却不得不说,法治国概念直到市民性的19世纪才广为传播,并获得一种完全自由主义-个体主义的意义,以至于法治国概念被用到某个更早的、类型完全不同的法权思想时期时,会带来误解,因此也是成问题的。不过,弗里德里希二世并没有将自己所享有的无限权力理解为恣意妄为的全

---

① Eb. Schmidt,前揭,页46。

权,相反,他把君主职责理解为正当统治的一种委任,这种说法才是恰当的。

邦国在独立王权政治理论中成了"目的本身",这并不意味着,当一种机械工具的自动化超越了生命,以及受到糟糕的败坏时,纯粹的工具手段会为自身争取至高终极目的的地位。邦国利益、ratio status[邦国理由]、邦国理由等,不仅仅是技术性机制的理性,它指称的是一种伦理原则,无论对于政治行动还是对于纯粹的邦国技术而言都是决定性的。因此,如果把弗里德里希二世的邦国观称作"权力邦国思想",并由此使人产生一种印象,好像摆脱了一切伦理义务、"纯粹的"权力秩序在这个邦国得到了实现,那就会是一种原则性的误解。因为,对于弗里德里希二世而言,关键的无疑是邦国权力的最大化,不过不是为了纯粹的权力之故,而是因为权力是一种必要的前提和不可或缺的手段,借此可以实现邦国真正的目的,实现普遍的福利、正义以及道德。独立王权邦国只有在一种独特意义上才是"权力和福利邦国",即权力本质上是手段,而福利是邦国目的。

决定弗里德里希二世独立王权观念世界的,并不是邦国必要性和道德的对立,而是邦国理由与人道、权力与文化、政治与法权的统一。只有权力邦国才可以真正人道地行动,①原因在于,只有它具有实现道德目标的现实前提,只有文化邦国才具有真正的权力,因为它不只是基于外在的权力,更能够将着眼于邦国的民族体所聚积起来的能量投入经济和精神生活。《论爱国书简》已经让人们看到,弗里德里希二世在多么努力地动员寓于民族体中的能量。当然,这里也出现这样的问题,即弗里德里希二世邦国理念中作为

---

① 亦参 Fr. Meinecke,前揭,页370。

前提的道德与权力的这种统一,是否也存在于弗里德里希二世的普鲁士邦国现实中。不仅仅在政治世界,而且在纯粹的属人生存中,理念与现实的这种张力有多么不可避免,人们就会多么清晰地看到,弗里德里希二世的邦国恰恰就能够在相对较高的程度上,达到精神性的目标图景与政治现实的一致。指导弗里德里希二世思想和行动的邦国理由观念,并不是纯粹外在的权宜与顺势原则,相反,它本身是一种与"理性"、事物本性相宜的伦理,这种伦理由普遍福利、超个体的正义以及着眼于邦国的道德等原则所决定。因此,这种隶属于政治领域的邦国伦理从本质上区别于主宰着公民交往的私人道德。弗里德里希二世本人强调,他在政治行动世界中不得不使私人伦理服从于统治者的义务,他要求人们在他身上区分开哲人与君主以及正派人与政治家,①这绝不是说,他因此就使政治摆脱了道德的土壤,信奉了一套摆脱了道德的权力原则。毋宁说,其中表达的是如下意识:某种特别的伦理,即邦国理由的伦理,②在政治世界中起着约束性的作用。

完全不容置疑的是,在对内政治中,弗里德里希二世不仅在理论上捍卫权力的伦理约束观点,而且在实践上对该观点加以运用。这恰恰表现在邦国内部生活领域,其中最为常见的,是自信的政治治国行为与摆脱了见机而行的顾虑并且有自身规律的法律事务之间的冲突,这个领域即司法。弗里德里希二世认为,统治者最为首要的使命在于维护法权。③ 不过,显而易见,从这种观点来看,存在两种极其对立的实现法权的可能性。一种是统治者自己争取成为

---

① Geschichte meiner Zeit, Vorwort von 1742(*Werke*, Bd. 2 S. 2).
② 亦参 Fr. Meinecke,前揭,页 386,另见页 393。
③ Anti-Machiavell(*Werke*, Bd. 7, S. 6, 11, 15, 58).

最高法官,并行使针对要害法庭的决断权。另外一种是,统治者认可司法的独立性,并放弃自己对司法的干预。弗里德里希二世一方面——也就是说在那部极其人道-"法治国性质的"作品《驳马基雅维利》中——极力地坚持,作为国王,他是人民最高的法官,①并且作为国王,他享有"无限的生杀权力"。② 另一方面,他也同样坚决地强调,通常情况下国王不应该自己决断法律事务,而应该交予他所任命的法官。③ 然而,针对放弃内阁司法的问题,弗里德里希二世附加了一个原则性的保留条件,即法官应不偏不倚地履行他们的职权,而不是任意和滥权地自行破坏法律。因而,弗里德里希二世认为,国王不应放弃的一项权利就在于,他必须监督司法,并且每当他可以断定存在法官滥权和徇私枉法时,他必须以自己职权最为严厉的方式进行干预。④

弗里德里希二世究竟以多大的力量履行了国王的这种义务,可以从"穆勒-阿诺德审判"(Müller-Arnold-Prozeß)中得到解答。在这个审判中,他把他认为有徇私枉法嫌疑的法官送上了最高法院的刑事委员会,由于委员会拒绝按照国王的命令去判决他们,弗里德里希二世本人便对他们施行了严格的自由和财产惩罚。⑤ 人们认为,与他自己表达过的更好的认识相悖,国王以命令干预了法权领域并使邦国政治理由超逾了正义。实际上,弗里德里希二世

---

① Anti-Machiavell (*Werke*, Bd. 7, S. 15, 55, 67) . -Regierungsformen und Herrscherpflichten(Bd. 7, S. 235).

② Anti-Machiavell(*Werke*, Bd. 7, S. 67).

③ Politisches Testament von 1752(a. a. O. , S. 4). Ebenso Politisches Testament von 1768(a. a. O. , S. 119).

④ Politisches Testament von 1752.

⑤ 尤参 Eb. Schmidt,前揭,页 48 及以下。

在这里恰恰是按照业已强调过的原则行事,即国王的职责在于,当他发现法权受到法官肆意而为的威胁时,他自己应出面维护法权。因此,在貌似针对法官的"命令"中,法权并没有因为权力行为而受到阻挠或者冲击。毋宁说,弗里德里希二世为了法权之故,凭借最为严厉的手段惩罚的是遗忘了义务的法官的滥权行为。因此,施密特说,这个"1779 年灾难"的关键过程不在于国王本人惩罚了民事审判的负责法官,而是国王放弃了对那些拒绝根据国王指示进行判决的刑事委员会法官采取措施,这在笔者看来有些大胆。

此外,施密特的结论也不失大胆,他认为,倘若人们由此着眼于法治国理想——比如司法独立——的预备和准备的话,这意味着,普鲁士在其最伟大的国王治下,被引向了"法治国"的道路①。其实,这一审判过程中真正关键的是,他的法庭没能够作为最高法官进行直截了当的诉讼决断,因此弗里德里希二世只能在理论和实践上替自己维护法权。这无疑符合实质正义(materielle Gerechtigkeit) 理想,但是与传统的"法治国"理想毫无共通之处,后者要求的恰恰是仅仅通过"法定的法官"维护形式上的"司法独立"和判决。此外,倘若有人愿意的话,不妨考虑一下弗里德里希二世本人所采取的方式。很明显,弗里德里希二世在上述事件中关心的是,捍卫法权免遭被滥用的权力危害,而不是相反的,即以权力压制法权。因此,弗里德里希二世不仅在理论上赞扬了维护法权是君主至高和至为重要的权利这一说法,而且对他而言,在实践上维护法权并使之成为现实,是邦国内政治理最为重要的部分。

弗里德里希二世的对外政治观为本文所主张的解释带来了貌似更大的困难。一般的观点认为,弗里德里希虽然在《驳马基雅维

---

① Eb. Schmidt,前揭,页 46。

利》中也承认,伦理和法权原则的约束性适用于外交,但他这么说只是为了以国王身份在实际行动中坚守与道德无涉的权力政治。因此,弗里德里希个性中似是而非的二元主义——他自己所要求的对哲学家与政治家的区分——据说恰恰会在对外政治领域中明白无误地暴露出来。的确,某些出自弗里德里希二世的表述,可能会使人联想到上述解释,比如出自储君时期的《致纳茨梅尔函》(1731年2月),他在信中要求通过获取邻国领土,进一步扩张普鲁士国,他明确强调,他这样说"是作为政治家而无需阐述法理",而且,他只关心证明这些占取行为的"政治必要性"证明。① 在这里,法权与政治必要性、伦理与行动中纯粹的权力思想,被置于一种明显的对立之中。然而,从年仅十九岁的弗里德里希二世如此的无心之言中,很难推导出对他的政治与道德关系观念的最终解读。更为重要的是1742年的《本朝史》前言,他在那里阐明了,根据"欧洲政治既定的规则",任何政治家必须唯独追求本国的利益,而毋庸顾及法权、道德以及签订的协约。欺骗、滥用权力、违法、暴行,都会得到这一行为的许可,而意图致力于正派和美德的君主会染上败坏其邦国的弱点。② 无疑,这一学说听起来——倘若人们愿意这么说的话——非常"马基雅维利主义"。但是,倘若人们在理解它的时候也顾及其他的段落,那么,这种印象会从根本上得到纠正。

所有这类考量所围绕的问题本质上是,为了本国利益之故,是否允许背离已经签订的万民法条约,进一步来说,为了扩张本国的力量,迈向战争是否正当。弗里德里希二世针对这些问题给出的

---

① *Werke*, Bd. 7, S. 197-199.
② *Werke*, Bd. 2, S. 2 f.

答案虽然是肯定的,但是,也并非不折不扣和毫无保留的,相反,在所有著作中,他都致力于为背约和开战得以发生的前提划定严格界限。也就是说,对他而言关键的是,确定正当废约和正义战争的标准。早在《驳马基雅维利》中,弗里德里希二世就已经处理过废约的问题,"哲人"在这部作品中的说法是:

> 此外,笔者承认,存在一些令人心酸的必要性,君主无法避免终止和约并解除同盟关系。不过,这种情形下,他必须保持礼节,并及时告知盟友,尤其需要注意的是,他的动机只能基于人民的福祉和极端的困境。①

因此,单方面毁约在这里受到一种双重必要条件的约束:实质上的条件是,迫不得已的困境使得维持协约变得不可能。形式上的条件是,要宣布明确的解约声明。无论在理论上还是整个统治时期的实践上,弗里德里希二世都坚持着这一在储君时期就已确定下来的观点。在 1775 年《本朝史》前言中,关于毁约是这样表达的:

> 邦国福祉应该是君主的准绳。毁约的情形有如下几种:第一,盟友没能履行其义务;第二,盟友想要欺骗我们,使得我们除了对付他之外别无其他出路;第三,一种高压的强力压制我们,迫使我们打破同盟;最后,第四,延续战争的手段已穷尽。于是,在劫难逃的是,一切都仰赖于可憎的金钱。君主是其财力的奴隶。邦国福祉是他们的准则,而且是铁律。倘若某位君主有义务把自己奉献给他的臣民,那么,他不得不为他

---

① *Werke*, Bd. 7, S. 74.

们牺牲更多因延续而可能对他们有害的条约。这类毁约的例子在历史上很普遍。笔者虽然不会对所有的都表示谅解,但是要说的是,在许多情形下,君主没有其他手段挽邦国于将倾,困境、审慎、邦国的优先性或者福祉,都迫使君主毁约。①

这一准则的关键在于,弗里德里希二世在这里并不是让欺骗、阴谋以及暴力凌驾于法权之上,他只是描绘了一些情形,在这些情形下单方面毁约是正当的,也就是说在法律上是允许的。弗里德里希二世所承认的毁约权利的前提有两个。其一,盟友自己明显破坏了条约或者通过秘而不宣的阴谋打算破坏条约,其二,坚守条约必将导致本国的隳堕。这两个理由作为单方面毁约的法理,在万民法理论中得到普遍认可。根据万民法学说,无论是对手破坏条约的情形还是生存受到威胁的情形,都不能在法律上强迫邦国死守条约。因此,弗里德里希二世并不是单纯地赞成毁约的可行性,而是当条约的法权与维护邦国生存的更高法权发生冲突时,他选择了遭受威胁的邦国法权,即单方面宣布废约,这与万民法理论相一致。这样一种学说无疑揭示了万民法棘手的品质,不过,与庸俗意义上的"马基雅维利主义",也就是说与"强权压倒公义"的教条毫无共通之处。

在"正义战争"这个问题上,我们会遇到这种基本立场。储君弗里德里希二世早在《驳马基雅维利》中就已阐明,尽管道德法则在政治上也存在约束性,但是,当出于正义理由而开战时,战争也是正当的。这类正义战争见于自卫战、为了维护特定权益或要求而打的战争、先发制人的战争以及基于同盟义务的互助战争。

---

① *Werke*, Bd. 2, S. 13 f.

因此,所有仅仅意图击退僭越者、坚持正当的权益、保障世人的自由、阻止野心家的压迫和暴行的战争,总是与正义和公道相一致。①

我们可以看到,在弗里德里希二世《驳马基雅维利》的哲学理论与后来的战争政策之间,没有可能建构一种对立关系。根据《驳马基雅维利》得出的理论,他后来发动的每一次战争都是"正义战争",至少是为了维护特定权益的战争,比如第一次西里西亚战争,或者是先发制人的战争,比如七年战争。因此,1768年的《政治遗嘱》作为弗里德里希二世实践性的对外政治精要,可以原封不动地重复《驳马基雅维利》中的学说,那里的说法是:

为了维护邦国的威严、保证安全、援助盟友,或者约束某位意图以损害你的利益为代价进行征服的野心勃勃的君主而打的任何战争,都是正义的。②

因此,无论弗里德里希二世的哲学理论还是他的政治实践,都连贯一致地派生自如下原则,即在对外政治中,强权并不单纯凌驾于公义之上,相反,对强权的使用只有按照特定的法律原则才是允许的。在这里,使用强权的法学前提是否存在,由邦国自身决定,这在万民法的本质中仍然有其根据,而不会对弗里德里希二世所辩护的"正义战争"学说构成异议。无论如何,可以明确的是,从有关正当毁约和正义战争的进一步详细说明来看,弗里德里希二世有时看起来极其"马基雅维利主义"的表述得到了决定性的限定。

---

① *Werke*, Bd. 7, S. 113.
② Die politischen Testamente (a. a. O. S. 169).

因此，整体上可以看到，弗里德里希二世也承认对外政治要遵守特定的邦国道德和法律约束。在他看来，在国与国的关系中，并不是任何毁约、任何暴行都是可被允许的，只有"邦国理由""普遍福祉"、邦国对威严和生存的权利，也就是说邦国的独特伦理，使得毁约和使用强力成为必然，单方面废除既定约定并使用战争强力才是可被允许的。在对外政治领域中，构成弗里德里希二世邦国观念本质的，不是人道理想与权利思想的二元论，而是邦国理由、普遍福祉和政治伦理的内在一致性。

六

如上文反复表明的那样，人们一定不可以忽略，弗里德里希二世身上鲜活的邦国概念、他所要求的祖国之爱、他以身作则的义务感表达了一种伦理信条，而这种信条在他那个时代的普鲁士国并未完全得到实现。关于祖国之爱的探讨披着书信形式的外衣，这并非文学性的幻想，而是特定处境的表达，弗里德里希二世在其中关心的是，通过提醒义务伦理的重要性，为邦国重新赢得那位回避了邦国和公共事务，以图享受私己的反面角色。割裂邦国与社会、政治秩序与公民秩序、权力与文化的危险，在一国正在崛起的国王与寻求脱离邦国的公民的论辩中，得到了明确表达。探讨、讨论的外在形式，反映的是弗里德里希二世的邦国伦理自身事实上所包含的问题。弗里德里希二世义务性的邦国概念具有双重的内在矛盾，它既无法在理念上也无法在现实里得到完全克服。

首先是德意志民族体与特殊邦国之间的对立，这在弗里德里希二世本人作品的暗示中清晰可见，因为他一方面并非完全意识不到"人民不朽的品质"，但是同时，另一方面，他通过完全发展领土性强国，决定性地摧毁了德意志民族体的统一。只有把"普鲁士民族体"分配给普鲁士国,这种自相矛盾貌似才能得到解决。无论弗里德里希二世试图使这个民族体超逾一种仅仅得到外在确立的权力秩序的做法多么富有成效,这个由邦国及其伦理创造的民族体都并不具备自然成长的人民的特征。因此,这个邦国不可能成为在法兰西兴起的"民族邦国"(Nationalstaat),即便它为自己创造了一个"邦国式民族体"(Staatsnation)。普鲁士人并未成为"民族"(Volk),它也无法理所当然地作为既存的生命单位,从自身的实体和力量中发展出与之相称的政治秩序,相反,它只能依赖于通过王国、官僚以及军官团体等邦国形式的制度进行积极的塑造。因此,在其他民族(Völker)早已切实地实现了民族体理念(Idee der Nation)的时期,普鲁士邦国仍然缺乏真正的民族样态(Volkhaftigkeit),"祖国之爱"在由民族体直接参与的邦国生活中,将能够从这种民族样态中成长为一种持续的、具有强大影响力的力量。

　　同时,其中还可以看到弗里德里希二世邦国伦理的第二个矛盾,即对人民所要求的祖国之爱和乐于牺牲,不是从无力和抽象的意义,而是从生存的意义来讲的,但是,嵌入邦国身体的这个人民,只是服务性的肢体,而不是负有责任一同参与的一分子。只有人民同时积极地参与到政治秩序的发展,一个邦国才可以指望它超出外在的服从,从内心做出奉献和乐于牺牲。倘若总体义务约束的根据不是外在的强迫,而是伦理态度,那么,它就为邦国成员积极和负责任地参与的可能性赋予了前提。因此,根据弗里德里希二世的观点,全体人民都有义务甘于牺牲,然而,这样的邦国伦理只有在两个承载邦国的等级——军官团体和公务员——中才是完全有效的,而且无论在前者还是后者那里,两个等级都有可能积极为国负责,但人民却因此从根本上并不享有这一可能性。诚然,在职责、服务、切实奉献的效率上突出的军官和公务员阶层的榜样性态度,对整个普鲁士民族体——甚至对于超出这个范围的德意志人——具有教育、形塑性的影响。不过,从此开始,承载邦国的制度与市民社会之间的鸿沟以愈演愈烈之势敞开,而市民社会在这个时期在文化和经济领域都创造了一种追求摆脱邦国强制和邦国监护的属己生活基础。

从这一情形来看,人们就可以解释弗里德里希二世在思考人民军队(Volksheer)时不得不采取的立场的实质性矛盾。他在《驳马基雅维利》中为经验证实的观点辩护,即任何邦国最佳的战斗力都来自本国的年轻人。而且在古罗马,正是人民军队,而非异国军队,使得寰宇之内皆臣服于它的统治。① 弗里德里希二世继续写道:然而在现代邦国中,

> 士兵只是由人民中最受人轻视的一部分组成,他们是爱好闲散工作的游手好闲者,是在军队中寻找放纵和法外之地的浪荡子,是缺乏对父母的体贴和顺从、出于对放浪的兴趣而应征入伍的年轻人,由于他们只是出于轻率,因此,与异邦人一样,他们对于长官的态度一样缺乏倾慕和依附感。②

正是独立王权邦国的整体政治秩序,妨碍了真正的人民军队的形成,③因此也使得遵循一个由本国青年组成的军队具有更高道德和军事价值的洞见进而付诸实践无法成为现实。在独立王权制的整体状态框架内,允许全体人民积极以武力防御邦国,是不可想象的。相反,个人应该以毫无保留的甘于牺牲的精神为邦国献身,

---

① *Werke*, Bd. 7, S. 47 f.
② 同上,页 48。
③ 参 E. R. Huber, *Heer und Staat*,页 96 及以下。

但是却无法成为邦国——这个总体的有效整体——中具有完全价值、完全合法的成员。因此，恰恰在军事领域，在取得最强大的功绩和弗里德里希二世邦国思想取得最高胜利的地方，出现了邦国制度与追求摆脱邦国的市民社会之间的分裂。弗里德里希二世所坚持的1733年征兵章程，一方面规定了臣民的服兵役义务，另一方面也预先为文化和经济生活的承载者进一步豁免了这一义务，该章程以极其尖锐的方式凸显了处于萌芽状态的邦国与社会的分离。① 因而，恰恰在弗里德里希二世邦国概念获得最深刻根基的地方，亦即在其邦国伦理中，出现了思想上的断裂，这一断裂也许决定了这种伟大根基的悲剧命运。

因此，不同于人们出于传奇性颂扬的需要常常所说的，弗里德里希二世邦国的衰亡并不单单是因为伟大国王去世之后，软弱的统治者、自私的公务员、年迈的将军等坐吃山空。邦国崩溃的更深层原因在于，被弗里德里希二世本人视作其邦国必要的内在前提的"邦国爱国主义"——这一点尤见《论爱国书简》——无法以完全和持续的力量得到发展。在七年战争这个伟大事件中燃起的爱国主义，历经长年的和平岁月后，最终随着弗里德里希二世的去世而完全丧失。心怀爱国主义情感的人，如克莱斯特和阿普特，都英年早逝，或者，如克洛普施托克和莱辛，满怀辛酸的失望之情，疏远了曾被他们神化为英雄的国王。于是，如下古老历史经验得到了证实，即只有具有建国天赋的英雄人物和其罕见政治成就的推动力，能够成功将这个人物及其壮举的独特性和唯一性转化为生机勃勃、富有意义的制度，该人物及其成就的推动力才能成为一种具有延续性的秩序的根基。然而，只有人民与建国领袖人物融合起来，

---

① 同上，页90及以下。

这才可能发生,前者在自己内心承担着一种消解不掉的统一以及负有责任感的使命意识,并且决意而且有资格从自己的力量和责任出发,延续业已开创的建国事业。

在普鲁士独立王权的盛期,邦国爱国主义与市民社会上升的自我意识之间已经出现的鸿沟,在弗里德里希二世作品《论德意志文学》(1780)的影响下,尤其得到了深化。① 可想而知,这部作品并不像以往以及后来人们所想象的那样,旨在贬低德意志人本身的语言、文学以及文化能力,进而赞成模仿法兰西人。相反,弗里德里希二世以深刻的严肃性,竭力阐发了一种独特的伟大的德意志诗作和文化的前提,该作品以如下预言结尾,即有朝一日,"我们的文学的美好时光"以及德意志古典的时代将会来临,这时,德意志人将会超越邻人。然而,由于弗里德里希二世没能赏识和认可早在1780年便已存在的伟大德意志文学成果,这在最深程度上将他与所有曾视他为18世纪德意志英雄的人割裂开来。此外,弗里德里希二世在这部作品中无法谈及一种正在兴起的"普鲁士的民族文学(Nationalliteratur)"。对他而言,在这里的文化领域,民族体是整体上的德意志人(das deutsche Volk),而非普鲁士的国民(das preußische Staatsvolk)。然而,在这个显明的例子里凸显出的"邦国式民族体"与"文化民族体"的分离,恰恰也使这一时期——无论在普鲁士还是在帝国——的真正的爱国主义变得不可能。正如古老的帝国爱国主义无法成为一种政治力量——因为它缺失了用以支持稳固的政治权力秩序的支点,同样,普鲁士邦国爱国主义也无法超出一种历史过渡阶段,因为它缺乏由真正的人民、民族体历史、民族体文化所赋予的内在灵魂。

---

① *Werke*, Bd. 8, S. 74 ff.

要彻底并一劳永逸地克服德意志处境中的这些矛盾,即帝国与邦国、人民与政治伦理、文化与政治权力秩序的矛盾,还需要一次新的启航。如果这一新开端的关键萌芽已经蕴藏在此时正在崛起的德意志人民意识之中,①那么,普鲁士邦国爱国主义就是一种精神力量,没有它的话,德意志人民思想的完全发展就是不可能的。从普鲁士人那里,德意志意识获得如下洞见,即人民的生存在历史上只能通过邦国的形成而得到保障,民族成就的完全有效的地位只有在政治权力秩序的保障下才可以企及。因此,在成长中得到把握的德意志人民思想,只有通过将普鲁士本质中形成的邦国性当作新的气质和力量而对其加以吸纳,才能达到完满。

---

① E. R. Huber, *Aufstieg und Entfaltung des deutschen Volksbewußtseins. Rede gehalten bei der Wiedereröffnung der Reichsuniversität Straßburg am 24. November 1941*(1942).

图书在版编目（CIP）数据

论德意志文学及其他 /（德）弗里德里希二世著；温玉伟译. -- 北京：华夏出版社有限公司，2024.8
（西方传统：经典与解释）
ISBN 978-7-5222-0721-6

I.①论… II.①弗… ②温… III.①文学史－德国 IV.①I516.09

中国国家版本馆 CIP 数据核字（2024）第 111767 号

论德意志文学及其他

作　　者	［德］弗里德里希二世
编　　译	温玉伟
责任编辑	刘雨潇　程　瑜
责任印制	刘　洋
出版发行	华夏出版社有限公司
经　　销	新华书店
印　　刷	三河市万龙印装有限公司
装　　订	三河市万龙印装有限公司
版　　次	2024 年 8 月北京第 1 版 2024 年 8 月北京第 1 次印刷
开　　本	880×1230　1/32
印　　张	9.5
字　　数	217 千字
定　　价	78.00 元

华夏出版社有限公司　地址：北京市东直门外香河园北里 4 号　邮编：100028
网址：www.hxph.com.cn　电话：(010)64663331（转）
若发现本版图书有印装质量问题，请与我社营销中心联系调换。

西方传统：经典与解释
Classici et Commentarii
HERMES
刘小枫○主编

古今丛编

欧洲中世纪诗学选译　宋旭红 编译
克尔凯郭尔　[美]江思图 著
货币哲学　[德]西美尔 著
孟德斯鸠的自由主义哲学　[美]潘戈 著
莫尔及其乌托邦　[德]考茨基 著
试论古今革命　[法]夏多布里昂 著
但丁：皈依的诗学　[美]弗里切罗 著
在西方的目光下　[英]康拉德 著
大学与博雅教育　董成龙 编
探究哲学与信仰　[美]郝岚 著
民主的本性　[法]马南 著
梅尔维尔的政治哲学　李小均 编/译
席勒美学的哲学背景　[美]维塞尔 著
果戈里与鬼　[俄]梅列日科夫斯基 著
自传性反思　[美]沃格林 著
黑格尔与普世秩序　[美]希克斯 等著
新的方式与制度　[美]曼斯菲尔德 著
科耶夫的新拉丁帝国　[法]科耶夫 等著
《利维坦》附录　[英]霍布斯 著
或此或彼（上、下）　[丹麦]基尔克果 著
海德格尔式的现代神学　刘小枫 选编
双重束缚　[法]基拉尔 著
古今之争中的核心问题　[德]迈尔 著
论永恒的智慧　[德]苏索 著
宗教经验种种　[美]詹姆斯 著
尼采反卢梭　[美]凯斯·安塞尔-皮尔逊 著
舍勒思想评述　[美]弗林斯 著
诗与哲学之争　[美]罗森 著

神圣与世俗　[罗]伊利亚德 著
但丁的圣约书　[美]霍金斯 著

古典学丛编

荷马笔下的诸神与人类德行　[美]阿伦斯多夫 著
赫西俄德的宇宙　[美]珍妮·施特劳斯·克莱 著
论王政　[古罗马]金嘴狄翁 著
论希罗多德　[古罗马]卢里叶 著
探究希腊人的灵魂　[美]戴维斯 著
尤利安文选　马勇 编/译
论月面　[古罗马]普鲁塔克 著
雅典谐剧与逻各斯　[美]奥里根 著
菜园哲人伊壁鸠鲁　罗晓颖 选编
劳作与时日（笺注本）　[古希腊]赫西俄德 著
神谱（笺注本）　[古希腊]赫西俄德 著
赫西俄德：神话之艺　[法]居代·德拉孔波 编
希腊古风时期的真理大师　[法]德蒂安 著
古罗马的教育　[英]葛怀恩 著
古典学与现代性　刘小枫 编
表演文化与雅典民主制
　[英]戈尔德希尔、奥斯本 编
西方古典文献学发凡　刘小枫 编
古典语文学常谈　[德]克拉夫特 著
古希腊文学常谈　[英]多佛 等著
撒路斯特与政治史学　刘小枫 编
希罗多德的王霸之辨　吴小锋 编/译
第二代智术师　[英]安德森 著
英雄诗系笺释　[古希腊]荷马 著
统治的热望　[美]福特 著
论埃及神学与哲学　[古希腊]普鲁塔克 著
凯撒的剑与笔　李世祥 编/译
伊壁鸠鲁主义的政治哲学　[意]詹姆斯·尼古拉斯 著
修昔底德笔下的人性　[美]欧文 著
修昔底德笔下的演说　[美]斯塔特 著
古希腊政治理论　[美]格雷纳 著

赫拉克勒斯之盾笺释　罗逍然 译笺
《埃涅阿斯纪》章义　王承教 选编
维吉尔的帝国　[美]阿德勒 著
塔西佗的政治史学　曾维术 编

古希腊诗歌丛编
古希腊早期诉歌诗人　[英]鲍勒 著
诗歌与城邦　[美]费拉格、纳吉 主编
阿尔戈英雄纪（上、下）
[古希腊]阿波罗尼俄斯 著
俄耳甫斯教祷歌　吴雅凌 编译
俄耳甫斯教辑语　吴雅凌 编译

古希腊肃剧注疏
欧里庇得斯与智术师　[加]科纳彻 著
欧里庇得斯的现代性　[法]德·罗米伊 著
自由与僭越　罗峰 编译
希腊肃剧与政治哲学　[美]阿伦斯多夫 著

古希腊礼法研究
宙斯的正义　[英]劳埃德-琼斯 著
希腊人的正义观　[英]哈夫洛克 著

廊下派集
剑桥廊下派指南　[加]英伍德 编
廊下派的苏格拉底　程志敏 徐健 选编
廊下派的神和宇宙　[墨]里卡多·萨勒斯 编
廊下派的城邦观　[英]斯科菲尔德 著

希伯莱圣经历代注疏
希腊化世界中的犹太人　[英]威廉逊 著
第一亚当和第二亚当　[德]朋霍费尔 著

新约历代经解
属灵的寓意　[古罗马]俄里根 著

基督教与古典传统
保罗与马克安　[德]文森 著
加尔文与现代政治的基础　[美]汉考克 著
无执之道　[德]文森 著

恐惧与战栗　[丹麦]基尔克果 著
托尔斯泰与陀思妥耶夫斯基
[俄]梅列日科夫斯基 著
论宗教大法官的传说　[俄]罗赞诺夫 著
海德格尔与有限性思想（重订版）
刘小枫 选编
上帝国的信息　[德]拉加茨 著
基督教理论与现代　[德]特洛尔奇 著
亚历山大的克雷芒　[意]塞尔瓦托·利拉 著
中世纪的心灵之旅　[意]圣·波纳文图拉 著

德意志古典传统丛编
黑格尔论自我意识　[美]皮平 著
克劳塞维茨论现代战争　[澳]休·史密斯 著
《浮士德》发微　谷裕 选编
尼伯龙人　[德]黑贝尔 著
论荷尔德林　[德]沃尔夫冈·宾德尔 著
彭忒西勒亚　[德]克莱斯特 著
穆佐书简　[奥]里尔克 著
纪念苏格拉底——哈曼文选　刘新利 选编
夜颂中的革命和宗教　[德]诺瓦利斯 著
大革命与诗化小说　[德]诺瓦利斯 著
黑格尔的观念论　[美]皮平 著
浪漫派风格——施勒格尔批评文集　[德]施勒格尔 著

巴洛克戏剧丛编
克里奥帕特拉　[德]罗恩施坦 著
君士坦丁大帝　[德]阿旺西尼 著
被弑的国王　[德]格吕菲乌斯 著

美国宪政与古典传统
美国1787年宪法讲疏　[美]阿纳斯塔普罗 著

启蒙研究丛编
论古今学问　[英]坦普尔 著
历史主义与民族精神　冯庆 编
浪漫的律令　[美]拜泽尔 著
现实与理性　[法]科维纲 著

论古人的智慧 [英]培根 著
托兰德与激进启蒙 刘小枫 编
图书馆里的古今之战 [英]斯威夫特 著

政治史学丛编

驳马基雅维利 [普鲁士]弗里德里希二世 著
现代欧洲的基础 [英]赖希 著
克服历史主义 [德]特洛尔奇 等著
胡克与英国保守主义 姚啸宇 编
古希腊传记的嬗变 [意]莫米利亚诺 著
伊丽莎白时代的世界图景 [英]蒂利亚德 著
西方古代的天下观 刘小枫 编
从普遍历史到历史主义 刘小枫 编
自然科学史与玫瑰 [法]雷比瑟 著

地缘政治学丛编

地缘政治学的起源与拉采尔 [希腊]斯托杨诺斯 著
施米特的国际政治思想 [英]欧迪瑟乌斯/佩蒂托 编
克劳塞维茨之谜 [英]赫伯格-罗特 著
太平洋地缘政治学 [德]卡尔·豪斯霍弗 著

荷马注疏集

不为人知的奥德修斯 [美]诺特维克 著
模仿荷马 [美]丹尼斯·麦克唐纳 著

品达注疏集

幽暗的诱惑 [美]汉密尔顿 著

阿里斯托芬集

《阿卡奈人》笺释 [古希腊]阿里斯托芬 著

色诺芬注疏集

居鲁士的教育 [古希腊]色诺芬 著
色诺芬的《会饮》 [古希腊]色诺芬 著

柏拉图注疏集

挑战戈尔戈 李致远 选编
论柏拉图《高尔吉亚》的统一性 [美]斯托弗 著
立法与德性——柏拉图《法义》发微 林志猛 编
柏拉图的灵魂学 [加]罗宾逊 著

柏拉图书简 彭磊 译注
克力同章句 程志敏 郑兴凤 撰
哲学的奥德赛——《王制》引论 [美]郝兰 著
爱欲与启蒙的迷醉 [美]贝尔格 著
为哲学的写作技艺一辩 [美]伯格 著
柏拉图式的迷宫——《斐多》义疏 [美]伯格 著
苏格拉底与希琵阿斯 王江涛 编译
理想国 [古希腊]柏拉图 著
谁来教育老师 刘小枫 编
立法者的神学 林志猛 编
柏拉图对话中的神 [法]薇依 著
厄庇诺米斯 [古希腊]柏拉图 著
智慧与幸福 程志敏 选编
论柏拉图对话 [德]施莱尔马赫 著
柏拉图《美诺》疏证 [美]克莱因 著
政治哲学的悖论 [美]郝岚 著
神话诗人柏拉图 张文涛 选编
阿尔喀比亚德 [古希腊]柏拉图 著
叙拉古的雅典异乡人 彭磊 选编
阿威罗伊论《王制》 [阿拉伯]阿威罗伊 著
《王制》要义 刘小枫 选编
柏拉图的《会饮》 [古希腊]柏拉图 等著
苏格拉底的申辩(修订版) [古希腊]柏拉图 著
苏格拉底与政治共同体 [美]尼柯尔斯 著
政制与美德——柏拉图《法义》疏解 [美]潘戈 著
《法义》导读 [法]卡斯代尔·布舒奇 著
论真理的本质 [德]海德格尔 著
哲人的无知 [德]费勃 著
米诺斯 [古希腊]柏拉图 著
情敌 [古希腊]柏拉图 著

亚里士多德注疏集

《诗术》译笺与通绎 陈明珠 撰
亚里士多德《政治学》中的教诲 [美]潘戈 著
品格的技艺 [美]加佛 著

亚里士多德哲学的基本概念　[德]海德格尔 著
《政治学》疏证　[意]托马斯·阿奎那 著
尼各马可伦理学义疏　[美]伯格 著
哲学之诗　[美]戴维斯 著
对亚里士多德的现象学解释　[德]海德格尔 著
城邦与自然——亚里士多德与现代性　刘小枫 编
论诗术中篇义疏　[阿拉伯]阿威罗伊 著
哲学的政治　[美]戴维斯 著

普鲁塔克集

普鲁塔克的《对比列传》　[英]达夫 著
普鲁塔克的实践伦理学　[比利时]胡芙 著

阿尔法拉比集

政治制度与政治箴言　阿尔法拉比 著

马基雅维利集

解读马基雅维利　[美]麦考米克 著
君主及其战争技艺　娄林 选编

莎士比亚绎读

莎士比亚的罗马　[美]坎托 著
莎士比亚的政治智慧　[美]伯恩斯 著
脱节的时代　[匈]阿格尼斯·赫勒 著
莎士比亚的历史剧　[英]蒂利亚德 著
莎士比亚戏剧与政治哲学　彭磊 选编
莎士比亚的政治盛典　[美]阿鲁里斯/苏利文 编
丹麦王子与马基雅维利　罗峰 选编

洛克集

上帝、洛克与平等　[美]沃尔德伦 著

卢梭集

致博蒙书　[法]卢梭 著
政治制度论　[法]卢梭 著
哲学的自传　[美]戴维斯 著
文学与道德杂篇　[法]卢梭 著
设计论证　[美]吉尔丁 著
卢梭的自然状态　[美]普拉特纳 等著

卢梭的榜样人生　[美]凯利 著

莱辛注疏集

汉堡剧评　[德]莱辛 著
关于悲剧的通信　[德]莱辛 著
智者纳坦（研究版）　[德]莱辛 等著
启蒙运动的内在问题　[美]维塞尔 著
莱辛剧作七种　[德]莱辛 著
历史与启示——莱辛神学文选　[德]莱辛 著
论人类的教育　[德]莱辛 著

尼采注疏集

尼采引论　[德]施特格迈尔 著
尼采与基督教　刘小枫 编
尼采眼中的苏格拉底　[美]丹豪瑟 著
动物与超人之间的绳索　[德]A.彼珀 著

施特劳斯集

苏格拉底与阿里斯托芬
论僭政（重订本）　[美]施特劳斯[法]科耶夫 著
苏格拉底问题与现代性（第三版）
犹太哲人与启蒙（增订本）
霍布斯的宗教批判
斯宾诺莎的宗教批判
门德尔松与莱辛
哲学与律法——论迈蒙尼德及其先驱
迫害与写作艺术
柏拉图式政治哲学研究
论柏拉图的《会饮》
柏拉图《法义》的论辩与情节
什么是政治哲学
古典政治理性主义的重生（重订本）
回归古典政治哲学——施特劳斯通信集
　　　　　　＊＊＊
追忆施特劳斯　张培均 编
施特劳斯学述　[德]考夫曼 著

论源初遗忘　[美]维克利 著
阅读施特劳斯　[美]斯密什 著
施特劳斯与流亡政治学　[美]谢帕德 著
驯服欲望　[法]科耶夫 等著

政治哲学与启示宗教的挑战
隐匿的对话
论哲学生活的幸福

施特劳斯讲学录
追求高贵的修辞术
——柏拉图《高尔吉亚》讲疏（1957）
斯宾诺莎的政治哲学

大学素质教育读本
古典诗文绎读 西学卷·古代编（上、下）
古典诗文绎读 西学卷·现代编（上、下）

施米特集
宪法专政　[美]罗斯托 著
施米特对自由主义的批判　[美]约翰·麦考米克 著

伯纳德特集
古典诗学之路（第二版）　[美]伯格 编
弓与琴（重订本）　[美]伯纳德特 著
神圣的罪业　[美]伯纳德特 著

布鲁姆集
巨人与侏儒（1960-1990）
人应该如何生活——柏拉图《王制》释义
爱的设计——卢梭与浪漫派
爱的戏剧——莎士比亚与自然
爱的阶梯——柏拉图的《会饮》
伊索克拉底的政治哲学

沃格林集
自传体反思录

朗佩特集
哲学与哲学之诗
尼采与现时代
尼采的使命
哲学如何成为苏格拉底式的
施特劳斯的持久重要性

迈尔集
施米特的教训
何为尼采的扎拉图斯特拉